KB022996

키워드로 읽는 SF

키워드로 읽는 SF

이웃, 눈물, 빈손, 씨앗, 존재, COVID-19, 촉수, 꼭두각시, 석유, 빛, 괴물, 우지, 먼지

복도훈 SF 비평집

도서출판 b

| 차례 |

『키워드로 읽는 SF』는 눈물에서 먼지에 이르는 열세 개의 키워드로 읽는, 주로 외국 SF에 대한 글들을 모은 것이다. 책에 들어갈 원고를 모아 정리하기 시작한 지 얼마 지나지 않은 올여름에 건강에 문제가 생겼고 짧은 머리글을 쓰는 지금도 형편은 그리 좋지 않다. 무엇보다도 예전처럼 읽고 쓰는 일이 어려워졌다. 원래는 수록하는 글들을 좀 더 정교하게 다듬어 보충하고 지금보다 더 긴 서문을 준비하려고 했으나 여의치가 않게 되었다. 책이 나오기까지의 과정을 짧게 회상하고 감사의 인사를 전하는 것으로 서문을 대신하고자 한다.

『키워드로 읽는 SF』에 대한 막연한 구상은 내가 SF를 본격적으로 읽기 시작하고 그에 대한 글을 쓰기 시작한 2008년 무렵으로 거슬러 올라간다. 그 무렵에 나는 SF가 다른 삶과 세계를 꿈꿀 수 있는 강력한 문학 장르라는 사실에 매료되었으며, 이에 대한 글을 쓰는 한편으로 여러 강좌와 대학 등에서 관련 강의를 시작했다. 이 책의 1부에서 다루는 작가들인 스타니스와프 렘, 필립 K. 딕, 어슐러 K. 르 귄, 킴 스탠리 로빈슨, 마지 피어시 등의 SF를 그때부터 읽었다. 물론 대체로 2010년 이전에는 SF에 대한 독서 대중의 관심은 지금과 비교해 현저히 낮았고 관련 강좌나 수업도 지금처럼 많이 열리지 않았다. 내가 주로 한국어로 번역된 SF 고전으로 강좌나 강의를 하게 된 것도 그러한 사정과 무관하지는 않다. 문학비평가로서 내가 주로 기대고 있던 마르크스주의와 정신분석적인 비판 이론의 고갱이를 앞서 언급한 작가의 작품들이 선취하고 있었다는 사실을 하나둘 발견하는 과정도 내 선택에 한몫했다. 비판 이론과 SF의 친연親緣을 논한 칼 프리드먼의 『비판이론과 SF』를 나중에 읽게 되었을 때, 나는 내 선택이 그리 틀리지 않았음을 정당화할 수 있었다. 그럼에도 한국 SF 작가와 작품을 호명하는 일을 빠뜨리지 않으려고 노력했다.

2010년 전후로 SF 출판과 관련된 상황은 서서히 바뀌기 시작했다. 그즈음에 내가 읽은 한국 소설에는 한국에서 일어난 여러 사회적 재난과 관련된 묵시록적 상상력이 서서히 부상하고 있었으며, 또한 지금은 그 문학적 명성에 어울리는 활발한 작품 활동을 하는 한국 SF 작가들의 작품이 2010년 전후로 본격적으로 출간되기 시작했다. 물론 그러한 가시적인 흐름은 환상 문학 웹진 〈거울〉 등의 SF 웹사이트와 블로그 등에 SF를 발표하고 비평과 번역 등을 꾸준히 업데이트하던 작가와 독자, 비정기 간행물을 발간한 SF 편집자와 번역가 등의 실천 공동체 그리고 1990년대부터 한정된 지면과 출판사에서 SF를 출간해 온 몇몇 작가들의 오래되고도 소중한 노력이라는 더 크고도 깊은 수원水源의 일부분일 것이다.

2019년이 한국 SF 역사에서 뜻깊은 해라는 것은 한국문학의 독자라면 누구나 알고 있는 사실이다. 수많은 SF 작품이 출간되었으며, 드물게 베스트셀러의 자리를 차지했다. 이전과는 비교할 수 없을 정도로 학술 대회와 강좌 등이 열렸으며, 한국 SF가 해외에 본격적으로 소개되었다. SF 전문 출판사들이 생겨났으며, 각종 SF 공모전이 생겨났다. 문예지는 SF를 비중 있게 다루기 시작했으며, 학술지는 동시대의 한국 SF를 연구 대상으로 삼았다. 그런데 SF에 등장하는 특정한 미래 시점을 의미심장하게 취급하는 경우가 종종 있고, 나 또한 예외는 아니다. 조지 오웰의 『1984』(1948)에서 전체주의적 디스토피아가 도래하는 1984년, 1984년에 개봉된 〈터미네이터〉 1에서 인공지능 스카이넷이 인류에게 핵전쟁을 벌이는 1997년 그리고 〈블레이드 러너〉(1982; 1993)의 2019년 등등. 나는 〈블레이드 러너〉에 그려진 미래가 앞으로 2019년이 되면 정말 실현될지도 모른다고, 영화를 처음 보던 1993년 스무 살 무렵에 생각했다. 인간과 대화를 하는 인공지능이 탑재된 플라잉카가 하늘을 날고, 감성과 지성을 가지고 눈물을 흘리는 안드로이드가 만들어질 거라고. 물론 SF를 본격적으로 읽기 시작하고 나서야 SF는 미래를 예언하는 것이 아니라 가능한 미래를 상상하는 일임을 알게 되었다. 그렇지만 〈블레이드 러너〉의 미래 시점인 2019년이 한국 SF에서 중요한 이정표가 된 연도라는 우연의 일치는 내게 의미심장했다. 나 또한 첫 번째 SF 비평집 『SF는 공상하지 않는다』를 2019년도에 출간한다는 사실에 적잖게 설레었다.

그리고 2020년 벽두에 코로나19 팬데믹이 시작되었다. 한두 달이면 팬데믹이 종식될 거라는 막연한 기대는 보이지 않는 미래로 점차 멀어지다가 급기야 사라져 버렸고, 이 글을 쓰고 있는 지금, 팬데믹은 삶의 일부가 되었다. 지금까지 내가 알고 살아온 세계는 사라져갔고, 나는 내가 살아가는 세계가 새삼 팬데믹과 기후 변화의 세계임을 깨달았으며, 예전과는 다른 방식으로 그 세계를 새롭게 고민하지 않으면 안 되었다. 그런데 그 세계는 인간이 만든 것들이 인간을 초과해 인간과 인간 아닌 존재에게 재앙으로 되돌아오는 세계이며, 인간보다 수명이 훨씬 긴 존재자들이 인간의 사후에도 존재하게 되는 세계이다. 그러나 그 세계는 또한 인간인 누군가가, 즉 그의 후손이 여전히 그곳에서 살 수밖에 없는 세계이기도 하다. 정신분석과 마르크스주의는 여전히 내게는 SF를 이해하는 데 도움을 주는 공구함의 주된 연장鍊匠들이다. 그러나 그것들만으로는 아무래도 뭔가가 부족했다. 인간인 우리 없이도 존재하는 세계, 세계는 오직 인식된 세계라는 인식=세계의 원환圓環에 갇힌 세계 바깥의 '거대한 외계'를 사유하고 그 안에서 다른 존재자들과 함께 살아가는 방식을 고민하는 방법론이 절실했다. 그렇게 H. P. 러브크래프트의 코스믹 호러와 그 변종인 레자 네가레스타니의 사변 소설 『사이클로노피디아』, SF 공포 영화 〈서던 리치〉, 그리고 프란츠 카프카의 소설을 SF로 읽었다. 괴물의 존재론에 관심을 보였으며, 반출생주의를 비롯한 멸종의 담론에 매혹되었다. 이른바 사변적 실재론과 인류세 담론이라는 연장들이 내 방법론의 공구함에 새로이 담겼다. 이 책에 실린 2부의 글들은 그러한 모색의 결과물이다. 『키워드로 읽는 SF』의 1부가 주로 다른 세계와 존재, 곧 더 나은 세계와 존재 방식에 대해 상상하려고 했다면, 2부는 우리가 알지 못했던 세계와 존재 방식을 탐구하려고 했다. 글 한 편마다 핵심어를 제시하고 '키워드로 읽는 SF로 책의 제목을 정한 것은 SF 장르의 잠재력이라고 할 만한 사고 실험의 장점을 드러내기 위해서였다. 애초에는 계급, 유토피아 등 다소 추상적인 어휘를 골랐으나 보다 물질적이고도 구체적인 표현으로 모두 바꾸었다. 그편이 더 나아 보였다. 열세 편의 글과 열세 개의 키워드가 부디 잘 어울리길.

한국 SF에 대한 글들은 아직 한참이나 더 써야 한다. 예전보다 훨씬 많아진 작가의 작품을 읽어야 하고, 옥석을 걸러내 제대로 평가해야 하며, 한국 SF를 이해하기 위한 나름의 방법론도 마련해야 한다. 일부를 제외하고는 이 책에 실린 대다수 글은 대중 강연과 대학 강의를 위한 메모와 노트에서 출발해 나중에 정교해진 것들이다. 함께 SF를 읽었던 수강생들에게 뭔가를 가르친다기보다는 오히려 많은 것을 배웠다. 『키워드로 읽는 SF』는 그러한 감응의 결과물이다. 강의에서 만날 수 있었던 분들께 우선 감사드린다. 아울러 갈수록 어려워지는 출판 환경에도 불구하고 기꺼이 책을 펴내자고 권유해주신 도서출판 b의 조기조 사장님과 편집을 맡아준 김장미 선생님께도 고마움을 표한다. 이 책은 리얼리즘 비평집 『유머의 비평』과 함께 같은 출판사에서 출간되니, 그 고마움과 미안함은 두 배가 되어 갚을 길 요원하게 되었다. 마지막으로 아플 때 곁에서 애정으로 돌봐준 가족에게 감사를 전한다.

2023년 겨울에
저자

제1부

이웃: 너무 멀거나 지나치게 가까운

스타니스와프 렘의 『솔라리스』(1961)

1. '솔라리스', 경악과 공포의 대상

폴란드의 SF 작가 스타니스와프 렘Stanislaw Lem의 『솔라리스 Solaris』(1961)는, 개인적으로, 나를 광대하고도 경이로운 SFscience fiction, 과학소설의 세계로 들어가도록 만든 첫 작품이다. 2008년 무렵에 이 소설을 처음 읽은 이후에도 『솔라리스』는 여전히 내게는 최상의 SF라고 할 수 있다. 그 즈음 SF의 세계로 들어가는데 얼마나 자주 머뭇거리고 망설였던지. 문학비평가로 글을 쓰기 시작한 지 얼마 되지 않았던 2005년 무렵, 누군가가 헌책방 한구석에 꽂혀 있던 이 소설을 읽어보라고 내게 권유했을 때 집어 들었다가 원래 자리에 꽂아놓았던 기억이 떠올랐다. 얼마 후 마음먹고 다시 그 책방에 갔을 때 『솔라리스』는 이미 그 자리에 없었다. 그로부터 3년이 지나 이 소설을 비로소 읽게 되었을 때, 소설의 주인공 캘빈이 불가사의한 행성 솔라리스 근처의 우주정거장에 도달했을 때의 두려움과 놀라움은 내가 SF의 세계로 처음 들어갈 때 느낀 심경이기도 했다. SF와 처음 조우했을 때의 감정을 재생하지 않고 어떻게 이 글을 달리 시작할 수 있을까.

나는 『솔라리스』를 분석함으로써 타자성에 대한 급진적인 사고 실험을 감행하는 SF의 문학적 의의를 해명해 보고자 한다. 『솔라리스』는 『에덴』(1959), 『우주 순양함 무적호』(1964)와 함께 '미지의 외계 생명과 조우한 인류가 겪는 커뮤니케이션'과 '인간 인식의 한계의 문제'를 다룬 이른바 '우주 3부작,' '접촉 3부작' SF 가운데 두 번째 작품이다. 『솔라리스』는 1968년에 소련 중앙방송국의 TV 영화로 제작된 적이 있으며, 이후에 안드레이 타르코프스키, 스티븐 소더버그 감독에 의해 각각 1972년, 2001년에 영화화된 바 있다. 영화의 경우, 원작과 달리 행성 '솔라리스'에 대한 인식론적 탐구 및 그 실패와 좌절의 기록, 솔라리스와의 접촉에 이르는 과정보다는 솔라리스에 의해 물질화되어 되살아난 주인공의 애인(영화에서는 아내)을 닮은 피조물과의 애증의 재현에 초점을 맞추고 있다.

『솔라리스』는 제목이 상징하듯이 그 주변으로 무수한 인식론적·윤리적 질문의 위성들이 돌고 있는 불가해한 행성 솔라리스와도 같다. 두 개의 태양 주변을 공전하는 행성 솔라리스의 정체는 무엇인가? 도대체 10년 전에 죽은 연인 하레이는 왜 주인공 '나'(크리스 캘빈)의 앞에 다시 나타났는가? 그녀는 되돌아온 자歸神, 유령鬼神인가? 그런데 그녀는 유령과 달리 왜 육체가 있는가歸身? 그녀의 정체는 도대체 무엇인가? 솔라리스 우주정거장 안에 체류하는, 주인공을 포함한 세 과학자를 사로잡은 광기와 편집증의 원인은 무엇인가? 이들을 방문한 수수께끼 같은 '손님'들은 도대체 누구인가? 죽은 기바리안의 시체 앞에서 무릎을 꿇고 있던 거대한 흑인 여자의 정체는 무엇인가? 사르토리우스의 밀짚모자와 우주정거장 안에서 울리는 정체 모를 아이의 웃음소리는 무엇인가? 이 모든 것은 끊임없이 의태와 복제를 수행하는 행성 솔라리스와 무슨 관계가 있는가? 솔라리스 행성의 의태와 복제의 목적은 무엇인가? 솔라리스라는 불가해한 '이웃'은 인류의 친구인가 적인가?

『솔라리스』를 읽으면서 가졌던 모든 의문과 질문과 탐구와 학설은, 그것이 제기되자마자, 탐구하는 도중에, 어떠한 명확한 결론도 맺지 못하고 솔라리스라는 불가지의 바닷속으로 침몰하는 것으로 보인다. 그러나 소설을 읽으면서 생겨날 수밖에 없는 당혹감과 경이로움, 놀라움과 불쾌감 등은 『솔라리스』로 들어가는 첫 관문이자, 이 SF 작품에서 수행된 사고 실험의 첫 성과이기도 하다. 『솔라리스』는 두 개의 태양을 돌고 있는 솔라리스, 솔라리스 주변을 돌고 있는 우주인들, 독자가 그 주변을 돌면서 작품 안팎으로 많은 질문을 던지도록 유도한다.

『솔라리스』는 SF가 다른 무엇보다도 '사고 실험'의 탁월한 문학적 성과임을 증명한 현대 SF의 대표작이라고 할 만하다. 또한 SF가 재현이나 반영과도 같은 전통적인 리얼리즘적 서사 작법이나 세계관과는 상이한 문학적 공식에서 움직인다는 점을 훌륭한 문학적 성취로 분명히 한 작품이기도 하다. 소설에 등장하는 '솔라리스'는 르네 데카르트의 '사고하는 사물res cogitans'에서 임마누엘 칸트의 '물자체Ding an sich'에 이르는, 인식론적으로 인지 불가능한 '타자'(소설에서는 '손님', '이웃'으로 명명되는)인 동시에, 미학적으로도 재현=표상 불가능한 '숭고'라는 개념을 함축하고 있다. 그렇다고 『솔라리스』가 그러한 기존의 철학적, 미학적 개념의 타당성을 증명하는 소설이라는 의미는 아니다.

은유적으로 확대하자면, 친숙한 것처럼 보이지만 여전히 미지의 문학인 SF란 솔라리스의 작중 인물들이 그토록 곤혹스러워한 행성 '솔라리스'와 같은 타자는 아닐까. 『솔라리스』에서도 말하고 있지만, '사고하는 바다'로 뒤덮여 있는 행성 솔라리스에 대한 수많은 연구들은 130여 년이 지나도록 답보 상태이다. 솔라리스에 대한 온갖 가설과 추측, 논리와 해석, 반박과 재반박, 유사 과학적인 탐구, 신비주의적 관심, 역사와 계보를 저장한 가상의 '솔라리스 도서관'은 그 자체로 J. L. 보르헤스의 '바벨의 도서관'에 대한 오마주라 할 만하다. 『솔라리스』는 '글쓰기의 불가능성'에 대한 현대문학의 알레고리이자 '불가능성의 글쓰기'를 추구하는 작품이다.

2. 사유의 바깥, 솔라리스라는 대상의 출현

『솔라리스』에서 집중적으로 탐구되고 있는 인식의 대상은 행성 '솔라리스'이다. 솔라리스는 소설 속에 등장하는 수많은 솔라리스 학자들 상당수가 공통적으로 말하는 것처럼 '사고하는 행성'이다. 이 작품은 SF 용어로 외계인과 지구인의 만남을 그리는 '최초의 접촉first contact' 테마를 다루고 있다. 일설에 의하면 외계인을 친구 또는 적으로 표상하는 미국 SF의 게으른 상상력에 질린 작가 렘이 그러한 누습에 도전하기 위해 쓴 작품이라고도 하는데, 근거가 없지는 않은 이야기로 들린다. 확실히 렘은 '재현=표상=거울'이라는 반영론적인 인간 중심주의적 사고와 표현의 방식에 제동을 거는, 친구도 적도 아닌 솔라리스라는 정체불명의 타자를 형상화했다. 더 정확히는 솔라리스를 외계인 표상에 대한 한계의 형상으로 만들었다. 이것은 기존의 SF적 글쓰기에 도전하는 행위이기도 하다. 다시

말해『솔라리스』는 '외계인=타자'에 대한 SF의 인식론적 패러
다임 전체를 바꿨다고도 말할 수 있다.『솔라리스』이후로
여전히 외계인을 '고귀한 야만인noble savage'이나 흉물스러운
적으로 표상하는 SF는, 비록『솔라리스』이후에 출간되었더라
도,『솔라리스』이전의 인식이나 재현에 머무르고 있는 것이
된다.

『솔라리스』는 사실 엄밀하게 짜인 플롯이나 박진감 있는
이야기로 구성된 SF라고 말하기는 힘들다. 사건이라고 해봤자
고작 솔라리스 행성 근처를 맴도는 우주정거장에 도착한 심리
학자인 주인공 캘빈이 겪는 섬뜩한 꿈과도 같은 모험이 전부이
다. 캘빈은 정거장에 거주하는 세 과학자 가운데 기바리안이
죽은 것을 발견하고, 스나우트와 사르토리우스가 뭔가를 극도
로 숨기면서 불안에 떠는 것을 목도하며, 십 년 전에 자살한
하레이가 정거장에 머물러 있는 것을 발견하고 이번에는 그
자신이 두려움에 떤다. 그리고 이야기는 하레이가 자발적으로
캘빈으로부터 사라진 후, 캘빈이 솔라리스 바다와 '최초의
접촉'을 시도하는 것으로 끝난다. 그사이에 가상의 백과사전과
도 같은 솔라리스 학學이 거대한 오케스트라 교향곡처럼 전개
되고, 거기서 솔라리스에 대한 인식론적인 탐구, 원본과 복제,
정상과 광기, 꿈과 현실의 전도, 인간 중심주의 또는 지구
중심주의에 대한 회의론, '손님'의 정체, 솔라리스의 의태와

대칭물, 솔라리스와 신에 대한 형이상학적 명상 등이 각각의 테마로 연주된다. 이 각각의 테마를 요약해서 다룬다는 것은 사실상 『솔라리스』를 처음부터 다시 읽는 것이 되어버린다. 마치 보르헤스가 한 에세이에서 말한 것처럼,[1] 영국과 가장 닮은 지도를 만들려고 했던 어떤 사람이 결국에는 정확히 영국 땅 크기의 지도를 제작하는 결과를 가져올지도 모른다.

우리는 보통 리얼리즘 문학의 작법이나 독법의 관습에 익숙해 있기 때문에 문학에서 당대 현실의 흔적을 무의식적으로나마 발견하려고 노력하는 경우가 대부분이다. 그러나 『솔라리스』에서 이른바 폴란드적인 현실에 대한 표면적인 흔적을 발견해내기란 쉽지 않다. 내 생각에 『솔라리스』는 오히려 미셸 푸코가 말한 에피스테메, 곧 지식이 탄생하는 조건 또는 지식의 장 전체가 바뀌는 조건을 탐험하는 인식론적 과제를 수행하고 있다고 판단된다. '솔라리스 학'에서 우리가 마주치는 당혹감과 허무함은 솔라리스가 그에 대한 의문과 탐구, 명명과 학설 모두로부터 끊임없이 멀리 달아나는, 붙잡을 수 없는, 자크 데리다식으로 말하자면 글쓰기가 끊임없이 미끄러지는, 영원히 의미가 유예되는 어떤 불가해한 대상이라는 것에서 기인한

••

1. 호르헤 루이스 보르헤스, 「『돈키호테』에 어렴풋이 나타나는 마술성」, 『만리장성과 책들』, 정경원 옮김, 열린책들, 2008, 98.

다. 우주정거장에 비치된 도서관에서 캘빈은 솔라리스에 관한
온갖 문헌들을 섭렵하는데, 이 방대한 문헌과 그만큼의 엄청난
지식은 흔히 진보의 상징이라고 일컬어지는 '과학' 그 자체라고
해도 무방하다. 따라서 『솔라리스』에서 과학은 과학을 배반하
지만, 비과학적인 세계를 추인하지도 않는다. 그렇다면 이 소설
의 세계는, "실험과학이 이론을 전개할 수도 없고 대상을
구성할 수도 없도록 구조화된 세계"이며, 『솔라리스』는 "세계
를 과학적 인식에 종속시킬 가능성이 미래에도 여전히 존재"
하는 과학소설과는 다른 종류의 소설인가.[2]

비록 솔라리스를 탐구하는 과학이 130년의 장구한 역사를
가졌음에도 불구하고 그 과학의 역사는 솔라리스에 대한 인식
의 진전을 전적으로 담보하는 역사는 아니다. 그러나 그렇다고
해도 『솔라리스』의 세계를 '실험과학이 불가능한 세계'라고
단정하기도 어렵다. 실험과학이 전혀 불가능하지도 않으면서
도 세계를 과학적 인식에 종속시킬 가능성이 대단히 불확실한
현실. 그리고 그러한 현실과 마주하기. 이것이 솔라리스 과학자
들이 받은 충격이고, 캘빈이나 스나우트가 추체험하는 절망이
며, 그 충격을 그대로 뒤따라가는 독자가 느낄 법한 허무이다.

• •

2. 퀑탱 메이야수, 『형이상학과 과학 밖 소설』, 엄태연 옮김, 이학사,
   2017, 11, 10.

솔라리스에 대한 최초의 탐구 가운데 하나는 솔라리스가 생명체인가 아닌가의 논란이다. 그중 솔라리스의 바다를 생명체로 분류하는 방식은 근대의 일반적인 생물학적 분류법인 종 속과 목 강 문 계 순을 따르지 않는다. "매우 독창적이고도 재미있는 분류 체계"(47)에 따르면, 솔라리스는 아래와 같이 독특하게 분류된다.

문門 — 폴리테리아(많은 동물)
목目 — 신시티알리아(다핵 세포, 합포체)
강綱 — 메타모르파(변형 생물)(47)

솔라리스가 세포체인지, 변이가 자유로운 생물인지, 그도 아니면 동물인지 도무지 알 수 없다고 고백하는 분류법이다. 그리고 위 대목은 보르헤스의 에세이에서 인용되는 '중국 백과사전'에 실린 자의적이고도 기상천외한 동물 분류를 얼마간 연상시킨다. 이것은 푸코가 『말과 사물』(1966)의 「서문」에서 인용해 유명해진 것으로, 그로 하여금 "서구적 사유의 친숙성을 깡그리 뒤흔들어 놓는"[3] 웃음을 터뜨리게 만들고 모종의 토대마저 흔들리는 불안을 느끼게 한 분류, 분류를 파괴하는 분류인

• •
3. 미셸 푸코, 『말과 사물』, 이규현 옮김, 민음사, 2012, 7.

것이다.

　　a) 황제에게 속하는 것, b) 향기로운 것, c) 길들여진 것,
d) 식용 젖먹이 돼지, e) 인어人魚, f) 신화에 나오는 것, g)
풀려나 싸대는 개, h) 지금의 분류에 포함된 것, i) 미친 듯이
나부대는 것, j) 수없이 많은 것, k) 아주 가느다란 낙타털
붓으로 그린 것, l) 기타, m) 방금 항아리를 깨뜨린 것, n)
멀리 파리처럼 보이는 것.[4]

　'솔라리스'도 마찬가지이다. 솔라리스는 지구 행성계의 과학
지식의 분류를 파괴하는, 도무지 분류가 되지 않는 지식의
전적인 타자이다. 솔라리스 앞에서 과학자들이 마주치는 것은,
푸코를 다시 빌리면, 솔라리스를 "사유할 수 없다는 적나라한
사실이다."(7) 서구 사상사의 맥락에서 보면 『솔라리스』가 출간
된 1960년대 초반은 레비스트로스가 『야생적 사고』(1962)에서
서구인들이 비서구인들의 '신화적 사고'(야생적 사고)에 비해
우월하게 가정해 온 '과학적 사고'의 자명함이 완전히 깨져버리
는 시대였다. 식민주의가 종식되었으며, 동일자 형태의 제국주

• •
　4. 미셸 푸코, 위의 책, 7쪽에서 인용. 호르헤 루이스 보르헤스, 「존 윌킨스
　　의 분석적 언어」, 앞의 책, 190.

의적 지배가 엔트로피 상태에 도달했다. 엔트로피의 고립계를 부숴버리는 바깥, 외부, 타자의 (재)발견이 이때 일어났다.

이러한 역사적인 십자로에서 SF『솔라리스』의 출현을 이해할 필요가 있겠다. 소설에서 솔라리스의 역사는 어쩌면 진보로서의, 발전으로서의, 변증법적 투쟁의 역사로서의 서구 과학이나 지식의 역사에 대한 일종의 풍자이자 패러디라고도 할 수 있다. "우리가 서로를 이해하지 못하는데, 어떻게 솔라리스의 바다와 소통할 수 있겠어?"(『솔라리스』, 52)라는 소설 속 어느 학자의 반문은 여기서 핵심적인 사항으로 상기해둘 만하다. 그럼에도 불구하고 솔라리스의 정체에 대한 불가지론 속에서 인식의 진전이 전혀 없는 것은 아니다.

솔라리스의 바다가 의식을 갖고 있다는 과감한 주장을 용기 있게 발표한 최초의 과학자는 두 하르트였다. 방법론자들이 성급하게 '형이상학'이라고 단정한 이 주장은 이후에 벌어진 거의 모든 토론과 논쟁의 불씨가 되었다. 의식을 배제한 생각이 과연 존재할 수 있는가. 솔라리스의 바다에서 관측된 일련의 과정들을 가리켜 '생각'이라고 부를 수 있을까. 산을 가리켜 단지 하나의 거대한 돌덩이라고 지칭해도 무방할까, 그렇다면 행성은 거대한 산일 수 있는가. 이런 식의 비유는 얼마든지 통용될 수 있지만, 그러기 위해서는

우선 지구의 기준과는 다른 새로운 척도와 기준이 마련되어
야 한다. 그래야만 새로운 가능성과 새로운 현상을 논할
수 있다.(56)

'두 하르트'라는 이름에서 연상되는 서구 철학사의 주요
인물은 데카르트로 추정된다. 데카르트가 말한 '나는 생각한다,
고로 존재한다Cogito ergo sum'는 의식 없는 사유는 존재하지
않는다는, 즉 사유와 존재는 분리할 수 없다는 의미이다. 그런데
뒤하르트 곧 데카르트의 후예들이 마주친 것은 의식 없는 사유
가 존재할 수도 있다는 것이다. 의식 없는 사유, 그것을 뭐라
불러야 할까? 물론 '무의식'이다. 레비스트로스와 푸코의 동시
대인인 정신분석가 자크 라캉이 데카르트의 코기토를 뒤집어
이렇게 말한 적이 있다는 것은 잘 알려져 있다. '나는 생각하지
않는 곳에서 존재하고, 따라서 존재하지 않는 곳에서 생각한다
Je pense où je ne suis pas, donc je suis où je ne pense pas'. 그렇다면 솔라리스는
데카르트의 코기토를 뒤집은 라캉의 명제를 상상적으로 물질
화하는 대상으로 우선 가정해 볼 수 있다. 이 대상은 어떻게
출현하는가? 그리고 이 대상은 지식과 관련하여 우리에게 무엇
을 말해주는가?

3. 솔라리스와 SF의 'science'

이렇게 해서 우리는 『솔라리스』에서 작중인물들을 초반부터 지배하고 있는 무의식 즉 그 가운데 하나인 광기와 꿈의 세계로 입장했다고 할 수 있다. 우리는 『솔라리스』에서 캘빈이 겪는 꿈과 현실의 악몽과도 같은 전도, 또는 정상과 광기의 전도를 설명할 수 있는 단서를 얻게 된다. 우주정거장에서 캘빈을 처음 만난 스나우트는 반미치광이 상태 속에서 "여기 있는 내가 실제의 나라고는 믿지 않는"다고 생각한다(52). 그런데 그것은 명색이 인간의 마음을 탐구한다는 심리학자 캘빈에게도 마찬가지이다. 그런데 '자신이 미쳤나 미치지 않았나,' '자신이 꿈속에 있는 것인가 현실에 있는 것인가'라는 혼돈 속에서 자신이 광기가 아닌 이성 쪽에, 꿈이 아닌 현실 쪽에 있다고 증명하기 위해 캘빈이 쓰는 방법은 흥미롭게도 『성찰』에서 데카르트가 수행한 '방법적 회의'와 그 절차와 매우 흡사하다. 물론 하레이가 등장하기 바로 직전까지 캘빈이 수행했던 작업은 이성/광기, 현실/꿈 등의 빗금(/)의 분할을 보다 분명하게 하기 위한 일련의 방법들을 도입하는 것이었으며, 그것은 데카르트가 방법적 회의를 통해 추구하고자 했던 궁극의 목적[5]과는 약간은 다르다. 데카르

5. 데카르트의 방법적 회의에 대한 여러 철학적인 평가에 대해서는 로이

트가 내세웠던 다음과 같은 전제 또한 캘빈이 우주정거장에서 정립하려고 했던 것과는 다르다. "토대가 무너지면 그 위에 세워진 것도 저절로 무너질 것이기에, 기존의 의견이 의존하고 있는 원리들 자체를 바로 검토해 보자."[6] 데카르트와 캘빈은 코기토의 확실성을 추구하기 위해 같은 방법과 절차를 도입, 사용했음에도 불구하고 데카르트는 기존 지식의 토대를 근본적으로 재검토하기 위해서, 캘빈은 기존 지식의 토대를 필사적으로 붙잡기 위해서 그렇게 한 것이었다는 데서 둘의 차이는 드러난다.

1	방법적 회의: 정상과 광기(감각적 지각)
캘빈	"그렇지만 내 정신 상태를 객관적으로 판별할 수 있는, 꼭 맞는 실험을 설계하고 실행하는 작업이 과연 가능할까?"(『솔라리스』, 108)
데카르트	"이 두 손이 그리고 이 몸통이 내 것이라는 것을 어떻게 부인할 수 있는가?"(『성찰』, 35)

첫 번째 '방법적 회의'로 데카르트가 과녁을 겨누고 있는 것은 정상과 광기의 문제이다. 확실성에 대한 데카르트 자신의

∙∙
보인, 『데리다와 푸꼬』, 홍원표 옮김, 인간사랑, 1998, 57~81.

6. 르네 데카르트, 『성찰』, 이현복 옮김, 문예출판사, 1997, 35. 앞으로 이 책을 인용할 경우 본문에 책 제목과 쪽수를 표시한다.

믿음은 곧 곤경에 빠질 것이다. 왜냐하면 데카르트에 따르면 광인도 확실성을 추구할 수 있기 때문이다. 광인들은 "검은 담즙에서 생기는 나쁜 증기로 인해 두뇌가 아주 혼란되어 있기 때문에 알거지이면서도 왕이라고, 벌거벗고 있으면서도 붉은 비단옷을 입고 있다고, 머리가 진흙으로 만들어졌다고, 몸이 호박이나 유리로 되어 있다고 우겨"대기 때문이다. 그런데 데카르트는 어쩐지 "이들은 한갓 미치광이일 뿐"이라고 하면서 광인과 정상인의 차이를 감각적 확실성만 갖고서 논박하려고 한다(『성찰』, 35). 그러나 감각적 확실성에 근거한 정상과 광기의 구별은 비록 유효하더라도 다른 상황에서는 곤란에 처할 수밖에 없다. 그 상황은 꿈이다. 캘빈–데카르트는 두 번째 '방법적 회의'의 절차를 밟게 된다. 데카르트는 반문한다. "옷을 벗고 침대에 누워 있건만, 평소처럼 내가 여기 있다고, 겨울 외투를 입고 난롯가에 앉아 있다고 잠 속에서 그려 낸 적이 어디 한두 번이었던가?"(『성찰』, 36)

2	방법적 회의: 현실과 꿈(감각적 지각)
캘빈	"결과적으로 내가 계획하고 실행에 옮기는 실험이 어떤 것이든 간에, 나는 현실에서나 꿈에서나 동일한 방식으로 행동하고 있다고 볼 수 있는 것이다."(109)
데카르트	"깨어 있다는 것과 꿈을 꾸고 있다는 것을 확실히 구별해 줄 어떤 징표도 없다는 사실에 소스라치게 놀라게 된다."(『성찰』, 35)

따라서 감각적 확실성만을 갖고 꿈과 현실의 차이를 판별하기란 불가능하다. 그래서 캘빈-데카르트는 객관적 진리 속에서, 즉 현실과 꿈, 이성과 광기, 감각의 혼란에 구애받지 않는 자명하고도 객관적인 진리인 "대수학, 기하학" 등에서 피난처를 구하고자 한다. 데카르트는 꿈이나 상상에서 마주할 수 있거나 화가들이 그리는 상상의 동물인 "세이렌이나 사티로스"도 화가들의 공상에 의해 "다양한 동물의 지체들을 이리저리 뒤섞어" 놓은 것뿐임을 말한다. 비록 그것이 "허구적이고 거짓된 어떤 새로운 것"이라고 하더라도 그 재료가 되는 것들은 "더 단순하고 보편적인 것"에 기초해 있다. 이 단순하고 보편적인 것의 원리는 마치 대수학이나 기하학과 닮았다. 데카르트에 따르면 "대수학과 기하학은 의심할 수 없는 확실성을 담지하고 있다." 코기토의 확실성을 대수학, 기하학의 객관적 확실성과 동일하게 간주하려는 데카르트의 노력은 말할 것도 없이 캘빈의 것이기도 하다(이하,『성찰』, 37~38).

수학적 확실성을 추구하려는 캘빈의 방법은 데카르트의 방법을 약간 수정해 컴퓨터 실험으로 옮겨놓은 것으로 봐도 좋겠다. 캘빈은 "은하계 자오선의 위치를 소수점 이하 다섯 자리까지 정확히 계산해 달라"는 "요청"(110)을 스스로에게 부여한다. 즉 자신도 컴퓨터로 직접 계산하고, 인공위성의

3	방법적 회의: 수학적 확실성
캘빈	"따라서 만약 두 수치가 근접하게 일치한다면, 그것은 곧 우주정거장의 전자계산기가 실제로 존재하며, 내가 실제로 그 계산기를 사용했다는 의미이므로 내가 꿈을 꾸고 있는 게 아님을 증명할 수 있게 된다."(112)
데카르트	"왜냐하면 내가 깨어 있든 잠들어 있든 간에, 둘에 셋을 더하면 언제나 다섯이고, 사각형은 네 변밖에 가지지 못하므로, 이렇게 분명한 진리들이 거짓일 수 있다는 의혹을 받는 일은 있을 수 없는 것으로 생각되기 때문이다."(『성찰』, 38)

컴퓨터는 자동으로 계산하는 것이다. 이 두 계산의 결과가 소수점 이하 넷째 자리까지만 일치하면 된다. 다섯 번째 자리는 솔라리스 바다의 예측 불가능한 변수에 따라 어긋날 것이다. 그리고 그 결과, 즉 소수점 이하 넷째 자리까지 "두 수치가 근접하게 일치한다면, 그것은 곧 우주정거장의 전자계산기가 실제로 존재하며, 내가 실제로 그 계산기를 사용했다는 의미이므로 내가 꿈을 꾸고 있는 게 아님을 증명할 수 있게 된다."(112) 캘빈은 성공한다. 그러나 그것은 어디까지나 일시적일 뿐이다. 한편으로 데카르트가 수행한 세 번째 방법적 회의의 중요한 측면 하나는 확실성의 지식을 보증하는 타자를 가정한다는 것이다. 그는 수학이라는 객관적 진리를 보증하는 진리의 원천이자 대타자인 신을 내세우려고 하는 것이다.

데카르트에 따르면 지식의 보증인인 신은 설령 데카르트가

"둘에 셋을 더할 때, 사각형의 변을 셀 때" "잘못을 범'하더라도 "내가 속는 것을 원하지 않았을 것"으로 가정되는 "선한 신"이다. 데카르트는 주체의 지식과 믿음의 토대인 대타자 신을 소환하는 자신의 방법을 "우화"라고 말한다. 방법적 회의를 통해 코기토의 확실성을 추구하는 데카르트는 철저하다. 심지어 그는 이 '우화'마저 허물어뜨리려고 하는데, 그것은 흥미롭게도 신이 존재하지 않는다는 무신론적인 가정을 취하지 않는다. 데카르트는 하나의 우화를 다른 우화로 대치한다. 데카르트가 선택한 두 번째 우화는 다른 신, 즉 "악마가" "꿈의 환상"에 불과한 이 기만적인 현실을 창조했다는 영지주의적인 가정이다(『성찰』, 39~40). 이번에는 스나우트가 캘빈에게 반문한다. "그렇다면 자네는 이 모든 게…… 바다 때문이라고 생각하나? 솔라리스의 바다가 한 짓이라고?"(161)

4	방법적 회의: 가정법의 우화
스나우트/ 캘빈	"이 솔라리스라는 행성이 거대한 악령에 사로잡혔고, 그 악령이 자신의 짓궂은 장난기를 발동하여 우리 학술 탐사 대원들을 홀리기 위해 여자의 혼령이라도 보낸다는 건가?"(161)
데카르트	"그래서 나는 이제 진리의 원천인 전능한 신이 아니라, 유능하고 교활한 악령genium aliquem malignum이 온 힘을 다해 나를 속이려 하고 있다고 가정하겠다."(『성찰』, 40)

여기서 '유능하고 교활한 악령'이라는 가설은 매혹적이며, 따라서 특별히 기억해둘 필요가 있겠다. SF의 사고 실험과 서사를 가능하게 만드는 음모 이론(음모 서사)이 열리는 순간이기 때문이다. SF의 철학적인 선조로 데카르트를 다시 읽을 수 있을까. 수학적·객관적 확실성마저 녹처럼 부식腐蝕시키는 데카르트의 이 '유능하고 교활한 악령'은 나중에 워쇼스키 자매의 영화 〈매트릭스〉 연작(1999~2021) 현상계를 만든 존재가 된다. '매트릭스'가 바로 유능하고 교활한 악령의 현대적 판본이다. 물론 데카르트는 『성찰』의 나머지 장에서 회의하는 코기토를 보증할 만한 신=타자를 다시 소환함으로써 Cogito ergo sum을 추출해낸다. 그러면 데카르트의 '타자=신'에 대응하는 캘빈의 '타자=신'은 무엇일까? 물론 컴퓨터 실험 직후에 출현한 수수께끼 같은 타자인 하레이다.

불안 속에서 확신한 대로 캘빈의 수학적인 방법은 결국 성공한다. 이제 그는 자신을 둘러싼 수수께끼 같은 상황을 최종적으로 명석판명하게 해명하고 안다고 가정된 지식의 주체로 스스로를 확립하는 분석가의 자리에 설 수 있는 것처럼 보인다. 그러나 바로 그 직후, 캘빈은 죽은 과거의 연인 하레이와 조우하게 된다. 그리고 그녀와 관련된 과거의 기억, 죄책감, 회한 등은 캘빈을 무던히 괴롭히기 시작한다. 한마디로 증상의 분석가, 알고 있다고 가정된 주체인 심리학자 캘빈은 이번에는 그 자신이 증상을 앓고 있는 피분석가의 자리에 있게 된다. 그렇다면 행성 솔라리스는 분석가의 자리에 있다고 할 수 있다.[7] 여기서 데카르트와 캘빈은 비슷한 상황에 처해 있으면서도 최종적으로는 갈라지게 된다. 캘빈의 타자는 데카르트의 타자와 달리 신은 아니다. 그렇다고 인간은 아니다. 캘빈 앞에 나타난 하레이는 단지 10년 전 과거에 죽었다가 부활한 하레이가 아니다. 하레이는 하레이가 아니며, 그녀는 인간과는 다른 피조물이다.

하레이는 타자이지만, 신도 사람도 아닌 그 무엇이다. 그리고 하레이의 출현은 다시금 수수께끼 같은 타자인 솔라리스와 연관이 있다. 『솔라리스』는 어떤 면에서 데카르트의 『성찰』을 철저하게 반복하고, 더 밀고 나아간다. 거기서 다시 캘빈은 데카르트의 명제를 훌륭하게 비틀어버린 라캉의 정신분석과 만나게 된다. '나는 생각하지 않는 곳에서 존재하고, 따라서 존재하지 않는 곳에서 생각한다.' 라캉의 명제는 한마디로 사유와 존재의 연속이 아닌 분리와 단절을 가정한 것이었다. 라캉이 말한 무의식이란 지식이 대상(타자)에 대한 주체의 사유에 속해 있지 않음을 말한다. 오히려 무의식은 대상보다도

· ·

7. Carl Freedman, *Critical Theory and Science Fiction*, Wesleyan University Press, 2000, 108.

대상에 대한 지식을 추구하는 주체에 대해 더 많은 것을 알려준다. 이 '더 많은 것'이란 주체가 알고 있다고 가정하는 곳에서 출현하는 알지 못하는 것으로, 지식으로서의 무의식, 또는 증상으로서의 지식이다. 정신분석의 소파에 누워야 할 존재는 피조물인 하레이가 아니라 하레이의 출현으로 혼비백산한 심리학자인 캘빈이다.

솔라리스는 바로 그러한 증상으로서의 지식을 입증하는 존재로 발명되었다고 해도 과언이 아니다. 또한 솔라리스는 주체 쪽에서 미지의 대상에 대해 추구하는 지식과 과학의 조건이자 발판인 에피스테메를 의문에 부치는 타자이기도 하다. 그리고 아마도 이것이 Science Fiction에서 과학science의 진정한 의미일 것이다. 과학소설에서 과학은 단지 과학소설에 포함되는 학문적인 지식만은 아니다. 그것은 어디까지나 과학소설을 위한 필수적인, 최소한의 조건이다. 오히려 과학소설에서 '과학'은 작품의 구성과 플롯, 세계관으로 창조적으로 변형되고 그에 긴밀하게 관여하는 인지cognition의 역동적인 작용으로 이해할 필요가 있겠다. 『솔라리스』에서 데카르트의 방법적 회의는 작품에 외삽된 지식, 과학(철학)이 아닌 기존의 현실을 낯설게 만드는 솔라리스라는 대상의 경이로운 창조와 깊은 관련이 있다. 과학소설 이론가인 다르코 수빈이 Science Fiction에서 science를 현실에 대한 반영이 아니라 그 현실에 대한 창의적이

고 역동적인 접근, 즉 인식과 창조를 결합한 cognition으로 바꿔 읽기를 제안했다.[8]

그런데 이러한 제안을 액면 그대로 따르면 『솔라리스』는 반과학소설이 아닌가. 왜냐하면 이 소설은 소설의 1/3을 이루는 백과사전적인 '솔라리스학'이라는 과학적 탐구에 대한 지독한 회의주의를 전개하기 때문이다. 그러나 『솔라리스』는 반인지적 소설, 예를 들면 판타지 또한 아니다. 인식의 증진과 발전으로서의 실증적 과학에 대한 회의주의를 전개하는 『솔라리스』의 어휘와 개념은 전적으로 과학적(인지적)이기 때문이다. 우리는 과학에 대한 회의와 부정을 과학의 어휘로 서술하는 이 소설에 내재한 이성의 변증법적 역설에 주목할 필요가 있다.

4. 솔라리스와 SF의 fiction

『솔라리스』는 '솔라리스'에 대한 학자들의 탐구가 계속되었음에도 불구하고 "전반적으로 무관심과 침체, 낙담의 분위기가 만연한 가운데, 종이에 인쇄된 솔라리스의 바다는 그렇게

• •

8. 다르코 수빈, 「낯설게하기와 인지」, 문지혁·복도훈 옮김, 『자음과모음』, 2015년 겨울호, 320.

점점 바다으로 가라앉는 중이었다"(237)고 보고한다. 그러한 회의와 절망 속에서 『솔라리스』는 역으로 인간 중심주의 나아가 지구 중심주의에 대한 인식론적 반성을 수행하고 있다. 한마디로 인간 중심주의적인 거울=반영=재현=표상에 대한 기존의 낡은 관념을 철저하게 비판하고 있다. 여기서 우리는 『솔라리스』를 통해 SF가 세계의 모사라는 리얼리즘적인 인식론에서 비롯된 재현=반영을 비판하는 '깨어진 거울'이자, 재현=표상 불가능성이라는 글쓰기의 한계를 문제 삼는 미학의 전위적인 실천임을 짐작할 수 있다. 『솔라리스』에서 회의주의자인 스나우트의 말들은 꽤 흥미로운데, 그가 캘빈에게 하는 장광설의 요약본과 이를 이어받아 캘빈이 하레이에게 하는 말을 함께 읽어보겠다.

"우리의 목적은 우주 정복이 아니라, 단지 지구의 경계를 우주로 확장하는 거라고 말한다네. 사실 이것은 거짓말이네. 우리는 다른 행성에 사는 종족을 전복하려는 게 아니라, 단지 지구의 문화를 그들에게 전파하고 그들의 유산과 교환하고 싶을 뿐이라고. 이것 또한 거짓일세. 우리는 인간 말고는 아무것도 찾으려 하지 않아. 다른 세계는 필요치 않은 거지. 우주에서 우리는 우리 자신의 이상화된 이미지, 지구본과 같은 모양에 지구의 문명보다 완벽하고 이상적인 문명을 만나기를 기대하면서도, 실제로는 우리가 미개했던 시절의 원시적인 이미지를 찾으려고 애쓰고 있는 거야. 그런데 우주에는 우리가 받아들이지 못하는 존재, 우리가 그것으로부터 스스로를 방어하고 지키지 않으면 안 되는 대상도 있는 법이지."(스나우트가 캘빈에게: 159~160)

"우리는 우주의 잡초처럼 흔하고 평범한 존재에 불과해. 우리는 자신의 평범함에 자부심을 갖고, 그것이 넓게 통용되고 있다는 점을 과시하며, 우리가 우주의 모든 것을 장악할 수 있다고 착각하고 있어. 그래서 대담하고 유쾌하게 이 기나긴 여정을 시작하며 일종의 도식을 만들었지. 이곳은 다른 세계라고! 하지만 다른 세계라는 건 도대체 뭘까? 궁극적으로는 우리가 그들을 정복하든가 그들이 우리를 정복하든가 둘 중 하나일 텐데 말야. 우리의 보잘것없는 두뇌는 결국 이런 수준의 생각밖에는 못 하는 거지."(캘빈이 하레이에게: 353)

그렇다면 이렇게 인간적 지식과 그것의 확장과 반영 전체를 무無로 돌려버릴 것 같은 회의론을 가중시키는 '솔라리스'는 소설에서 어떻게 재현=표상되는 걸까? 『솔라리스』의 매력은 바로 행성 솔라리스나 행성의 바다를 바로크적으로 형상화하는 렘의 탁월한 상상력이다. 한마디로 재현 불가능성=표상 불가능성 그 자체를 물질화해서 제대로 보여준다는 것이다. 표상=재현의 불가능성은 불가능성의 표상=재현으로 뒤바뀌는 것이다. 이로 인해 Science Fiction에서 '낯설게하기'로서의 fiction과 인지로서의 science가 역동적으로 상호작용하여 솔라리스와 하레이라는 비인간 형상이라는 어떤 새로움novum이 창조된다. 여기서 '새로움'이란 "작가와 내포 독자의 현실 규범으로부터 벗어난 총체화 현상 또는 관계"[9]이다. 우리는 다른 어디에서도, 가령 리얼리즘 소설에서 솔라리스와 같은 경이로운 인지적 행성이나 하레이와 같은 비인간 존재를 만나지 못한다.

다시 『솔라리스』의 처음 부분으로 되돌아가면 행성 솔라리스가 정거장에 머무는 과학자들에게 미친 영향력은 불가사의한 (비)존재, '손님', 말하자면 클론의 출현으로 이야기될 법하다. 이것이 솔라리스의 첫 번째 정체를 푸는 수수께끼이다. 죽은 기바리안의 시신 아래에 엎드려 있던 거대한 흑인 여성의 존재 그리고 캘빈에게는 돌아온 여자 하레이. 여기서 솔라리스의 첫 번째 정체의 윤곽이 드러난다. 한마디로 솔라리스는 캘빈의 옛 기억, 죄책감, 회한 등을 복제하고 물질화해 '손님'으

. .

9. Darko Suvin, "SF and Novum", *Metamorphoses of Science Fiction: On the Poetics and History of a Literary Genre*, Oxford: Peter Lang Pub Inc, 2016, 80.

로 보낸다. 솔라리스의 바다에서 탄생하는 비너스, 캘빈이라는 아담의 꿈에서 출현한 손님 이브가 합쳐진 존재가 바로 하레이 인 것이다. 여기서 『솔라리스』는 비너스 탄생과 이브의 탄생이 라는 오래된 신화, 즉 인간의 정신과 몸은 홀로 존재하는 것 같지만 그에게 은밀하게 달라붙은 낯선 타자가 있다는 신화를 현대적으로 다시 쓴다.

둘째로, 솔라리스는 단지 캘빈의 과거만 복제하는 존재가 아니다. 분명히 캘빈에게 귀환한 하레이는 그녀가 자살했던 스무 살의 하레이지만, 귀환한 하레이는 스무 살 하레이가 죽고 난 후에 캘빈에게 벌어진 일도 기억하는 하레이다. 그러니 까 정거장에 나타난 하레이는 단지 과거 하레이의 복제물도 아니며, 다만 하레이를 기억하는 캘빈의 인지와 심정이 투사된 존재도 아니다. 하레이는 단순한 복제와 분신을 벗어나는 (비) 존재이자, 차라리 독립적인 피조물이다. 그녀는 공포소설의 전형적인 표현을 빌리면 '안-죽은un-dead' 존재다. 하레이의 출현은 솔라리스와 물론 관련이 깊다. 렘의 소설과 타르코프스 키의 영화에 대해 상세하게 논한 슬라보예 지젝은 솔라리스를 '이드-기계id-machine'로 명명한다.[10] 지젝은 솔라리스와 하레이

• •

10. 슬라보예 지젝, 「내부로부터의 물(物)」, 한창환 옮김, 레나타 살레츨 편, 『성화』, 인간사랑, 2016, 345~359.

라는 '이웃'의 정체를 따로 떼어 놓지 않고 한꺼번에 해석하고 있지만, 둘은 또 각각 미세하게 다르다는 것을 염두에 둘 필요가 있다.

먼저 솔라리스의 형상은 거대한 원생동물이 끊임없이 움직이는 형태를 띠고 있는 '신장체,' 무엇인가를 모방하고 복제하는 '미모이드mimoids, 의태', 그리고 비유클리드 기하학의 건축학적 상관물이라고 할 만한 기기묘묘한 '대칭체와 비대칭체'로 나타나는데, 소설에서 이 부분들을 묘사하는 장면은 놀라울 정도로 아름다우며, 숭고하다. 솔라리스의 바다에 대한 소설의 묘사는 워낙 방대하기 때문에 그것을 이 자리에서 일일이 인용하기는 벅찰 지경이다. 그중에서 솔라리스의 '미모이드'를 묘사하는 장면은 이렇다.

어느 화창한 날, 바다 깊은 곳으로부터 표면에 타르를 바른 듯 시커멓고 둘레가 들쭉날쭉하며 크고 납작한 원반이 어른거리기 시작한다. 열다섯 시간 정도 지나면, 그 원반이 겹겹의 층으로 나누어지고, 시간이 갈수록 여러 개의 덩어리로 갈라지면서 수면을 향해 조금씩 떠오른다. 관찰자의 눈에는 수중에서 무서운 격투가 벌어지는 것처럼 보인다. 왜냐하면 앙다문 일그러진 입술 같기도 하고, 살아 있는 근육질의 닫힌 분화구 같기도 한 거대한 원형의 파도가 사방에서 열 지어 밀려와서 바다 밑에서 흔들리는 검은 환영을 향해 끊임없이 덤벼들기 때문이다. 처음에는 수직으로 솟구치던 파도가 나중에는 검은 덩어리들을 바닷속으로 겹겹이 밀어 넣는데, 수십만 톤의 끈적끈적한 점액이 급락 운동을 할 때마다 철썩철썩 때리는 듯한 엄청난 굉음이 몇 초 동안 이어진다. 천둥소리에 비견할 정도로 요란한 소음이 울려 퍼지는데, 이곳에서는 모든 것이 어마어마한 규모로 전개된다. 결국 검은 형성체들은 아래쪽으로 가라앉는다.(247~248)

이러한 묘사는 숭고함을 자아낸다. 솔라리스의 미모이드는 우주정거장과 관련된 과학자들의 기억, 무의식, 꿈, 행동 등을 모방하지만, 또 그것과는 전혀 무관하게 어떠한 목적성이나 의도를 벗어나서 자율적으로도 움직이고 있다. 도대체 솔라리스의 바다 또는 솔라리스는 무엇일까? 그것은 친구도 적도 아니다. 그것은 아름답지만 숭고하기도 하다. 그것은 가까이 있으면서도 도무지 접근이 불가능하다. 그것은 자기 조절적인 생물인 동시에 기계, 일종의 사이버네틱스 시스템에 가깝다. 소설은 이렇게 비유한다. 솔라리스의 바다를 묘사한다는 것은 "마치 거인들로 구성된 오케스트라의 웅장한 연주 속에서 단 하나의 현이 내는 떨림에만 귀를 기울이는 것"이며, "수학적인 대위법에 맞춰 적어 내려간 음표처럼 서로 촘촘히 연결된 수백

만의 동시다발적인 변화가 일어"나는 "기하학적 교향곡"을 "제대로 이해하기 불가능"하거나 그것을 "감상할 줄 아는 귀를 갖지 못"한 것과 같다고(263).

5. 숭고하고도 기괴한 이웃: 솔라리스와 하레이

소설에서 '솔라리스'에 대해 읽고 배울수록, 그리고 그에 대해 말하면 말할수록, 소설의 주인공뿐만 아니라 독자 또한 솔라리스에 대해 알아가기보다는 오히려 수수께끼 같은 그것의 심연에 접근하게 될 것이다. 『솔라리스』의 한 대목에서 캘빈은 이러한 심연을 열어놓는 솔라리스를 '이웃'으로 명명한다.

그러므로 이 바다는 단순히 존재할 뿐 아니라, 살아 있고, 생각하며, 행동하는 생명체다. '솔라리스 문제'를 부조리의 차원으로 치부하거나 완전히 제거할 수도 있다는 가능성은 영원히 사라졌다. 우리의 상대는 명백한 실체고, 지금까지 우리가 경험한 패배 또한 아무리 부인하려 해도 인정할 수밖에 없게 되었다. 이 모든 것이 의심의 여지 없이 입증된 것이다. 좋든 싫든 인류는 솔라리스라는 이웃을 인식해야만 한다.

설령 허공을 가로질러 수십억 킬로미터나 떨어져 있고, 우리에게서 광년의 거리만큼 먼 곳에 있다 해도 솔라리스는 엄연히 인류의 확장 범위 내에 놓여 있다. 비록 우주의 나머지를 합친 것보다 이해하기 힘든 난해한 대상이라 할지라도. (377~378)

인용문에서 '이웃'이라는 어휘는 엄밀히 이해될 필요가 있다. 바로 여기에서 솔라리스라는 접근 불가능한 '이웃' 맞은편의 또 다른 이웃, 너무 가까이 있어서 '나'에게 숨 막히는 존재인 하레이의 정체 또한 흥미로워지기 때문이다. 지젝은 『솔라리스』에 대한 분석에서 대상의 "과도하고 절대적인 근접성"은 "완전한 타자성"과 "일치한다"[11]고 하는데, 이러한 견해는 정신분석에서 '이웃Nebenmensch'에 대한 지그문트 프로이트–라캉의 해석을 따른 것이다. 이웃은 주체 자신의 탄생과 내밀하게 연관된 모성적 대상maternal object에 인접한 존재다. 이웃은 "주체의 현실을 표상 가능한 인식의 세계"와 거기에 "동화할 수 없는 사물das Ding로 분할하는 섬뜩한 지각의 복합체"로 정의된다. 이때 "사물은 전적으로 낯선 타자 안에 있는 어떤 것과의

· ·
11. 슬라보예 지젝, 「내부로부터의 물」, 358. Slavoj Žižek, "The Thing from Inner Space", Renata Salecl ed, *Sexuation(SIC 3)*, Duke University Press, 2000을 토대로 번역문을 수정했다.

마주침"으로, "그것은 자기와 타자의 구성물을 넘어서는 이질성의 침입"이자 적과 동지라는 "자기와 타자의 정치화를 초월"하는 존재다.[12] 한마디로 이웃은 주체에게 현실/비현실의 가장자리에서 낯설게 나타나는 대상이다.

앞에서도 말한 적이 있지만, 우주정거장에 나타난 하레이는 솔라리스라는 바다에서 태어난 비너스가, 십 년 전에 여자친구 하레이를 잃은 죄책감과 회한, 추억 속에서 고독하게 살아온 남자 캘빈의 꿈속에 출현해 바깥으로 걸어 나온 이브와 결합한 존재다. 그녀는 캘빈에게 익숙하면서도 결코 익숙하지 않은 존재다. 소설에서 하레이의 행동 몇 가지 특징은 섬뜩함을 불러일으킨다. 귀신도, 그렇다고 사람도 아닌 그녀의 행동을 살펴보자. 그녀는 결코 잠들지 않는다. 그녀는 음식도 별로 먹지 않고, 캘빈을 따라다닌다. 그것도 폐소공포로 가득 차 있는 우주정거장에서 캘빈을 거의 24시간 동안 따라다닌다. 하레이가 처음 나타난 직후에 캘빈이 하레이를, 안에서는 문을 열 수 없는 물자 운반용 로켓에 쏘아 보낸 결과는 어떻게 되었던가. 하레이는 되돌아왔다. 공포와 두려움을 몰아내려고 한 불가피한 선택이라고 하더라도 캘빈이 그녀를 매우 잔인하게 대하

· ·

12. 케네스 레이너드, 「이웃의 정치신학을 위하여」, 『이웃』, 정혁현 옮김,
    도서출판 b, 2010, 35.

는 것 또한 사실이다. 사실상 그야말로, 스스로 고백하고 있듯이, 하레이를 "죽인 것이나 다름없다."(348) 그는 하레이를 대상으로 생체 실험까지 행한다. 캘빈은 하레이의 팔에서 뽑아낸 피를 분해하는 시험을 했는데, 그 결과는 놀라운 것이었다. "뿌연 거품 막 아래의 시험관 바닥에서 검붉은 덩어리가 올라오고 있었다. 산에 타 버린 혈액이 재생된 것이다! 말도 안 돼! 절대로 있을 수 없는 일이었다!"(219) 소설은 하레이의 피에 함유된 낯선 물질을 "유령 대신 F-형성물"(220)로 부른다. 원자 만분의 일 크기에 지나지 않는 중성 미자로 추정되는 물질로 이루어진 하레이와 같은 "'손님'의 생물학적 기능을 밝힐 수 있는 진짜 구조는 여전히 베일에 싸여" 있다(224). 그러한 비인간 하레이를 마주한 캘빈은 어떤 심정이었을까. 그녀는 왜 다시 나타난 것일까.

나는 그녀를 끌어안았다.

"더 세게!" 그녀가 속삭였다. 그러고 나서 긴 침묵 끝에 그녀가 말했다.

"크리스!"

"왜?"

"당신을 사랑해요."

나는 하마터면 비명을 지를 뻔했다.(239)

원작을 각색한 타르코프스키의 영화 〈솔라리스〉(1972)와 소더버그의 영화 〈솔라리스〉(2002)는 사랑의 테마에 집중적으로 초점을 맞췄는데, 그러다 보니 솔라리스에 대한 인식론적 탐구를 다소 등한시한 것처럼 보인다. 단도직입적으로 말하면, 인식 불가능한 타자는 사랑 불가능한 타자와 떼려야 뗄 수 없는 관계다. 하나가 없으면 다른 하나도 없다. 솔라리스가 없으면 하레이도 없으며, 그 반대도 마찬가지이다. 그리고 캘빈과 과학자들이 자신의 상징적 일관성, 즉 과학자로서의 정체성을 유지하기 위해 솔라리스는 그들이 필사적으로 거리를 두고, 불가해한 것으로 남아 있어야만 하는 대상이다. 이것은 과학적으로 말해 관찰자와 관찰 대상을 분리하는 데카르트적인 이분법을 무화시키는 동시에 관찰 대상에 이미 관찰자가 포함되어 영향을 미친다는 양자 역학의 세계관을 환기하는 것이기도 하다. 마찬가지로 캘빈이 제정신이려고 하면 할수록, 하레이는 비정상이어야 하며 따라서 그녀는 캘빈으로부터 멀리 떨어져 있어야만 한다. 물론 두 대상, 솔라리스와 하레이는 엄연히 다른 존재다. 어떻게 다른가. 이 두 존재의 차이는 칸트의 삼대 비판서의 주요 개념들로 정리할 때 명료하게 파악될 수 있다.

『솔라리스』의 철학적 야심은, 한마디로, 대단해 보인다. 데카르트에서 칸트로 이어지는 인식론과 윤리학, 미학의 이행

이 거기에 함축되어 있다고 생각해 볼 수 있다. 그것은 스타니스와프 렘이 데카르트와 칸트를 읽고 SF를 썼다는 의미가 아니라 철학적 패러다임 또는 에피스테메의 변동을 SF의 급진적인 사고 실험으로 무대에 올렸다는 뜻이다. 칸트식으로 말해보면 솔라리스는 인식론적으로는 도무지 파악이 불가능하며 모든 지식과 탐구가 막다른 곳에서 부딪히고 마는 한계인 '물자체'이다. 또한 솔라리스는 단지 적과 동지가 아니며 윤리적 책임을 상기하고 일깨우는 '타자'의 출현과 깊은 관련이 있는 대상이다. 마지막으로 그것은 미적으로 볼 때 자율적이고도 무목적적인 한편으로 미적인 표상의 프레임을 넘어서는 '숭고'한 대상이기도 하다. 다만 칸트의 철학에서 '숭고das Erhabene'는 그와 비슷하면서도 엄연히 다른 비非미학적인 개념인 '기괴das Ungeheuer'와 구별 지어 따로 언급할 필요가 있을 것이다. 칸트의 미학에서 숭고를 이해하기 위한 필수 전제는 대상과의 '안전한' 거리이다. "뇌우나 대양이 일으키는 폭풍, 바야흐로 도래하는 어떤 것 그 자체, 이러저러한 사건에 휩쓸릴 위험 앞에서 나는 안전하다. 반면, 그와 같은 나타남, 그와 같은 도래에 의한 (눈이 다 멀 듯한) 황홀에 대해서는 나는 안전하지 못하다. 괴물, 즉 여기-있음의 저 무시무시한 시험 앞에서 나는 안전하지 못하다. 안전이 숭고의 조건이 되는 것은 그러한 '차이' 안에서이다."[13] 이에 비해 괴물, 기괴는

숭고에서 요청되는 안전한 거리가 사라진 존재의 압도적이고
도 숨 막히는 현현이다. 솔라리스가 '나'에게 숭고를 불러일으
키는 머나먼 미지의 대상이라면, 하레이는 '나'에게 너무 가까
이 있는 기괴한 이웃이다.

이쯤 되면 질문이 떠오를 법하다. 도대체 솔라리스를 누가
만든 걸까. 여기서 『솔라리스』는 칸트와 동일한 수준의 탐색을
전개한다. 곧 이성으로는 더는 파악할 수 없기에 이념=가상으
로밖에 취급할 수밖에 없는, 끊임없이 되돌아오는 이율배반적
대상에 대한 탐색을. 수천 년 역사를 가진 서구 형이상학에서
'억압된 것의 회귀return of the repressed'에 해당하는 것은 무엇일까?
바로 신, 우주(세계), 자유, 영혼 불멸과 같은 초월적 가상이다.[14]
이것들은 정명제(신은 존재한다)와 반명제(신은 존재하지 않는
다)를 아포리아로 빠뜨리는, 그러나 인간에게 이성의 능력이
있는 한 탐지를 멈추지 않고 그 근처를 끊임없이 맴돌도록
이끄는 초월적 이념들이다. 다른 어떤 문학보다도 SF의 장점이
있다면 그것은 칸트가 말한 초월적 이념과 같은 형이상학의
근본 문제를 SF가 유연하게 다룰 수 있다는 것은 아닐까. 물론

· ·

13. 엘리안 에스쿠바, 「칸트 혹은 숭고의 단순성」, 『숭고에 대하여』, 김예령
옮김, 문학과지성사, 2005, 126.
14. 알렌카 주판치치, 『실재의 윤리』, 이성민 옮김, 도서출판 b, 2005,
106.

이러한 생각은, 흔히 잘못 생각하듯이,[15] SF를 기존의 철학적 사고의 위엄과 권위에 종속시키는 것이 아니라, 오히려 그러한 철학적인 문제틀을 다른 방식으로 사유하고 전유하는 SF 사고 실험의 의의를 강조하려는 것이다.

돌이켜보면, 영혼 불멸(하레이), 우주(솔라리스), 솔라리스를 만든 창조주(신)라는 형이상학적 탐구의 아포리아를 『솔라리스』는 정확하게 문제 삼고 있는 것이다. 캘빈은 말한다. 솔라리스를 만든 그 신은 아마도 "인간이 불완전한 존재라서 그로 인해 생겨난" "불완전한" 신이 아니라, "불완전함 자체가 자신의 가장 본질적이고 내재적인 특성인 그런 신"(430)일 것이라고. 이 신은 데카르트가 자신의 방법적 회의의 여러 절차를 통해 코기토의 확실성을 최종적으로 보증하는 '완전하고도 선한 신'인 대타자와도 다른 존재다.

프레드릭 제임슨이 『솔라리스』에 대한 분석에서 언급한 것처럼, 서구 철학사에서 『솔라리스』의 신과 가장 비슷한 신은 아마도 프리드리히 셸링이 우주의 기원을 추론하는 데 끝내 실패한 채 남겨두었던 미완의 수고手稿에 등장하는 고독과 광기의 신일

. .

15. 홍미르, 「SF라는 이름의 호모플라시」, 『문학동네』 2023년 가을호. 이 글에서 필자는 『솔라리스』에 대한 나의 분석을 기존의 철학적 사유에 종속시킨다고 비판하는데, 『솔라리스』에 대한 나의 분석을 기존의 철학으로 부당하게 환원하는 일은 홍미르 자신이 하고 있다.

〈그림 1〉 안드레이 타르코프스키의 〈솔라리스〉의 솔라리스 바다

것이다.[16] 셸링은 『우주의 역사*Weltalter*』(1811~15)에서, 『솔라리스』가 그러한 것처럼, 자신의 무한한 고독과 광기의 카오스로부터 탈출하기 위해 우주를 창조했지만 후에는 인간에게 "맹종과 희생"(『솔라리스』, 430)을 요구하거나 어떠한 "목표"나 "목적"(『솔라리스』, 431)과도 무관한, 자신이 창조한 세계를 조금도 돌보지 않는 무기력한, 무능한, 스스로에게 절망해버린 신을 이야기한 적이 있다. 이제 간단한 도식으로 앞서 언급했던 '솔라리스'와 '하레이'의 차이점을 요약해 보고자 한다.

· ·

16. Fredric Jameson, *Archaeologies of the Future: The Desire Called Utopia and Other Science Fictions*, London: Verso, 2005, 112. 자신의 우울과 광기, 고뇌를 해소하기 위해 시간을 분만하고 말씀으로 우주를 창조하는 셸링의 신에 대한 보다 자세한 해석으로는 슬라보예 지젝, 『나눌 수 없는 잔여』, 이재환 옮김, 도서출판 b, 2010, 61~63.

솔라리스	하레이
물자체(Ding an Sich)	이웃(Nebenmensch)
접근 불가능성	과도한 근접성
인식(순수이성)	윤리(실천이성)
미와 숭고(schöne und erhabene)	기괴(ungeheuer)
최초의 접촉	사라짐(無)

〈표 1〉『솔라리스』에서 두 타자의 차이

한편으로 『솔라리스』는 사랑(성관계)의 불가능성에 대한
우화로도 읽힌다. 라캉의 저 유명한 '성관계는 없다Il n'y a pas
de rapport sexuel'는 언명은 남녀가 섹스를 하지 않는다는 것이
아니라 남자와 여자는 존재론적으로 서로 상이한 존재이며,
그것을 가장 잘 이야기해주는 것이 바로 섹슈얼리티의 차이라
는 뜻이다. 지젝이 곧잘 인용하기 좋아하는 아주 오래된 남성
우월주의 신화는 이렇게 이야기한다. 사랑이냐 일이냐. 지젝
에 따르면 대개의 남자들은 이러한 기만적인 선택의 강박증에
시달리는 존재다. 캘빈이라는 남자의 증상에서 하레이가 태어
났음을 우리는 이미 알고 있다. 하레이는 캘빈의 죄가 물질화
된 존재이며, 그녀는 그의 과학적 탐구(일)의 일관성, 과학자로
서의 자신의 상징적 정체성을 일관되게 유지하는 것을 방해하
는 여성으로 출현한다.

『솔라리스』에서 캘빈의 과학(심리학)은 정확하게 말하면

〈그림 2〉 안드레이 타르코프스키, 〈솔라리스〉의 켈빈과 하레이(레야)

솔라리스의 출현 앞에서 무력해진 것이 아니라 하레이의 출현 앞에서 무력해진 것이다. 한마디로 그는 임포텐스를 증상으로 앓고 있다. 소설의 마지막 13장과 14장은 그런 의미에서 흥미롭게 읽힌다. 이 두 장은 서로를 비추는 데칼코마니와 비슷하다. 13장에서는 하레이가 켈빈을 위해 자발적으로 사라진다. 켈빈은 하레이의 사라짐을 도와준 스나우트에게 화를 내지만, 이것은 하레이를 회피하고자 하던 켈빈의 일관된 자기기만에서 비롯된 허약한 항의에 불과하다. 14장에서는 켈빈이 솔라리스의 바다와 '최초의 접촉'을 시도해 결국에는 성공하기에 이른다. 이러한 성공의 의미는 무엇일까?

나는 헬리콥터에서 열댓 발자국 떨어진, 표면이 갈라지고

울퉁불퉁한 해변에 앉았다. 검은 파도가 무겁게 해변에 부딪혔다가 부서져 내리면서 그 짙은 색조가 무채색으로 변했다. 그러다 파도가 다시 물러설 때는 지금껏 닿지 않았던 바위의 모서리에 흔들리는 가느다란 점액질 선을 남겼다. 나는 좀 더 내려가서 밀려오는 파도를 향해 손을 내밀었다. 그러자 백 년 전에 이미 사람들이 경험했던 현상이 충실하게 재현되었다. 파도가 갑자기 움직임을 멈추고 잠시 머뭇거리다가 물러나더니, 내 손에 닿지 않은 채 내 손 위로 흘러내린 것이다. 즉 파도에서 뿜어져 나온 물줄기가 얇은 공기층을 사이에 두고 장갑처럼 내 손을 에워쌌고, 그 순간 파도의 내부를 구성하던 액체가 즉시 그 농도를 바꿔 살점과 같은 형태로 돌변했다. 하지만 내 손과 물줄기 사이에는 여전히 가느다란 공기층이 남아 있었다. 내가 손을 천천히 들어 올리자 파도가, 아니 좀 더 정확히 말하면 파도의 가느다란 줄기가 내 손을 따라 솟구쳐 올랐고, 점점 투명한 광채를 내뿜으면서 녹색의 피낭체가 되어 내 손을 감쌌다.(442~443)

『솔라리스』의 결말은 전체적으로 솔라리스와의 '최초의 접촉'에 따른 희미한 희망을 이야기한다. 그러나 이 최초의 접촉의 성공이란 실제로는 모종의 실패를 대가로 얻어낸 것일 수도 있다. 바로 하레이와의 사랑의 실패를 대가로. 하레이의 최후는 소설에서 어떻게 묘사되고 있는가. 스나우트의 말을 빌리면 그녀는 "사라졌어. 섬광과 함께 돌풍이 일어났어. 그리 세지 않은 바람이었지. 그게 다야."(416) 캘빈은 사랑을 잃는 대신 일을 얻었다고 해야 할까. 즉 그는 과학자로서의 자기 정체성을 마침내 회복한 것일까. 솔라리스와의 최초의 접촉은 그렇게 해서 가능해졌던 것이다. 어쩌면 이것은 남자라는 존재에 내포된 근원적 자기기만을 환기한다고도 볼 수 있다. 『솔라리스』 전반에는 남성들의 무기력함, 신경증적인 임포텐스가 있다. 이것은 캘빈이 하레이를 이웃으로 진정으로 만나지 못하는 것에 대한 하나의 증상이 아닐까 생각해 볼 수도 있다.

6. 『솔라리스』와 과학소설의 의의

스타니스와프 렘의 『솔라리스』는 SF의 미학적인 위상을 보편적으로 입증한 수작이다. 이 작품의 놀랍고도 대담한 여러 사고 실험은 우리가 살고 있는 경험적인 현실이나 그에 대한 인식과 상상의 자명한 토대, 에피스테메를 흔드는 메타 인지적 –미학적인 작업을 탁월하게 수행한다.

『솔라리스』에서 그려진 것처럼 인류는 자기 자신의 과거에 대한 기억과 상상, 탐구의 관행에 대한 근본적인 반성 없이 미래의 우주를 탐사하고자 하는 무모하고도 어리석은 존재로 설정된다. 인간 중심주의적인 사고와 상상에 여전히 고착될 때 외계인은 인간의 표상에 대한 한낱 단순한 연장에 불과하며, 우주에 대한 탐험은 지구에 대한 탐험의 무모한 연장에 지나지 않는 것이다. 『솔라리스』에서 행성이자 생명체로 인간의 기억, 감정, 사고, 무의식 등을 복제하는 솔라리스는 바로 이러한 인간 중심주의적 우주 탐험에 빗장을 지를 뿐만 아니라 인간 경험과 앎의 토대를 허물어뜨리는 역할을 수행하는 불가해한 미지의 대상으로 설정된다. 이러한 대상을 형상화하는 작업은 기존의 리얼리즘 소설의 미학으로 수행할 수 없는 문학적인 과제로, 여기서 SF 작품인 『솔라리스』의 특별한 의의가 있다. 한마디로 SF에서 '과학'은 협의의 과학기술이 아니라 인간의 지식과 학문에서 유추될 수 있는 것으로 현실을 반영할 뿐만 아니라 그것을 창의적으로 재구성하는 '인지'로, '소설'은 창의적이고도 역동적인 인지를 통해 기존의 현실에 대한 '낯설게하기'를 수행하는 것으로 이해할 필요가 있다. 그리고 이러한 인지와 낯설게하기의 긴밀한 상호 작용에서 솔라리스와 하레이라는 전적으로 새로운novum 비인간 존재가 탄생했다. 솔라리스와 하레이라는 외계 '이웃'은 근본적으로 인간과 그의 인식적 탐구, 과학의 범주 모두를 당혹스러울 정도로 낯설게 만든다. 이러한 창의적인 인지적 낯설게하기로 생성된 서사의 새로움이 SF를 다른 장르와 구별 짓게 만드는 주된 헤게모니일 것이다.

그렇다면 『솔라리스』의 마지막 대목, 즉 캘빈과 솔라리스의 최초의 접촉은 인지 불가능했던 과학적 탐구 대상에 대한 앎의 시작을 알리는 신호인가? 『솔라리스』의 급진적인 인지적 낯설게하기는 소설의 마지막에 와서 '최초의 접촉'이라는 익숙한 테마를 실현하는 것으로 회귀하고 마는가. "그렇다면 우리 두 사람의 손길이 닿았던 가구와 물건들에 둘러싸여 있고, 그녀의 숨결을 여전히 기억하는 공기 속에서 남은 세월을 보내야만 할까? 무엇을 위하여? 그녀가 돌아온다는 희망으로? 내게 희망 따위는 이제 없다. 하지만 내 안에는 아직 일말의 기대감이 남아 있다. 그것은 그녀가 내게 남긴 유일한 자취다. 내가 여전히 기대하는 완결과 환멸과 고통은 어떤 것일까? 나는 아무것도 모른다. 그러나 잔혹한 기적의 시대가 아직은 끝나지 않았음을 나는 굳건하게 믿고 있다."(446~447) 소설의 마지막 구절은 지금까지 전개된 모순을 해결하기보다는 새로운 수수께끼를 던져주는 것 같다.

『솔라리스』는 비단 인간의 인식론적 탐구의 한계와 외계와의 커뮤니케이션이라는 다른 가능성(최초의 접촉)을 탐구하고 마침내 성공하는 데 머무는 작품이 아니다. 소설의 또 다른 플롯에는 주인공 '나'의 죽은 여자친구 '하레이'를 닮은 피조물과 만나는 불가사의한 사건이 전개된다. 이 피조물은 '나'의 기억, 회환, 죄책감 등이 물질화된 존재로 틀림없이 그것은 솔라리스가 수행하는 의태와 복제에 따른 것이다. 솔라리스에 대한 주인공의 인식론적 탐구는 하레이 대한 주인공의 윤리적인 책무와 뫼비우스의 띠처럼 연결되어 있다. 이것은 칸트식으로 말하면 인식 불가능한 물자체와 윤리적 이웃, 숭고와 기괴의 착종된 얽힘이라고 할 만하다. 결국 하레이가 사라지자마자 주인공이 솔라리스와 '최초의 접촉'에 성공한다는 것은 과학자로서 그가 위기를 맞았던 상징적인 정체성을 다시금 회복하는 장면으로 읽을 수 있다. 하나를 버리고 다른 하나를 얻는 남자의 이야기. 반대의 독법도 가능하다. 솔라리스와의 접촉에 성공한 과학자 캘빈의 성공 스토리가 아니라 비인간 하레이와의 만남으로 공포와 상실의 트라우마를 경험해 반쯤은 정신 나가고 다른 존재로 변이한 캘빈의 스토리. 우리는 못다 한 이 이야기를 상상할 필요가 있다. 솔라리스와의 '최초의 접촉'에서 켈빈이 '고통'과 '기적'을 함께 언급하는 『솔라리스』의 마지막 문장은 생각보다 훨씬 불길하고도 애매하게 읽힌다.

눈물: "빗속의 내 눈물처럼"

『안드로이드는 전기양의 꿈을 꾸는가?』(1968)와 〈블레이드
러너〉(1982; 1993)

1. 포스트휴먼의 상상력과 SF

본격 문학과 장르 문학의 혼효가 두드러지는 등 문학계를
포함하여 한국 문화의 지형도가 변하는 가운데 소설에서 영화
에 이르는 SF적인 상상력은 이제 우리 시대에 더 이상 낯설지
않은 문화 상품으로 보인다. SF science fiction는 지구 행성인이
만든, 수많은 문학 장르나 영화 장르 가운데 하나일 뿐이지만
항간에서 오해하듯이 본격 리얼리즘 서사의 성과에 미달되거
나 종이 다른 대중 서사나 장르 서사는 아니다. SF는 문학적·영
화적 상상력의 독특한 한 방식으로, 특히 포스트휴먼을 가늠하
고 측정할 수 있는 문학·영화의 '생성적 도구'로 간주할 필요가
있다. 그렇다면 포스트휴먼은 무엇인가?

로지 브라이도티의 표현을 빌리면 포스트휴먼은 "'인류세 Antropocene'로 알려진 유전 공학 시대, 즉 인간이 지구상의 모든 생명에 영향을 미칠 능력을 지닌 지질학적 세력이 된 역사적 순간에, 인간을 지시하는 기본 준거 단위를 다시 생각 하도록 돕는 생성적 도구다. 확장하자면, 포스트휴먼 이론은 또한 인간 행위자들과 인간–아닌 행위자 둘 다와 우리가 맺는 상호 작용의 기본 신조를 지구 행성적 규모로 다시 생각하 는 데 도움을 준다."[1] 핵전쟁 이후 대다수 지구인이 테라포밍한 식민지 화성으로 이주해버린 암울한 근미래, 남은 지구 행성 의 인간들은 낙진이 쌓이고 엔트로피가 극대화되는 폐허에서 살아가고 있으며, 다원적인 생태계의 영구적인 종말을 환기하 듯이 살아 있는 동물은 극히 희귀한 상품으로 고가로 거래되 고, 전자칩을 부착한 동물이나 안드로이드나 리플리컨트가 자연계와 노동력을 대신하는 현실. 이러한 근미래를 묘사하는 필립 K. 딕의 SF는 브라이도티가 정의한 포스트휴먼적인 상황에 부합한다.

　　포스트휴먼은 한편으로는 SF가 묘사하는 근미래의 상황, 비록 종말이나 디스토피아가 도래했음에도 여전히 전 지구적 인 자본주의의 위력이 '추상적 실재'로 강력하게 군림하는

- -

1. 로지 브라이도티, 『포스트휴먼』, 이경란 옮김, 아카넷, 2015, 13~14.

'미래'[2], 세계의 종말이 자본주의의 종말을 가져오지는 않는 미래에 대해서도 다시금 숙고하도록 만든다. 프레드릭 제임슨의 말을 빌리면 SF는 미래, 특히 공허하고도 동질적이면서도 결정된 미래, 자본과 국가에 의해 생명조차 빚으로 저당 잡힌 미래, "식민화된 미래"[3]를 파악하는 데 유용한, 실재The Real로서의 역사에 대해 질문을 던지는 데 유효한 하위 장르라고 할 수 있다. 필립 K. 딕의 SF『안드로이드는 전기양의 꿈을 꾸는가?』(이하『안드로이드』로 약칭)와 작가가 사망하던 해 원작을 각색해 상영된 영화인 리들리 스콧의 SF 영화 〈블레이드 러너〉(극장판 1982; 감독판 1993)는 모두 포스트휴먼의 사회적 현실, 곧 자본이 행성적인 규모로 우주적인 식민화를 추진하며, 인간과 자연과의 생태계적 순환 사이에 급격한 단절이 도래하고, 안드로이드(소설)-리플리컨트(영화)가 인간과 엇비슷하거나 더 나은 능력으로 제조되어 인간의 노동력을 대신하는 새로운 프롤레타리아트로 출현하는 근미래를 형상화하는 중요한 텍스트이다.

• •

2. 로빈 우드,『베트남에서 레이건까지』, 이순진 옮김, 시각과언어, 1995, 228.

3. Fredric Jameson, "The Future as Disruption", *Archaeologies of the Future: The Desire Called Utopia and Other Science Fictions*, London & New-York: Verso, 2005, 228.

그러나 두 작품은 원작과 영화적 각색이라는 주요한 차이뿐만 아니라 텍스트가 각각 출현하던 당시의 자본주의적 상황의 변화와 이동, 즉 노동 현실과 환경의 변모, 인간과 안드로이드 또는 인간과 리플리컨트 간의 주체적 지위의 차이와 변화를 또한 내포하고 있다. 이러한 변화와 차이는 일단 원작 소설의 '안드로이드'가 영화에서 '리플리컨트'로 대체되어 명명되는 것과도 무관하지 않으며, 한편으로 이러한 차이와 변화는 안드로이드–리플리컨트와 마주하는 지구 행성계의 인간 지위에 대한 역사적이고도 인식론적 차이와 변화에 대한 포스트휴먼적인 해석을 또한 요구한다. 기존의 논의 상당수는 소설과 영화에서 데카드를 포함한 작중 인물의 정체성 변화와 관련되어 해석을 내리거나 안드로이드–리플리컨트의 주체성을 '비인간적 인간주의'로 해석해 왔다. 나는 기존의 비평을 부분적으로 참조하되, 인간과는 변별되는 안드로이드–리플리컨트가 공유하는 프롤레타리아트적인 주체성을 함께 묶어 해석해 보고 싶다.

2. 안드로이드에서 리플리컨트로

일찌감치 영화비평가 로빈 우드는 『안드로이드』와 〈블레이드 러너〉에 대해 전자가 형이상학적인 관심을 주로 표현했다면,

후자는 그에 비해 사회적인 관심을 더 표방했다고 언급한 적이 있다.[4] 하지만 이러한 구분은 어디까지나 잠정적이며, 실제로 두 텍스트에는 형이상학적이고도 사회적인 관심이 다양하게 포진해 있다고 보는 편이 보다 정확하다. 포스트휴먼과 관련하여 필립 K. 딕의 SF는 법인 자본주의에 대한 비판, 여성과 안드로이드를 동일화하는 젠더 관계에 대한 인지, 엔트로피와 편집증 및 분열병 환자의 연관성, 가상 현실과 음모론 등의 관심사들과 연결함으로써 탐구 영역을 확장시킨다고 평가받아 왔다.[5] 이러한 평가는 대략 『안드로이드』에게도 해당된다. 한편으로 〈블레이드 러너〉는 우리 시대의 MTV 철학자로 불리는 슬라보예 지젝에 의해 '계급의식의 출현에 관한 영화'로 읽히기도 했다.

자본과 지식의 융합은 새로운 유형의 프롤레타리아트를 낳는다. 말하자면, 사적인 저항의 마지막 한구석마저도 빼앗긴 절대적 프롤레타리아트. 모든 것은, 즉 가장 내밀한 기억까지도, 주입된 것이며, 따라서 이제 남아 있는 것은 말 그대로 순수한 실체 없는 주체성(이는 프롤레타리아트에 대한 마르크

· ·

4. 로빈 우드, 『베트남에서 레이건까지』, 227.
5. 캐서린 헤일즈, 『우리는 어떻게 포스트휴먼이 되었는가』, 허진 옮김, 열린책들, 2013, 291.

스의 정의다)의 공백이다. 아이러니하게도 우리는 〈블레이드
러너〉를 계급의식의 출현에 관한 영화라고 말할 수도 있을
것이다.[6]

〈블레이드 러너〉에 대한 지젝의 평가는 〈블레이드 러너〉를
사회적인 관심이 주된 영화라는 로빈 우드의 논평을 연장하고
심화한 것으로 읽힌다. 그러나 그 추론은 데카르트의 코기토
출현 과정을 상세하게 설명하는 데서 매우 철학적이기도 하다.
꿈과 광기, 사악한 천재 등 내부의 모든 실정적인 내용을 철저히
의심하면서 비워나가고 그런 엄밀한 과정을 통해 어떠한 중심
도 좌표계도 없는 텅 빈, 탈구된, 불연속적인 근대적 주체의
출현을 이야기하는 데카르트의 서사는 〈블레이드 러너〉에서
는 그와는 반대로 리플리컨트 주체의 출현에 대한 "역전된
은유"[7]의 서사가 된다. 한쪽은 모든 실정적인 내용을 텅 비워가
는 주체의 탄생에 관한 이야기이며, 다른 한쪽은 모든 실정적
내용까지도 외부로부터 철저하게 주입된 텅 빈 주체의 탄생에
관한 이야기가 되는 것이다. 다른 말로 하면 〈블레이드 러너〉에
서 리플리컨트 주체의 출현은 데카르트적 주체의 출현을 통해

• •

6. 슬라보예 지젝, 『부정적인 것과 함께 머물기』, 이성민 옮김, 도서출판
   b, 22~23.
7. 슬라보예 지젝, 위의 책, 85.

서만 제대로 이해할 수 있으며, 포스트휴먼적 주체의 출현은 반反데카르트적이라는 항간의 오해와는 다르게 철저하게 데카르트적임을 짐작하게 한다.

이미 잘 알려져 있는 것처럼 소설과 영화는 각각 작품 속에 힌트를 줌으로써 암시하거나 그 힌트를 적극적으로 활용한다. 소설에서 데카드Deckard는 데카르트Descartes를 연상시키며, 영화는 이러한 힌트를 참조하여 그것을 더욱 적극적으로 밀고 나간다. 소설은 안드로이드 현상금 사냥꾼인 데카드의 인간 정체성의 흔들림과 안드로이드에 대한 감정 이입에 따른 고뇌에 주로 초점을 맞추는 데 비해, 영화는 데카드의 정체성 그 자체(인간인가 리플리컨트인가)에 대한 의문을 중간중간에 던진다. 〈블레이드 러너〉에는 여성 안드로이드인 프리스는 인간인 세바스찬(원작에서는 이지도어)에게 "나는 생각한다, 고로 나는 존재한다I think, Therefore I am"라고 조롱하듯이 말하는 장면이 나온다. 데카르트적인 코기토에 대한 리플리컨트의 이러한 조롱은 얼핏 반데카르트적으로 보인다. 그러나 한편으로는 인간의 코기토와는 상이한 '안드로이드 코기토'를 적극적으로 상정할 필요도 있겠다.[8] 따라서 'I think, Therefore I am'은 'I think, Therefore

⋅⋅

8. Fredric Jameson, "History and Salvation in Philip K. Dick", *Archaeologies of the Future*, 374.

I am an android/replicant'로 바꿔 읽는 편이 마땅하다.

그런데 한편으로는 모든 기억과 지성, 감정이 외부로부터 주입된 '실체 없는 주체'인 리플리컨트의 원형은 『안드로이드』의 넥서스-6 안드로이드이기도 하다. 소설에서 안드로이드 레이첼은 데카드에게 이렇게 말한다. "우리는 기계죠. 병뚜껑처럼 찍어낸 존재예요. 내가 실제로, 개별자로 존재한다는 것은 환상에 불과했던 거죠. 나는 단지 한 기종의 견본일 뿐이었어요." "우리는 태어나지 않아요. 자라지도 않죠. 병에 걸리거나 나이가 들어서 죽는 것이 아니라 마치 개미처럼 닳아서 망가지죠. 우리는 바로 그런 거예요. 당신은 아니지만요."[9] 소설에서 안드로이드가 만들어지는 공정 과정은 구체적으로 묘사되지는 않는다. 레이첼의 이 말들은 다만 "안드로이드는 사회적 존재인 것처럼 잘못 취급되는 물건이 아니라 물건인 것처럼 잘못 취급되는 사회적 존재"[10]임을 암시할 뿐이다. 안드로이드는 고도의 지능과 우수한 능력을 갖추고 있지만 결코 인간과 같을 수 없는 시뮬라크르, 인간의 노예, 소모되는 프롤레타리아트이다. 소설과 영화 모두에서 '넥서스-6 안드로이드'

----

9. 필립 K. 딕, 『안드로이드는 전기양의 꿈을 꾸는가?』, 박중서 옮김, 폴라북스, 2013, 285, 292. 앞으로 이 책을 인용할 경우 본문에 제목과 쪽수를 표시한다.

10. 캐서린 헤일즈, 『우리는 어떻게 포스트휴먼이 되었는가』, 304.

66 _ 제1부

의 수명은 고작해야 4년에 불과하고, 수명 연장은 결코 불가능한 것으로 설정되는데, 그 이유는 각기 다르다. 소설에서는 안드로이드의 반半영구적인 전지 교체의 기술적 불가능성과 신진대사의 문제가 소략하게 언급될 뿐이다. 그러나 영화에서는 기억과 경험의 주입을 통해 감정이 생겨나 리플리컨트가 인간과 같아지는 것을 방지하기 위한 안전장치가 언급된다. 두 작품 사이의 시간적 격차는 안드로이드에서 리플리컨트로의 진화를 환기시킨다.[11]

영화는 화성을 탈출한 리플리컨트들이 자신을 만든 주인인 타이렐사의 회장을 찾아가 수명을 연장하려다가 결국 실패하는 이야기이지만, 소설은 어떻게 보면 영화보다 더욱더 절망적으로, 안드로이드들은 수명 연장에의 희망조차 없이 남은 삶을 황폐한 지구에서 숨어 사는 이야기다. 그들은 데카드를 비롯해 안드로이드 사냥꾼들에게 모두 강제로 '퇴역retirement'당할 위기에 처해 있다. 이들이 체감하는 두려움, 구체적으로는 스피노자식으로 말하자면 희망 없음에서 비롯되는 공포는 더 이상

11. "사이보그는 인간과의 불완전한 유사성을 통해서 인간과 다름이 강조되는 존재"인데 비해, 리플리컨트는 "인간을 원본으로 하는 수많은 복제를 통해서 인간과 다른 존재로 거듭 발전하여 새로운 원본이 된 복제인간"이다. 최효식, 「시뮬라크럼에 의한 블레이드 러너의 포스트모더니즘 특성 분석」, 『한국실내디자인학회』 24권 1호, 한국실내디자인학회, 2015, 96~97.

사적인 감정만은 아니다. 소설 속에서 지구 행성에 남은 인간이 겪는 소외감, 우울과 비슷하게 안드로이드의 공포 또한 사회적 감정이다. 말하자면 소설과 영화 모두에서 안드로이드-리플리컨트 코기토를 정의할 방법은 그들이 겪고 있는 감정에 대한 상세한 분석에서 도출될 필요가 있다. 그리고 이러한 분석은 포스트휴먼의 상황에 부닥친 인간 주체성의 변화된 지위에 대한 분명한 이해를 가능하게 할 것이다.

3. 미래의 인간: 희망 없는 우울

우선 『안드로이드』를 펼쳐보면, 독자는 근미래인 1992년을 묘사하는 이 소설의 첫 장면에서부터 팬필드 기분 조절 오르간에 자신의 감정을 맞추는, 우울증에 걸린 아내와 그녀를 위로하는 샌프란시스코 경찰관이자 안드로이드 사냥꾼 데카드의 모습을 만날 수 있을 것이다. 핵전쟁 이후의 미래는, 인류 대부분 화성으로 새로운 삶을 찾아 떠나고 낙진이 떨어지는 어둡고 황량한 지구에서 살아 있는 동물들은 조금도 없고, 안드로이드를 사냥해서 번 천 달러로 아내와의 적막한 지구의 삶에 생기를 불어넣기 위해 진짜 동물들을 구입하며, 하루 종일 버스터 프랜들리가 생방송하는 TV를 보거나 미래 종교의 영성 체험인

머서 융합을 통해 자신이 살아 있음을 고통을 통해서나마 체감
하는 삶이자 그러한 세계인 것이다.

SF에서 독자가 아무래도 먼저 보고 싶어 하는 것은 작가가
형상화한 미래의 장치이거나 낯선 이미지일 것이다. 특히 소설
의 주제와 사유, 정동 등과 밀접히 관련될 때 그러한 장치와
이미지는 새롭다고 할 수 있다. 『안드로이드』에서는 '팬필드
기분 조절 오르간'이 SF의 미학적 새로움noun을 알려주는 발명
품이다. 우리는 우리에게는 없는 텍스트 속 이 발명품의 사용을
통해 우리 자신의 정동이 독립적인 실체가 아니라 어떠한 대상
에 의존하는지를 다시금 생각해 보게 된다. 소설에서 팬필드
기분 조절 오르간은 전류를 통해 인위적으로 두뇌를 자극시켜
인간의 감정과 욕망의 수위를 조절하는 기계이다. 데카드 부부
는 팬필드 오르간의 볼륨을 조절해 잠들거나 깨어난다.

"그러니까 TV 소리를 죽인 순간에, 나는 382번 기분에
있었어. 마침 그 직전에 거기에 다이얼을 맞춘 참이었지. 그래
서 나는 지적으로는 공허를 들을 수 있었지만, 그렇다고 해서
그걸 느낄 수는 없었어. 처음 생각한 건 우리가 팬필드 기분
조절 오르간을 살 수 있어서 감사하다는 거였어. 하지만 곧이
어 나는 이게 얼마나 건강에 좋지 않은지를 깨달았지. 나는
생명의 부재를 감각한 거야. 이 건물 안에서만이 아니라, 세상

어디에서나. 반응이 없는 것을 말야. 무슨 뜻인지 알겠어? 당신은 모를 거야. 내가 그날 받은 느낌은 예전에는 정신 질환의 징조로 간주되곤 했지. '적합 정동의 부재'라고 불리는 것 말이야. 그래서 TV 소리를 계속 죽여주고 기분 조절 오르간 앞에 앉아서 실험을 해봤어. 그리고 마침내 절망을 설정하는 방법을 발견했지."(17)

　소설이 가공한 바에 따르면 미래의 인간에게는 적어도 888개 이상이 되는 기분 채널이 있다. 예를 들어 미래에 대한 희망을 느끼고 싶다고 한다면 이에 해당하는 482번 채널을 틀고 희망의 기분을 팬필드를 통해 체감하면 된다. 수위도 조절 가능해서 그 희망을 강렬하게 느끼고 싶다면 A, 가장 잔잔하게 체감하고 싶다면 D 수위에 맞추면 된다. 정동(감정, 정념, affect)은, 미래의 감정 조절 장치를 통해, 예를 들면 스피노자가 최고의 능동적 감정이라고 불렀던 '희망'조차도, 수동적으로 조작 가능하게 된다. 물론 필립 K. 딕의 소설에서 감정은 '팬필드'를 통해 일률적으로 마냥 조작 가능한 것은 아니다. 위 대목에서 환기되는 것처럼 감정이 조작 가능한 미래란 수동적인 감정이 압도적인 미래이다. 또한 소설 속 미래는 미래의 마약이라고 할 수 있는 기계에의 중독에 전적으로 의존하는 때이기도 하다. 조작 가능하다고 해서 감정이 가짜라는 뜻은 아니다. 다만 조작

가능하기에 감정은 수동적일 뿐이다. 이 소설에서 지배적인 감정은 스피노자가 희망과 변별 지어 최악의 수동적 정념이라고 불렀던 '슬픔', 우울에 가까운 슬픔일 것이다. 미리 언급해 두지만, 인간의 우울이라는 지배적인 수동적 정념의 맞은편에 안드로이드의 낯선 감정이 있다. 소설과 영화 모두에서 그것은 바로 공포다. 하늘에서 지상을 천천히 내리덮는 낙진처럼, 인간의 우울과 안드로이드–리플리컨트의 공포는, 감정과 주체성의 연관을 해석하기 위해 하이데거가 도입한 표현을 빌리면, 소설을 압도적으로 지배하는 '기분stimmung'이다.

한편으로 팬필드 기분 조절 오르간 옆에는 또 다른 장치인 보이트 캠프 척도가 놓여 있다. 슬픔이나 우울 등의 수동적인 정념에 휩싸인 미래의 인간이 인간과 안드로이드를 구분하는 보이트 캠프 척도를 사용한다는 것은 이 소설(영화)에서 중요한 아이러니이다. 보이트 캠프 척도는 앨런 튀링의 인공지능 감별법(「기계는 생각할 수 있는가」)과 정신분열증 진단을 위한 1950년대 미국의 의료 테스트 기구를 뒤섞어 외삽한 가공의 기계이다. 소설에서는 안드로이드와 인간을 구별하는 중요한 테스트 기구이자, 결정적으로 자극적인 상황과 만나면 인간은 반응하지만 안드로이드가 반응하지 못하는 방식으로 안드로이드 또는 인간을 감별하는 최소한의 장치이다. 소설에서는 전반적으로 이러한 감별 장치만으로는 안드로이드와 인간을 구분하는 것이 대단히 어려우며, 또 자의적인 것으로 묘사되어 있다. 결국 이 테스트는 안드로이드와 인간을 구별하는 장치가 아니라, 그 구별 불가능성의 은유가 된다. 보이트 캠프 척도를 안드로이드에게 사용하던 데카드는 처음으로 당혹스러워한다. "감정 이입 능력은 궁극적으로 사냥꾼과 사냥감 사이의, 그리고 성공한 자와 패배한 자 사이의 경계를 흐려버리기 때문이다."(55) 데카드가 안드로이드 오페라 여가수 루바 루프트를 제거하려고 했을 때 느끼는 감정이 그런 것이었다. 데카드는 하드보일드 탐정 소설의 전형적인 냉혈한으로 등장하지만, 아름다운 루바를 보고 순간 마음이 흔들린다. 데카드가 여자 안드로이드 레이첼 로즌과 잠자리를 갖기까지의 여정은 데카드의 주체성과 그것을 구성하는 상징적 우주에 균열이 나는 과정이기도 하다.

이처럼 팬필드 기분 조절 오르간이나 보이트 캠프 척도와 같은 SF적 장치는 단지 미래의 박물관에 놓인 신기한 발명품이 아니다. 그것들은 SF의 주제, 대안 세계, 대안적 주체라는 보다 중요한 모티프와 긴밀히 연관될 때 참신해진다. 그것들은 SF를 읽는 독자의 세계와 SF 세계의 차이를 제시함으로써 고정된 듯한 우리 세계의 좌표가 불안정하거나 다르게 바뀔 수 있음을 알리는 새로움novum의 지표이다.

그렇다면, 이제, 안드로이드는 어떻게 이해해야 좋을까? 『안드로이드』와 〈블레이드 러너〉의 플롯의 토대에는 선구적인 두 편의 SF가 있다. 메리 셸리의 『프랑켄슈타인』(1818)과 빌리에 드 릴아당의 『미래의 이브』(1886)이다. 두 소설은 각각 인간이 자신이 만든 피조물을 혐오하여 파괴하거나(『프랑켄슈타인』) 그것과 불가항력적인 사랑에 빠진다는 피그말리온 신화(『미래의 이브』)의 근대적 판본이다. 『안드로이드』와 〈블레이드 러너〉 모두 상이한 방식으로 조물주가 만든 피조물과의 애증병발이라는 모티프를 훌륭하게 플롯으로 구성해냈다. 다만 소설과 달리 영화는 리플리컨트의 반항(밀턴의 『실락원』의 한 구절을 빌리면 "창조주여, 왜 저를 만드셨나이까?")을 그것의 주체성과 연관 지어 더 적극적으로 다뤘다면, 소설은 안드로이드의 형언할 수 없는 고독한 주체성을 상상해 내는 데 주력한다.

소설에서 안드로이드의 주체성과 관련해 등장하는 중요한 그림은 안드로이드인 에바 루프트가 데카드와 또 다른 냉혈한 안드로이드 사냥꾼 필 레시에게 퇴역당하기 직전에 미술관에서 바라본 에드바르트 뭉크의 〈절규〉(1893)이다. 안드로이드의 근본적인 정념인 공포는 아래 인용문에서 섬뜩하게 묘사된다.

머리카락이 없고, 뭔가에 짓눌린 피조물이 묘사된 작품이었다. 머리는 뒤집어놓은 서양 배梨 같고, 공포로 인해 양손으로 양쪽 귀를 덮었으며, 입은 크게 벌려서 소리도 없는 비명을 지르고 있었다. 그 피조물의 고통이 만들어낸 뒤틀린 잔물결, 그 울부짖음의 메아리가, 피조물 주위의 공기를 가득 채웠다. 남자인지 여자인지는 모르겠지만, 그 피조물은 자기 자신의 울부짖음으로 가득 차기에 이르렀고, 스스로의 소리를 막으려고 양손으로 귀를 덮었다. 그 피조물은 어느 다리 위에 서 있고, 주위에는 아무도 없다. 그 피조물은 고립 상태에서 비명을 지르는 것이다. 그리고 그 자신의 절규에 의해서(또는 절규에도 불구하고) 단절되어 있는 것이다.(201)

『안드로이드』에서 데카드 부부를 비롯해 지구 행성에 거주하는 인간의 가장 근본적인 기분 또는 정념이 무감각과 우울이라면, 안드로이드의 그것은 일종의 고립된 실존의 불안과 공포다. 그런데 인간과 반인간(안드로이드)의 분리는 사실 인간과 다른 인간의 분리의 연장이자 그 산물이기도 하다. 『안드로이드』는 데카드 축과 이지도어 축으로 나뉘어 이야기가 전개되는 소설이다. 소설에서 이지도어는 지능이나 행동, 사고력 모두 열등한 '특수인specialist'으로 분류되었으며, 그의 별명은 이른바 '닭대가리'이다. 많은 지구인이 "이민인가, 퇴보인가! 선택은 당신의 몫!"(22)이라는 상황 속에서 안드로이드를 소유하면서 화성으로 이민을 떠나지만, 이지도어는 지구에 강제로 남겨진다. "일단 특수인으로 지목되고 나면, 설령 불임 시술을 받아들인다고 하더라도, 그 시민은 역사에서 제외되었다. 그는 사실상 더 이상 인류의 일부가 아니었다.”(34) 한마디로 수명이 4년에 불과하고 안드로이드 사냥꾼에게 퇴역당할 위험에 처한 안드로이드와 특수인으로 분류된 이지도어는 사실상 다를 바가 거의 없는 처지이다. 물론 둘 사이에는 인간과 기계라는 엄연한 차이가 아직 있으며, 실제로 이지도어는 거미의 다리를 하나씩 자르는 안드로이드의 무감한 모습에 경악하기도 한다. 그런 점에서 확실히 『안드로이드』는 인간/기계의 분할에 전체적으로 충실한 편이다. 그러나 계급적인 관점에서 그들은 같은 프롤레타리아트로 해석할 여지가 적지 않다. 소설에서 이지도어는 자신의 아파트로 들어온 정체 모를 존재들을 안드로이드로 인식하면서도 아무런 당혹감을 갖지 않을 뿐만 아니라 그들과 함께하며, 적극적으로 은신처를 제공하기도 한다. “"당신들은 안드로이드이군요." 이지도어가 말했다. 하지만 그에게는 아무 상관 없었다. 그에게는 아무 차이가 없었다."(248) 한마디로 말해 이지도어가 안드로이드에게 가지고 있는 감정은 공감 compassion으로, 공감은 데카드가 루바 루프트와 레이첼에게 갖는 감정 이입과는 미세하지만 중요한 차이를 내포한다. 데카드가 여성 안드로이드에게 갖는 감정 이입이 인간/안드로이드의 분할에 대한 회의에 가깝다면, 여성 안드로이드에 대한 이지도어의 공감은 '나는 안드로이드와 다를 바 없다'라는 계급적 각성과 젠더적 연대의 단초를 내포하는 것이다. 물론 이지도어의 공감 능력은 모든 것이 '키플'로 변하는 묵시록적인 세계에서 그가 살아 있음을 체감하던 머서 융합과 깊은 관련이 있겠다.

4. 키플과 머서 융합

이지도어는 그에게 처음으로 도움의 손을 내민 안드로이드 프리스의 말처럼 '특수한' 존재다. 딕의 SF에는 이지도어와 같은 자들이 많이 등장한다. 그들은 모두 '특수인', 즉 타인종(흑인), 여성, 기형, 불구를 가진 장애인 등 한마디로 결핍이 체화된 존재들이다. 물론 딕의 소설에서 인간 사이에도 엄연한 차별이 존재하지만, 세상은 평등하다. 누구도 예외 없이 평등한 종말(엔트로피, 키플)로 향해 가기 때문이다. 인간과 기계의 차별은 이 평등을 견디지 못한 결과일까? 딕의 음울한 우주는 마치 무너지고 삭제되기 위해서만 존재하는 것처럼 보인다. 딕의 우주는 '종말은 쾅이 아니라 훌쩍임으로 온다'는 T. S. 엘리엇의 시구와 공명하는 황량한 우주이다. 여기에 그의 종말론적 영지주의가 자리하고 있다. 이지도어가 사는 황폐하고 텅 빈 아파트는 이미 엔트로피, 딕의 용어로는 '키플'이 점령한 상태이다.

키플에 대한 소설의 묘사는 가히 매혹적인데, 그것은 딕의 거의 모든 작품을 뒤덮고도 남을 정도이다.

> 이 아파트에는 사람이 살지 않는 집이 1천 가구나 있었으며, 그 모두는 다른 집들과 마찬가지로 매일매일 더 커다란 엔트로피적인 폐허로 변해가고 있었다. 결국에 가서는 이 건물 안에 있는 모든 것이 하나로 합쳐지고, 얼굴도 없는 똑같은 상태가 되고, 집집마다 마치 푸딩 같은 키플이 바닥부터 천장까지 잔뜩 쌓일 것이었다. 그때가 되면, 전혀 관리가 되지 않는 건물은 그 자체로 형태 없는 상태로 고착되어 도처에 깔린 낙진 아래 파묻히게 될 것이다. 그때 그는 당연히 이미 죽어 없어진 다음일 것이었다. 그것이야말로 허파도 없고, 만물을 관통하며, 오만하기까지 한 세계의 적막과 더불어 자신의 초라한 거실에 서서 예감하는 또 한 가지 흥미로운 사건이었다.(40)

덕의 묵시록적인 우주에서 키플의 맞은편에 자리 잡은 것이 머서 융합이다. 머서 융합은 사람들이 감정 이입 장치의 손잡이를 누르면, TV 화면에 언덕을 오르는 순례자–고행자 이미지의 윌버 머서라는 노인이 등장하면서 '살아 있는 삶'을 체험하도록 돕는 장치이다. 그 예로 누군가가 던지는 돌을 맞고 아픔을 느끼는 방식으로 살아 있음을 체험하는 건데, 거기서 시청자와 시청 대상인 윌버 머서는 하나가 된다. 머서 융합이라는 감정 이입을 통해 사람들은 자기가 복제의 세계에서조차 감각을 느끼고 살아 있음을 겨우 체험하게 된다. 이지도어의 표현을 빌리면, 버스터 프렌들리 쇼와 머서 융합의 체험, "그들은 우리의 영적 자아를 장악하려고 싸우는" 것이다(119). 머서 융합은 나중에 버스터에 의해 가짜로 폭로된다. 그러나 비록 가짜였다고 해서 사람들이 머서 융합을 통해 느낀 감정마저 가짜라고 말할 수 있을까. 종교가 인간이 만들어낸 환상이라고 해서 가짜라고 할 수 있을까. 또한 머서를 가짜라고 폭로한 버스터 프렌들리는 다른 이를 가짜라고 비난하는 진짜라고 할 수 있을까(실제로 버스터 프렌들리 또한 안드로이드로 밝혀진다). 아래의 인용문은 머서 융합 체험을 하고 난 후 이지도어가 사는 거대하고도 텅 빈 낡은 아파트에 자신 이외에도 또 다른 누군가가 살고 있음을 깨닫는 장면이다.

이지도어는 여전히 선 채로 두 개의 손잡이를 붙잡고, 다른 모든 살아 있는 것들을 아우르는 존재로서 자기 자신을 경험하고 있었다. 그러다가 그는 마지못해 손잡이를 놓았다. 늘 그렇듯이, 이제는 끝내야 할 시간이었다. 또한 돌멩이에 맞은 팔도 아픈 데다 상처에서는 피까지 흐르고 있었다. 누군가 이 건물에 들어와 있어. 그는 흥분에 휩싸였다. 도저히 믿을 수 없었다.

내 TV는 아니야. 그건 꺼놓았으니까. 그런데 지금 바닥에서 공명이 느껴져. 바로 아래야. 아니면 한층 더 아래든가! 나는 더 이상 혼자가 아니야.(46~47)

프레드릭 제임슨은 딕의 SF인 『닥터 블러드머니』(1965)를 분석하면서 그레마스의 사각형을 응용하여 이 소설을 구조화하는 네 가지 캐릭터의 유기체적·비유기체적 체계를 다이어그램으로 제시한다.[12]

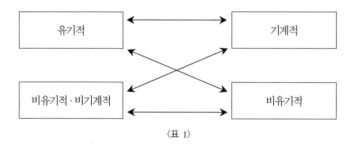

⟨표 1⟩

먼저 '유기적'에 해당하는 것은 평범한 인간이며, 약한 반대항인 '비유기적인 것'은 핵전쟁 이후 폐허가 된 죽은 세상을

12. Fredric Jameson, "After Armageddon: Character System in *Dr Bloodmoney*", *Archaeologies of the Future*, 354.

뜻한다. '유기적'인 것의 강한 반대 항인 '기계적'인 것에 해당하는 것은 『닥터 블러드머니』에서는 기계로 된 해충, 벌레를 뜻하며, 마지막으로 '비기계적·비유기적'에 해당하는 것은 영적이거나 특수한 능력을 갖고 있지만 사람도 기계도 아닌 중간적 존재들을 뜻한다. 그런데 그레마스의 사각형은 『안드로이드』에 등장하는 피조물의 체계를 이해하는 데도 마찬가지로 많은 도움을 준다.

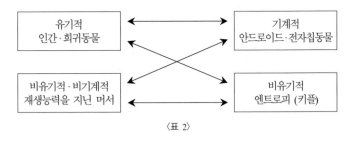

〈표 2〉

〈표 2〉의 오른쪽 아래 항목의 엔트로피(키플)와 관련하여 딕의 디스토피아는 아주 오래된 영지주의 세계관과도 부합한다. 첫째, "핵 셀룰라 크레아토리스haec cellula creatoris." 번역하면 "조물주에 의해 만들어진 이 감옥"(마르치온)이라는 뜻이다. 둘째, "악은 녹이 쇠에 달라붙듯 창조된 존재들에 달라붙는다."(바실리데스)[13] 피조물에 달라붙는 악의 녹, 이것이 『안드로이드』에서 '키플'이라고 불렸던 것이다. 이 감옥 같은 세계(제국, 시장,

정부, 그 무엇이든 간에)를 만든 악신惡神 데미우르고스가 한편에 있다. 그리고 맞은편에 엔트로피의 반대말인 네겐트로피의 주재자인 조유신造有神이 있다. 이 둘이 어둠과 빛처럼 맞붙어 싸운다.[14] 파멸은 결코 피할 수 없지만, 희망이 없지는 않다. 바로 이지도어 같은 특수인이 '특별한' 이유이다. 머서는 죽어가는 동물을 되살리려고 하다가, 즉 그의 그러한 '특수한' 능력 때문에 체포당해 폐허의 지구에 남겨진 채로 유배된 자이다. 예수가 겪었던 것 같은 수난을 통해 사람들에게 살아 있음을 감각케 하는 머서 그리고 그와 융합하면서 공감의 지평을 확대하는 이지도어도 '특별하다.' 물론 이지도어의 노력에도 불구하고 안드로이드는 소설의 말미에서 모두 데카드에게 제거된다. 소설은 마지막에서 하루 만에 인식의 급진적인 변화를 자각하고 안드로이드 사냥꾼을 그만두게 되는 데카드의 고독한 모습을 묘사한다. 그는 더는 진짜 동물에 집착하지 않으면서 전자칩이 부착된 동물도 사랑하고 사는 평범한 남자로 귀환하는 것이다. 이것은 데카드가 여성 안드로이드인 루바와 레이첼에게 느꼈던

· ·

13. 스티븐 휠러, 『이것이 영지주의다』, 이재길 옮김, 샨티, 2006, 90, 107에서 인용.

14. 딕의 영지주의적 세계관에 대해서는 사이먼 크리츨리가 자세히 분석하지만, 그는 딕의 영지주의를 '외계 납치의 신학'으로 일반화하는 경향이 없지 않다. Simon Critchley, "Philip K. Dick, Sci-Fi Philosopher", New York Times, 2012. 5. 20.~5. 22.

강한 감정 이입 덕분이겠지만, 이러한 감정 이입을 통해 그는 다만 개인적인 깨달음을 얻었을 뿐이다.

한편 앞서 제시한 그레마스적 도식은 『안드로이드』에서 서너 가지 유형의 캐릭터와 그들의 정서를 유형화하는 방식으로 좀 더 좁힐 필요가 있다. 그리고 이 도식에는 성차sexual difference가 부각된다.

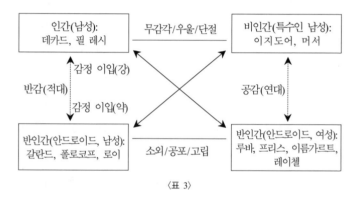

〈표 3〉

지금까지 『안드로이드』에 대한 해석을 종합한 이 도식은 "안드로이드도 꿈을 꾸나?"(278)라는 데카드의 질문을 중심으로 회전한다고 볼 수 있다. 『안드로이드』에는 인간과 반인간(안드로이드)의 강한 대립 이외에도 인간과 특수인(비인간)의 약한 대립도 부각된다. 또한 흥미로운 것으로는 오른쪽 아래 항, 즉 성차에 따른 반인간의 지위(여성 안드로이드)가 비인간(남성 이지도어)과 맺고 있는 '특수한special' 정서적인 유대이다.[15] 이 유대는 데카드가 레이첼 등에게 느꼈던 강한 감정 이입보다 좀 더 중요하게 보인다. 물론 『안드로이드』에서 안드로이드는 결국에 어디까지나 공포에 옴짝달싹할 수 없는 타자, 비존재로 환원되고 만다. 안드로이드가 겪는 공포가 사회적으로 생산된 집단적인 감정임을 이해하려면 안드로이드–리플리컨트가 제작되는 상세한 단계가 묘사되고 이들 피조물의 공포가 조물주에 대한 분노와 반항의 행동으로 표출되는 〈블레이드 러너〉로 논의를 반드시 이동할 필요가 있다.

5. 포스트휴먼 프롤레타리아트의 공포와 그것의 사회적 기원

『안드로이드』에서 안드로이드가 겪는 공포가 "자신에 대한 자연스러운 인식의 방해와 함께 모든 것을 포섭하고 있는 거대 사회 체제에 대한 불쾌한 우려"[16]와 관련 있는 '포스트모던

• •

15. 자세한 분석으로는 캐서린 헤일즈, 『우리는 어떻게 포스트휴먼이 되었는가』, 306~314.

16. 장정윤, 「수동적 감정의 가능성: 필립 K. 딕의 안드로이드는 전기양을 꿈꾸는가?」, 『현대영미소설』 18집, 현대영미소설학회, 2001, 131.

사회의 공포'일까. 그러나 생각보다 그렇게 분명해 보이지는 않는다. 소설은 오히려 모더니즘의 실존적인 소외와 단절을 환기하는 뭉크의 그림으로 안드로이드의 공포를 표현했다. 거기에는 이미 안드로이드가 자신을 만들어낸 사회 속에서 배제될 때 찾아드는 공포가 내재해 있다. 이러한 공포는 오히려 〈블레이드 러너〉의 리플리컨트들이 더욱 직접적으로 겪는다. 이미 많은 논평이 주목한 것처럼, 〈블레이드 러너〉는 첫 장면부터 부감 쇼트로 황량해 보이면서도 대단히 화려한 미래의 자본주의의 도시를 보여주면서 시작한다. 〈블레이드 러너〉에서 미래의 자본주의 도시는 한마디로 '전 지구적 자본주의의 현실'의 단면을 방불케 한다. 물론 『안드로이드』 또한 행성적인 규모로 시장의 확대와 행성의 식민지화를 이야기하고 있지만, 실제로 안드로이드를 제조하고 유통, 납품까지 떠맡는 로즌社는 '가족 경영'의 형태로 유지되는 후기 포드주의적인 공정 단계의 흔적이 남아 있는 독점기업이다. 딕의 SF에서 기업은 여러 다른 기업과의 무한 경쟁으로 인해 어쩔 수 없이 전 지구적 자본 확장의 분열증적 단계로 편입되기 직전의, 포드주의적인 독점 자본이 전 지구적 시장의 분열증에 대해 매우 편집증적으로 반응하는 식으로 재현되는 경우가 허다하다.

그런데 데이비드 하비가 이 영화에 대해 정확히 논평한 것처럼,[17] 미국에서 본격적인 신자유주의적 정책이 시작되던 레이건

정권 시기에 상영된 〈블레이드 러너〉에서 2019년의 미래 도시 로스앤젤레스는 제3세계 출신의 이민자들이 얽히고설킨 차이나타운에서 들려오는 바벨의 언어들, 뱀의 인공 비늘을 제조하는 숍 등 제3세계의 비공식적인 노동 체계, 모던한 것과 포스트모던한 것이 뒤섞인 혼란스러운 건축 디자인 등이 환기하는 것처럼, 한마디로 전 지구적 자본주의의 축도에 가깝다. 『안드로이드』에서는 볼 수 없었던 대기업의 주문과 하청업체의 제조와 납품을 통해 안드로이드의 생산과 유통을 상세하게 묘사하는 방식도 주목할 만하다. 예를 들면, 안구 제조실Chew's Eye Works에서는 중국인 츄Chew가 안드로이드의 안구를 만들고 있으며, 그 자신도 인공 눈을 장착하고 있다. 도심의 뒷골목에서 여성 안드로이드 프리스와 마주치고 그녀에게 은신처와 잠자리를 제공하는 조로증 환자 세바스찬은 유전공학자로, 그는 자신이 거주하는 텅 빈 거대한 아파트에서 리플리컨트의 생체 조직에 필요한 유전적 설계를 담당하며, 데카르트 시대의 발명품인 자동인형을 제작한다. 리플리컨트의 신체조직 전체에 대한 아이디어, 지식과 감정, 기억 등의 이식 작용 및 리플리컨트에게 가장 중요한 생명 연장, 축소기능은 본사인 타이렐 사의 회장이

· ·

17. 데이비드 하비, 『포스트모더니티의 조건』, 구동회 · 박영민 옮김, 한울, 1997, 161.

자 리플리컨트들에게는 가히 조물주의 위치에 서 있는 타이렐이 직접 떠맡고 있다.

이처럼 〈블레이드 러너〉는 원작 소설인 『안드로이드』 이상으로 포스트휴먼 프롤레타리아트인 안드로이드–리플리컨트의 제작 공정에 따른 계급적 지위를 눈에 띄게 부각시킴으로써 소설에서 안드로이드가 겪던 공포의 사회적 기원을 보다 용이하게 추적할 수 있도록 도와준다. 그뿐만 아니라 소설 속에서 안드로이드가 겪는 옴짝달싹할 수 없던 수동적 마비의 공포가 영화에서는 자본가 계급에 대한 보다 능동적이고도 주체적인 분노와 반항으로 전치되고 표출되는 방식을 통해 '할리우드 내에서의 계급투쟁'을 가시화하는 데에 성공하고 있다.[18] 이것을 다시 그레마스의 사각형으로 유형화하면 〈표4〉와 같다.

〈표 4〉의 도식에 따르면 영화는 소설에서 인간/안드로이드의 정체성 분할에 내포된 조물주/피조물의 세계라는 딕의 영지주의적인 우주가 실제로는 생명과 죽음마저 주권적으로 관장하는 자본(가)/노동(자)의 계급 분할에서 비롯된 것임을 보여준

• •

18. 물론 『안드로이드』에 대한 그레마스 사각형과 〈블레이드 러너〉에 대한 그레마스 사각형에는 결정적인 차이가 있다는 것을 반드시 지적해야 한다. 그것은 이지도어/세바스찬의 위상의 변화이다. 소설에서 남자 인간 이지도어와 여성 안드로이드의 연대 가능성은 영화에서는 세바스찬이 리플리컨트에 의해 살해당함으로써 삭제되고 말았다.

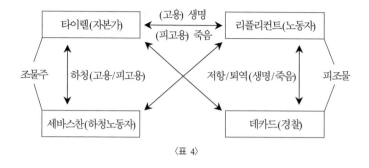

타이렐(자본가) ←(고용) 생명 / (피고용) 죽음→ 리플리컨트(노동자)

조물주

하청(고용/피고용)

저항/퇴역(생명/죽음)

피조물

세바스찬(하청노동자)

데카드(경찰)

〈표 4〉

다. 우리는 『안드로이드』와 〈블레이드 러너〉를 원작과 각색의 단순 대비가 아닌, 두 텍스트가 공시적·통시적으로 교차하는 비평적 지점을 포착할 필요가 있다. 두 텍스트를 절합해 본다면 안드로이드–리플리컨트의 코기토는 젠더적이면서도 계급적 이라고 할 수 있다.

우리의 논의는 〈블레이드 러너〉에서 리플리컨트의 정체성에 대한 질문이 더욱 급진적인 방식으로 재현되는 부분에 좀 더 집중할 필요가 있다. 우선 영화의 주인공 데카드는 누구인가. 소설에서 그는 오페라 여가수 안드로이드 루바 루프트를 제거 하려고 하다가 루바의 신고로 가짜 경찰이자 안드로이드인 크램스에게 체포되는데, 데카드는 크램스에게 다음과 같은 말을 듣는다. "어쩌면 당신이야말로 안드로이드인지 모르겠군 요. 누군가가 심어놓은 가짜 기억을 갖고 있는 안드로이드 말이에요. 혹시 그런 생각은 해 본 적이 있나요?"(173) 영화는 이 대목에 주목해 데카드의 정체에 대해 더욱 적극적으로 개입하고 있다. 앞서 말한 것처럼 데카드는 인간은 심장으로 피를 펌프질하는 자동기계가 아닐까 의심하는 데카르트에서 유추된 존재다. "습관적으로 나는 사람들을 보고 있다고 말한다. 그렇지만 내가 지금 보고 있는 것은 단지 모자와 옷이며, 이 속에 어쩌면 자동기계가 숨겨져 있을 수도 있다. 그러나 그것은 사람이라고 나는 판단을 내린다."[19] 〈블레이드 러너〉의 플롯은 인간=자동기계라는 데카르트적인 의심, 정체성에 대한 질문을 중심으로 구조화된다. 특히 영화에서 '리플리컨트를 쫓는' 데카드는 '리플리컨트에게 쫓기는' 데카드가 되는데, 플롯에서의 이러한 반전은 데카드가 '리플리컨트임을 모르는 인간'에서 '리플리컨트임을 깨닫는 리플리컨트'로 주체화되는 결정적인 계기이기도 하다.

그러나 우리의 마지막 논의는 소설과 영화에서 주인공 데카드가 자신의 정체성을 재확립하거나 뒤늦게 인지하는 것보다는 그의 타자인 리플리컨트(안드로이드)가 자신의 유한한 실존을 인식하고 각성하는 부분에 초점을 맞춤으로써 포스트휴먼 코기토의 양태를 구체화하는 쪽으로 나아가고자 한다.

19. 르네 데카르트, 『성찰』, 이현복 옮김, 문예출판사, 1997, 53.

6. 포스트휴먼과 안드로이드 코기토의 복원

    그렇다면 『안드로이드』와 〈블레이드 러너〉에 대한 해석을 경유하면서 포스트휴먼적인 상상력은 안드로이드-리플리컨트의 코기토를 어떻게 구성할 수 있는 것일까. 〈블레이드 러너〉에서 가장 아름다운 장면 가운데 하나를 주목해 보고 그것을 자세히 분석할 필요가 있다.

    레이첼이 데카드의 아파트에서 처음 만나는 장면을 상기해 보자. 레이첼은 철두철미하게 자신을 인간이라고 믿는 리플리컨트이다. 그러나 데카드는 레이첼이 인간이 아닌 리플리컨트임을 증명하려고 한다. 데카드는 레이첼만이 알고 있는 내밀한 기억, 곧 어머니와 남동생과 함께했던 6살 때의 아련한 추억을 상기시킨다. 데카드는 레이첼의 내밀한 기억이 레이첼을 제조한 타이렐 사 회장 조카의 기억을 이식한 것에 불과하다는 것을 알고 있으며, 그 사실을 레이첼에게 거듭 일깨운다. 그런데 데카드가 레이첼에게 네 기억은 이식받은 기억, 체험하지 않은 기억이기에 가짜 기억에 불과하다고 말할 때, 데카드는 흡사 데카르트처럼 말하고 있다. 실제로 데카르트는 말한다. "저 기만적인 기억이 나에게 나타내는 것은 결코 현존한 적이 없다."[20] 그렇지만 데카르트처럼 말하는 데카드는 자기기만적이다. 레이첼이 아파트를 떠난 직후, 데카드는 잠이 드는데, 꿈속에서 유니콘, 데카르트에 따르면 존재하지 않는 존재에 대한 꿈을 꾸게 된다. 그런데 이 꿈은 데카드만이 알고 있는 내밀한 꿈이다. 영화에는 데카드를 따라다니는 수수께끼 같은 형사 개프가 데카드의 눈에 일부러 띄도록 유니콘 오리가미를 접어 놓은 장면이 등장한다. 〈블레이드 러너〉의 감독판 마지막 장면에서 데카드는 유니콘 오리가미를 보고 자신의 정체에 대한 결정적인 단서를 얻게 된다. 데카드는 리플리컨트였다.

아파트를 떠나기 전, 레이첼이 인간이 아니라는 데카드의 말을 들은 레이첼은 운다. 그런데 운다는 건 무슨 뜻일까. 조르주 바타유는 존재 전체가 부서지는 것처럼 우는 것에 대해 그 울음이야말로 오히려 주체성의 내밀한 경험이라고 말한 적이 있다.[21] 그런데 리플리컨트의 저 내밀한 경험은 인간의 내밀한 경험과 같은 것이라고 말할 수 있을까. 데카드 앞에서 당혹스러워하다가 급기야 흘리고 마는 레이첼의 눈물은 이러한 주석을 요구하고 있는 것처럼 보인다. "'인간성'의 상실에 대한 침묵의 비탄, 결코 그럴 수 없다는 것을 알면서도 다시 인간이고자, 인간이 되고자 하는 무한한 갈망, 혹은 역으로, 내가 진정으로

20. 르네 데카르트, 『성찰』, 42~43.
21. 조르주 바타유, 『종교이론』, 조한경 옮김, 문예출판사, 2015.

90 _ 제1부

인간인지 아니면 한낱 인조인간인지에 대한 영원토록 괴롭히는 의심 — 바로 이와 같은 결정되지 않은 직접적 상태들이야말로 나를 인간으로 만드는 것이다.'[22] 여기서 지젝은 그의 엄밀하면서도 재치 있는 철학적인 추론에 비해 다소 식상한 결론을 내리고 마는 것처럼 보인다. 레이첼의 눈물은 그녀를 '인간으로 만드는 것' 또는 '인간적인 너무도 인간적인' 것이라고 할 수 없다. 영화의 마지막 부분에서 데카드와 최후의 결전을 벌이고 그를 살려준 뒤, 빗속에서 천천히 죽어가는 리플리컨트 전사 로이의 모습에서 '인간적인 너무도 인간적인' 모습을 발견하고자 하는 비평들은 또다시 인간주의적 해석의 덫에 걸리고 있다.

그런데 '인간보다 더 인간답다'는 말은 〈블레이드 러너〉에서 리플리컨트 로이를 만든 타이렐 사의 구호에 지나지 않았으며, 그리하여 정확히 그 구호의 수준과 한계와 척도로 리플리컨트 로이의 주체성을 또다시 인간 중심주의로 환원해 포박하는 말에 불과하다. 여기서 한 걸음 더 진전해야 한다. '인간보다 더 인간적'이라고 말하는 순간, 로이가 리플리컨트임을, 주인인 인간으로부터 지성과 감각, 기억을 물려받은 노예임에도 불구하고 인간과는 변별되는 또 하나의, 다른, 고유한 주체(성)임을, 인간과는 미세하지만 결정적으로 차이 나는, 사유 불가능한

22. 슬라보예 지젝, 『부정적인 것과 함께 머물기』, 81~82.

코기토임을 완전히 놓치고 만다. '인간보다 더 인간적'이라고 말할 때 이 '더'는 여전히 인간의, 인간을 위한, 인간에 의한 양적·질적 척도에 머무는 말에 불과하다. 그러나 이 '더'는 오히려 인간의 저 척도를 부수고 와해시키는 과잉, 비(반)인간적인, 더는 인간에게 의존하지 않는, 인간의 몸속을 뚫고 나오는 에일리언처럼 '섬뜩한unheimlich' 어떤 것이다. 리플리컨트 로이가 죽어가는 시간, 즉 그가 자신을 뒤쫓던 데카드를 구해주고 4년의 프로그래밍 된 삶의 남은, 몇 분조차 되지 않는 시간을 빗속에서 끝마치는 숭고하게 두려운 시간은, 블레이드 러너에 의한 익명적인 '퇴역'이 아닌 고유한 죽음으로서 주체의 탄생을 알리는 시간이다. 그 시간은 자신이 인간이 아닌 리플리컨트임을 끊임없이 상기시키는 데카드 앞에서 레이첼이 흘리는 눈물과 그 눈물의 흘러넘침인 빗속에서 죽어가는 로이의 '내밀한' 코기토가 비로소 시작되는, 시간이 탈구되는out of joint 시간이다.

지젝은 안드로이드-리플리컨트의 '실체 없는 주체성', 즉 모든 지식과 감정, 기억마저도 타자(인간)로부터 일방적으로 부여받은 텅 빈 주체성을, 주체가 흘린 눈물의 내밀한 경험을, '역전된 은유'의 논리로, 곧 데카르트적 주체가 이미 전도된 안드로이드-리플리컨트 코기토임을 이야기하고 있다. 그러나 이러한 해석은 안드로이드-리플리컨트의 주체성을 데카르트적 주체가 탄생하기 위해 그저 '사라지는 매개자vanishing mediator'

〈그림 1〉 리플리컨트 로이의 죽음(《블레이드 러너》)

로 간주하는 결과를 낳는다. 포스트휴먼적 상상력은, 데카르트적 주체의 지위가 중립적이거나 보편적인 것이 아님을 염두에 두고, 오히려 '사라지는 매개자'로서 계급적이거나 젠더적인 '안드로이드–리플리컨트 코기토'의 지위를 보다 적극적으로 복원해내는 작업을 계속해야 할 것이다.

빈손: 변증법적 유토피아 교육극

어슐러 K. 르 귄의 『빼앗긴 자들』(1975)

1. '없는 곳'으로서의 유토피아

2019년에 출간된 국내 SF 작가 단편집 『토피아 단편선』[1]을 읽어보면 SF에서 유토피아적 유산은 완전히 소멸된 것 같은 인상이다. 유토피아적 소재와 모티프를 염두에 두었지만 『전쟁은 끝났어요』에 실린 단편들에서 유토피아적이라고 꼽을 만한 작품은 딱히 없다. 예를 들면 김초엽의 「돌아오지 않는 순례자」는 장애 등의 결핍을 제거하기 위한 바이오 테크놀로지적인 유토피아 기획의 산물인 '마을'에서 성년식을 치르기 위해 마을을 떠나 '시초'로 순례하는 순례자들 가운데 일부가 마을–

• •

1. 『토피아 단편선』(『전쟁은 끝났어요』; 『텅 빈 거품』), 요다, 2019.

유토피아로 되돌아오지 않는다는 스토리이다. 물론 이 소설은 결핍이 없지만 그렇기에 사랑도 없는 유토피아보다는 폭력과 결핍이 있는 불완전한 지구에서의 삶과 행복을 선택한다는 메시지를 담고 있다. 또한 이산화의 「전쟁은 끝났어요」에서 생화학자들은 침팬지 유전자에서 폭력을 일으키는 분자를 제거하고 그 방법을 인간에게 적용하려 한다. 그것이 전쟁의 종식을 가능하게 한다면, 유토피아는 소설에서 공들여 가공한 '가상 과학'의 부산물인 셈이 된다.

오히려 디스토피아 계열의 소설을 묶은 『텅 빈 거품』은 유토피아라는 개념의 처지가 어떤지를 보다 잘 환기하는 작품들로 엮여 있다. 작품집에 실린 여러 단편 가운데서도 돋보이는 정도경(정보라)의 「너의 유토피아」에서 '유토피아'는 인간이 다른 행성에 건설하려 했던 자동화 설비 공장의 명칭으로, 공장을 건설하려 했던 인간은 멸망하며 주인공 로봇이 행성의 최후의 생존자가 되면서 불길한 음조를 띠게 된다. 해도연의 「텅 빈 거품」에서 우주의 진공 붕괴를 가속화하며 어떠한 중력의 영향도 받지 않는 호버만-다이슨 스피어 현상으로 인한 지구 멸망이 140년 앞으로 다가오자 과학자들은 호주에 서둘러 유토피아를 건설한다. 그런데 그 유토피아는 유토피아의 거주자들로 하여금 과거를 잊고 미래의 파멸을 알지 못하도록 설계된 기만의 산물일 뿐이다. 『토피아 단편선』에 실린 작품들은 오늘날 우리가 유토피아를 말하려면 할수록 디스토피아와 재난을 경유하지 않으면 안 될 것 같은 필연성을 실감하도록 한다. 그러나 이러한 필연성은 과연 불가피한 것인가.

흥미롭게도 어슐러 K. 르 귄의 유토피아 SF 걸작『빼앗긴 자들』(1975)의 후반부에는 기후 변화 등에 의해 황폐화된 지구 terra의 이미지가『토피아 단편선』의 그것과 비슷하게 등장한다. 소설의 주인공이자 아나키즘 유토피아 행성 아나레스의 과학자 쉐벡은 자본주의 행성 우라스에서 일어난 혁명적 소요 속에서 테라의 대사관으로 피신하는데, 거기서 테라의 대사인 켕은 쉐벡에게 말한다. "나의 세계, 나의 지구는 폐허입니다. 인간이라는 종이 망가뜨린 행성이죠. 우리는 아무것도 남지 않을 때까지 번식하고 게걸스럽게 먹어 치우고 싸워댔고 죽었어요. 우리 자신을 파괴한 겁니다. 하지만 그 전에 세상을 먼저 파괴했죠. 나의 지구에는 숲이 살아 있지 않아요. 공기는 회색이고, 하늘도 회색, 언제나 뜨겁죠."[2] 계속해서 켕은 아나레스인들은 사막을 선택했지만 테라인들은 사막을 만들었다고 말하며, 뼈와 벽돌은 먼지로 변했으나 플라스틱 조각은 그대로 남아 있는 지구와, 지구를 유지하는 데 실패한 사회적인 종으로서

· ·

2. 어슐러 K. 르 귄, 『빼앗긴 자들』, 이수현 옮김, 민음사, 2002, 394~395. 앞으로 이 책을 인용할 경우 본문에 쪽수를 표시한다.

인간의 실패를 언급한다.

켕이 요약하는 생태학적으로 황폐화된 지구의 이미지는 『빼앗긴 자들』이 출간된 1975년보다는, 『토피아 단편선』에서 묘사되고 『빼앗긴 자들』을 읽는 현재에 더욱 잘 어울린다. 아나레스 행성은 더는 존재하지 않고, 겉보기에 생태 친화적으로 가꾸어진 자본주의 행성 우라스와 황폐한 지구만이 남은 상황이 『빼앗긴 자들』을 읽는 현재의 독자에게 더 부합한다. 그렇기 때문에 유토피아에 대한 사유는 오히려 미래가 아닌 현재, 소설이 발표된 1970년대의 현재와 소설을 다시 읽는 현재를 비교하는 일이 된다.[3] 그것은 한편으로 '애매한 유토피아An Ambiguous Utopia'라는 부제가 붙은 『빼앗긴 자들』의 유토피아의 속성을 따져보는 작업으로도 이어진다. 아나키즘에서 사회주의와 페미니즘, 가부장제와 식민주의 비판, 디자인과 건축에 이르기까지 『빼앗긴 자들』에 대한 논의는 이루 헤아릴 수 없을 정도인데, 우리의 논의는 그중에서도 유토피아의 여러 측면, 즉 그것의 실존적·구조적 측면과 유토피아에 내재한 역설인 비판적 유토피아의 측면에서 『빼앗긴 자들』에 대해 주목하고자 한다.

· ·

3. Darko Suvin, "Cognition, Freedom, *The Dispossessed* as a Classic", *Defined by a Hollow: Essays on Utopia, Science Fiction and Political Epistemology*, Oxford: Peter ang Pub Inc, 2010, 546.

일반적으로 르 귄의 SF는 "참을 수 없는 윤리적, 우주적, 정치적, 육체적 소외를 극복하기 위한 절대적 필요성에서 비롯된 것으로, 더는 소외되지 않는 인간관계의 새로운 집단적 체제를 추구하고 스케치한다."[4] 그렇지만 『빼앗긴 자들』에 내재한 유토피아의 모순과 한계를 언급하는 논의도 있다. 페미니즘적인 측면에서 『빼앗긴 자들』에 재현된 르 귄의 유토피아는 분명 "남성적 특권, 이성애적이고 일부일처제 핵가족의 우월성을 배반하지만", 그럼에도 "집단적 저항과 공동의 승리보다는 남성, 개인의 지적이고도 엘리트주의적 리더십의 메시지를 드러낸다"는 것이다.[5]

나는 『빼앗긴 자들』의 밑절미를 이루는 서구 유토피아의

• •

4. Darko Suvin, "Parables of De-Alienation: Le Guin's Widdershins Dance", *Positions and Presuppositions in Science Fiction*, Hampshire: Macmillan Press, 1988, 135.

5. Tom Moylan, "Ursula K. Le Guin, *The Dispossessed*", *Demand the Impossible: Science Fiction and the Utopian Imagination*, Oxford: Peter Lang Pub Inc, 2014, 97, 108. 이러한 비판은 『빼앗긴 자들』이 남성 주인공(hero) 쉐벡 개인의 일대기와 모험을 초점화하면서 소설에 등장하는 여성의 역할을 축소한 결과를 문제 삼은 것이다. 한편으로 SF 작가이자 비평가인 새뮤엘 딜레이니는 『빼앗긴 자들』에 대한 상세한 독해에서 퀴어 정체성을 가진 아나레스의 인물이 스토리의 후경으로 물러나는, 즉 자유주의적 이성애가 전경화되는 양상을 비판한다. Samuel Delany, "To Read *The Dispossessed*", *The Jewel-Hinged Jaw*(revised edition), Wesleyan University Press, 2009.

역사적·장르적 측면을 살펴본 뒤에, 비판적 유토피아와 실존적·구조적 유토피아의 관점에서 『빼앗긴 자들』을 세계 축소의 SF적 방법이 작동하는 변증법적 서사로 간주할 것이다. 그런 후에 『빼앗긴 자들』의 유토피아적 양가성을 점검하고 이 작품이 오늘날 남겨줄 법한 유토피아적 유산의 의의를 강조하려고 한다. 비록 유토피아는 '좋은 곳eu-topia'보다 '없는 곳ou-topia'에 가까워지고 있지만, 자본주의적 포섭에 저항하는 또 다른 없는 곳(비장소)non-place을 발명하는 역량을 갖고 있다.

2. 비판적 유토피아와 실존적·구조적 유토피아

유토피아라는 내 이름은 아무도 가지 않은 곳.
지금은 플라톤의 나라와 경쟁하고
아니 그곳을 능가하지.
옛 철인이 시로 쓴 것을 보여 주는 것은 나 하나.
좋은 사람, 재산, 법의 형태로 보여 줌은 나 하나.
그러니 나를 에우토피아라고 불러야지.

토머스 모어가 쓴 자작시 「유토피아」이다. 잘 알려져 있다시

피 '유토피아'는 모어가 『유토피아』(1516)에서 창안한 어휘이다. 유토피아는 '상태'(이상적인, eu)와 '공간'(존재하지 않는, ou)을 함께 가리킨다. 『유토피아』는 당대 영국에서 소규모 토지를 대규모 농장에 강제적으로 병합함에 따라 발생한 자본 축적 행위인 인클로저enclosure에 대한 풍자와 비판을 담은 1부와 '유토피아' 섬의 대안적 사회구성체에 대한 구상들로 짜인 2부로 나누어진다. 유토피아는 현실 역사에 대한 대안적 공간과 사회구성체의 상황을 포함하는 어휘이다.

〈그림 1〉 토머스 모어, 『유토피아』(1516) 초판본 삽화

한편으로 유토피아는 '저 너머'의 세계에 대한 로맨스적 모험과 백과사전식 탐구가 결합된 장르이다. 그렇다면 SF와 유토피아는 어떠한 관계에 놓여 있을까? 서구 문학에는 유토피아 장르의 역사적 전통이 있다. 『유토피아』, 『태양의 나라』(1602), 『새로운 아틀란티스』(1627)는 문학일까, 상상의 지리학일까, 정치 사회 이론일까. 다르코 수빈에 따르면 유토피아 장르는 19세기에 들어오면서 SF와 혼효되며, 긴밀한 친족 유사성을 갖춘다. "유토피아는 특정 유사 인간 공동체의 언어적 구성물로, 이것은 사회 정치적 조직, 규범, 그리고 개인적인 관계들이 작가가 소속된 공동체가 가진 기준에 비해 더욱 완전한 기준을 바탕으로 조직되어 있으며, 대안적 역사 가설로부터 비롯된 낯설게하기를 바탕으로 한다."[6]

　『유토피아』로 돌아오면, 이 책 1부의 풍자적 서술이 현실 변화 '가능성의 불가능성'을 극화한다면, 앞의 불가능성은 2부에서는 '불가능성의 가능성'으로 역전된다. 이런 면에서, 『유토피아』와 『빼앗긴 자들』은 표면적 유사성을 넘어서 구조적으로 닮아 있다. 물론 『빼앗긴 자들』은 유토피아 장르를 그대로 답습하는 것이 아니라, 그에 대한 '비판적 유토피아critical utopia'

• •

6. Darko Suvin, "Defining the Literary Genre of Utopia", *Metamorphoses of Science Fiction: On the Poetics and History of a Literary Genre*, Oxford: Peter Lang Pub Inc, 2016, 63.

를 제시한다. 톰 모이란은 비판적 유토피아를 다음과 같이 정의 내린다. "비판적 유토피아의 핵심은 꿈으로서의 유토피아를 보존하되 청사진으로서의 유토피아를 거부하는 유토피아의 한계를 인식하는 것이다. 나아가 소설들은 사회적 변화 과정을 보다 직접적으로 표현하기 위해 원래의 세계와 유토피아 사회의 갈등을 숙고한다. 마지막으로, 소설은 유토피아 사회에서도 계속되는 차이와 불완전성의 현존에 초점을 맞춤으로써 더욱더 인식 가능하고도 역동적인 대안을 창출해낸다."[7]

비판적 유토피아의 측면에서 『빼앗긴 자들』은 유토피아를 구상한 자가 유토피아의 주권자가 되는, 자유를 제시하면서 규범을 강제하는 권위적 유토피아[8]와 차별되는 아나키즘적인 유토피아다. 아나키즘 유토피아는 『빼앗긴 자들』의 전사前史라고 할 만한 르 귄의 단편 「오멜라스를 떠나는 사람들」(1973)과 「혁명 전날」(1974)에서 그 단초를 엿볼 수 있다.[9] 「오멜라스를 떠나는 사람들」에서 오멜라스는 풍요로운 도시이지만, 그 풍요

· ·

7. Tom Moylan., "Introduction: The Critical Utopia", *Demand the Impossible*, 10.
8. 마리 루이즈 베르네리, 『유토피아 편력』, 이주명 옮김, 필맥, 2019, 8.
9. 어슐러 K. 르 귄, 『바람의 열두 방향』, 최용준 옮김, 시공사, 2014.

로움은 특정 존재의 희생(소설에서는 도시 지하에 갇힌 굶주린 아이)의 토대 위에 세워진 것이다. 이러한 사실을 알게 된 오멜라스 주민들 일부분은 오멜라스를 떠나는데, 이것은 『빼앗긴 자들』에서 우라스를 떠나 아나레스에 정착한 아나키스트 오도니언들의 선택에 상응한다. 그리고 「혁명 전날」에는 혁명의 성공을 기리는 축제 속에서 아이러니하게도 삶의 마지막 날을 보내는 여성 혁명가 라이아가 등장한다. 라이아는 아나키스트 오도의 추종자이며 라이아의 삶은 사실상 『빼앗긴 자들』에서 언급되는 오도의 삶이라고 해도 과언이 아니다. 두 편의 단편에서 추출할 수 있는 아나키즘 유토피아의 핵심은 착취적 풍요보다는 평등주의적 가난이며, 유토피아의 건설자가 그것의 지배자가 되지 않는 탈권위적·탈중심적 면모이다.

한편으로 모어가 묘사하고 기술한 유토피아는 이후에 수많은 이론화를 거쳤는데, 그것은 크게 두 가지로 구별될 수 있다. 루이스 멈포드는 『유토피아 이야기』(1922)에서 유토피아를 '도피 유토피아'와 '재건 유토피아'로 나눈다.[10] 전자는 세계로부터 도피하는 낮꿈 속에서 세계를 그대로 놔두는 것이며, 후자는 세계를 재건하는 것이다. 그런데 이러한 구분은 약간 다르게 수정될 필요가 있다. 나는 전자를 유토피아적 의식과 충동의

10. 루이스 멈포드, 『유토피아 이야기』, 박홍규 옮김, 텍스트, 2010, 31.

불꽃을 내포한 '실존적 유토피아'로, 후자를 현실의 실제적 변화를 조직적으로 도모하는 '구조적 유토피아'로 바꿔 불러보겠다.[11] 서로 삼투해 상호 작용하는 이 두 개의 유토피아는 우선『유토피아』1부의 풍자적 정신과 2부의 실제 유토피아 모델의 차이에 상응하며,『빼앗긴 자들』에서는 각각 우라스 장에서의 쉐벡의 실존과 아나레스 장에서의 쉐벡의 공동체에 대응하는 것이다.

3. SF 방법론으로서의 세계 축소

『빼앗긴 자들』은 교차 서술로 진행되는 소설이다. 두 편의 소설이 맞물리면서 하나의 소설을 이룬다. 소설의 한 장은 '우라스'이며, 다른 한 장은 '아나레스'이다. '우라스' 장은 아나레스 행성의 과학자 쉐벡이 우라스를 방문해 거기서 맞닥뜨리게 되는 일련의 이야기이며, '아나레스' 장은 쉐벡이 아나레스에서 태어나 자라는 성장의 기록과 과학자이자 외교관으로 우라스로 떠나기 직전까지의 이야기다. 행성 우라스는 미국을

· ·

11. 이러한 구분에 대해서는 프레드릭 제임슨,「유토피아의 정치학」, 황정아 옮김,『뉴레프트리뷰』2, 길, 2010, 357~359.

모델로 한 에이–이오A–IO, 소련을 모델로 한 츄Thu, 제3세계를
모델로 한 벤빌리Benbili로 구성되어 있다. 쉐벡은 에이–이오에
머무르면서 우라스의 과학자들과 교류하는 한편으로 스스로
를 오도니언으로 여기는 혁명가들과 물밑 접촉을 한다.

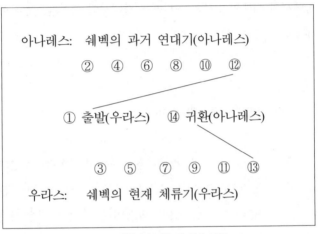

<표 1> 『빼앗긴 자들』의 서사 구조

소설의 서사는 '우라스' 장의 현재와 '아나레스' 장의 과거로
순환하면서 진행된다. '아나레스' 장의 마지막 부분에서 쉐벡은
주위의 만류에도 불구하고 우라스로 방문하기로 결심한다(⑫).
'우라스' 장의 첫 부분은 쉐벡이 아나레스 시위대로 둘러싸인
우라스 행 화물우주선을 타는 장면이다(①). 이렇게 한 장은

다른 장에 대한 거울, 그저 반영하고 재현하는 거울이 아니라, 성찰적이고도 비판적으로 되돌아보게 만드는 거울이다. 독자는 우라스 장을 읽으면서 아나레스의 아나키–사회주의 공동체의 견지에서 우라스의 소유주의적 사회를 비판적으로 되돌아보게 될 것이다. 물론 아나레스에도 여러 문제점이 있다. 아나레스 오도니안들은 자신의 아나키 공동체 시스템으로 침투해 들어오는 관료제를 목도한다. 오도니안들은 우라스에서 이주해온 지 170여 년이 지났다. 그들의 혁명적 대의는 그럭저럭 유지되고 있지만, 또한 오랫동안 우라스 즉 외부를 무시하고, 소유주의자들의 행성으로만 비난하면서 살아왔다. 그러면서 자신도 모르게 닫힌, 외부를 모르는 시스템으로 변해왔다. 따라서 소설 1장의 '벽'의 은유는 핵심적이다. 쉐벡이 우라스로 가는 우주선에 오를 때 아나레스인들은 시위를 벌이며, 그는 거기서 '벽'을 절감한다.

벽이 있었다. 그렇게 중요해 보이는 벽은 아니었다. 다듬지 않은 돌에 대충 모르타르만 발라 쌓은 벽이었다. 어른 키에는 미치지 못하고 어린아이라도 기어오를 수 있는 정도 높이에, 문이 나 있기는 하지만 구색만 갖춘 것일 뿐, 그 벽은 벽이 아니라 기하학적인 의미에서 하나의 선, 하나의 경계선이라고 하는 개념으로 변질되어 있었다. 그러나 그 개념은 실재였고 중요했다. 일곱 세대에 걸쳐 그 세계에서 그보다 더 중요한 것이 없을 정도로.

모든 벽이 다 그렇듯 그 벽도 양면을 향하고 있었다. 어느 쪽이 안이고 어느 쪽이 밖인가는 어느 쪽에서 보느냐에 달려 있었다. 반대쪽에서 보면 벽이 둘러싸고 있는 것은 아나레스였다. 행성 전체가 거대한 감옥처럼 그 벽 안에 들어가, 다른 세계와 다른 사람들에게서 잘려 나가 고립되어 있는 것이다.(7~8)

소설에서 '벽'은 엔트로피화 되어가는 사회 시스템이자 그 시스템을 살아가고 만드는 존재의 내면에 깃들어 존재의 일부가 된 것에 대한 은유이다. 물자 교류, 곧 우라스의 첨단 기술 제품과 아나레스의 풍부한 자원을 맞교환하는 것 이외에 두 행성 간의 다른 교류는 거의 없다시피 했을 뿐만 아니라, "아나레스의 자유 세계란 사실 우라스의 광산 식민지에 다름 아니었"다(133). 우라스로 파견되는 쉐벡의 임무는 두 형제 행성 거주민들의 평등하면서도 자유로운 교류의 첫 물꼬 트기이다. 소설에서 우주 연합의 소통을 가능하게 할 "순간 통신 기구"(380) '엔서블ensible'의 아이디어에 대한 공유는 과학적 교류를 넘어서는 외교적 노력이다.

독자는 환각적인 상품 세계, 자연화된 차별과 위계, 화려함과 풍요로움 이면의 착취와 핍박이 도사리는 우라스 거리를 걷는 쉐벽의 편에서 자본주의 현실을, 마치 그 현실에 처음 도착한 외계 존재의 눈으로 본 것처럼, 낯설게 바라본다. 쉐벽의 가슴에 잠재되어 있다가 불꽃을 피우는 혁명적인 의식과 비판적 사유, 연대는 실존적 유토피아라고 할 수 있다. 실존적 유토피아의 실행으로 인해 우라스의 자본주의적 정체와 추악함이 낱낱이 폭로되는 것이다. 또한 독자는 아나레스에서의 쉐벽의 성장 서사를 통해 아나레스 사회 시스템, '생산과 배급 조정Production and Distribution Coordination, PDC'으로 부르는 아나키즘적 사회 공동체의 각종 실험, 언어, 공동 육아, 개인과 공동체의 자율성에 상응하는 주거, 배려를 포함한 성별 관계 등에 이르는 구조적 유토피아적 실험의 구체具體와 만나게 된다.

이처럼 유토피아가 "작가의 역사적 환경과 비교했을 때, 사회 정치적 조건의 측면에서 급진적으로 다른 대안적 공간"[12]이라면, 프레드릭 제임슨은 그러한 공간을 발명하는 작업의 우선성을 지적한다. 그는 르 귄의 SF적 서사 실험을 '세계 축소world reduction'로 명명한다. 세계 축소라는 "르 귄의 실험은 경험적 현실에 대한 일종의 외과적 절제切除와 비슷한 체계적인

· ·

12. Darko Suvin, "Defining the Literary Genre of Utopia", *Metamorphoses of Science Fiction*, 54.

배제의 원리에 바탕을 두고 있다. 그것은 우리가 현실이라고 부르는 것의 순전히 풍부한 다양성이 급진적인 추상화와 단순화의 조작으로 인해 의도적으로 얇아지고 걸러지는 존재론적 감쇠의 과정 같은 것이다."[13] 『어둠의 왼손』(1969)에서 외계 존재가 스스로를 자웅동체로 유지하도록 만든 게센 행성의 극한의 추위와 『빼앗긴 자들』에서 아나레스의 황폐한 사막의 설정은 현실의 다양성(생물종, 다원적 생명 주기)을 의도적으로 삭제한 결과이다. 이러한 세계 축소의 사고 실험은 사실상 '없는 곳(비장소)non-places'으로서의 장소의 발명과 같다. 그런데 의도적인 세계 축소로 가능해진 것은 흥미롭게도 『어둠의 왼손』의 혁신적인 젠더 사고 실험과 『빼앗긴 자들』의 아나키 유토피아의 실험이다. 우리의 논의에서는 『빼앗긴 자들』에 외삽된 유토피아의 실정성보다도 비장소의 발명이 더 중요하다. 『빼앗긴 자들』의 아나레스 유토피아는, 폭력이나 가난, 고통으로부터 자유로워지는 곳이 아니다. 오히려 유토피아는 "역사의 결정 요인들(정치, 경제, 사회)로부터 자유로워지는 곳"[14]이다. 실존적 유토피아와 구조적 유토피아에 대한 제임슨

• •

13. Fredric Jameson, "World Reduction in Le Guin", *Archaeologies of the Future: The Desire Called Utopia and Other Science Fictions*, London·New York: Verso, 2005, 271.

14. Fredric Jameson, "World Reduction in Le Guin", *Archaeologies of*

의 단순하지만 강력한 구분 또한 해방적인 '없는 곳'의 발명과 무관하지 않다. 세계 축소에 의한 '없는 곳'의 발명은 『빼앗긴 자들』이 출간되었던 시기보다 자본주의적 포섭이 극에 달한 오늘날의 상황에서 유토피아를 상상하는 요긴한 방법이다.

한편으로 독자는 아나레스에서의 쉐백의 성장기를 읽으면서 구조적 유토피아의 차원을 하나씩 학습한다. 실존적 유토피아와 구조적 유토피아는 분리되지 않는다. 그것들은 서로에게 끊임없이 흘러들어 뒤섞이면서 서사적 차원에서 함께 작동하고 있다. 『빼앗긴 자들』이 유토피아 SF이면서도 유토피아 교설로 가득한 지루한 담론이 아닌 까닭도 아나레스 / 존재 / 유토피아(정正) → 우라스 / 소유 / 반유토피아(반反) → 아나레스 / 존재 / 유토피아(합合)로 이어지는 특유의 '변증법적인 플롯'[15] 덕택이다. SF의 특징 가운데 하나는 유토피아 장르에서부터 비롯된바, 교육적이라는 것이다. 그러나 그것은 특정 이념이나 교설을 주입한다는 의미가 아니다. 칼 프리드먼은 『빼앗긴 자들』의 변증법적 교수법이 "자신의 관점에 대해 가능한 한 많은 엄밀한 반대 의견을 텍스트에 포함시키고자 하는, 르 귄 자신에 반대되는 것들을 만들고자 하는 의지에 따라" 기존의

· ·

the Future, 275.

15. Carl Freedman, "Excursuses", Critical Theory and Science Fiction, Wesleyan: Wesleyan University press, 2000, 112~114.

협소하게 교육적인 예술과 차별되는 지점을 만들어낸다고 말한다.[16] 다음 장에서는 이에 대해 자세히 살펴보겠다.

4. 변증법적 유토피아 교육극

그렇다면 『빼앗긴 자들』에서 유토피아의 두 차원, 서로가 서로에게 스며드는 변증법적 양상은 어떠한가. 예를 들면 『빼앗긴 자들』의 첫 번째 '우라스' 장에서 화물 우주선에 동승한 우라스 의사 키모에와 나누는 대화에서 쉐벡은 또다시 '벽'을 느낀다. 그것은 성평등의 '벽'이다. 쉐벡은 우주선 안에 왜 여자가 없냐고 묻는데, 키모에는 우주선을 운행하는 것은 여자가 할 일이 아니라고 말한다.

"쉐벡 박사님, 그쪽 사회에선 여자들이 남자와 완전히 똑같은 취급을 받는다면서요. 사실입니까?"

"여자를 남자 취급하다니, 그건 좋은 장비가 있는데도 써먹지 않는 꼴이겠는데요."

"남자들이 하는 일과 여자들 일 사이에 아무 구분이 없다는

16. Carl Freedman, "Excursuses", 127.

게 정말이냐고요."

"그야 없지요. 아주 기계적인 데 기반을 두고 노동을 구분하는군요. 그렇지 않은가요? 사람은 흥미, 재능, 힘에 따라서 일을 선택해요……. 성별이 무슨 상관인가요?"

"하지만 남자들이 육체적으로 더 강하잖습니까."

"그야 종종, 넓은 범위로 그렇기는 하지요. 하지만 기계가 있는데 그게 뭐 중요한가요? 게다가 기계 없이 삽으로 땅을 파거나 등에 짐을 걸머질 때도, 덩치 큰 남자들이 더 빠르기는 할지 몰라도 여자들이 더 오래 일하잖아요……. 난 종종 내가 여자들만큼 강인했으면 좋겠다고 바랐는걸요."(25)

이러한 문제의식만큼이나 중요한 것은 아나레스인과 우라스인의 대화 직전에 나오는 언어에 대한 성찰이다. "우라스인들은 우월함이라든가 상대적인 높이 같은 신기한 문제를 중요시했다. 그들은 종종 글에서 '더 높은'이라는 말을 '더 나은'과 동일하게 사용했다. 하지만 아나레스인이라면 '더 중추적인'이라는 표현을 썼을 것이다."(23) 쉐벡과 키모에의 대화는 서로 다른 세계의 인류학적 차이에 대한 기술이 아니다. 이러한 대화는 손쉬운 환대를 거절하는 동시에 사회적 적대antagonism의 차원으로 서사를 개방한다. 『빼앗긴 자들』의 '우라스' 장에서 쉐벡의 언행에서 환기되는 실존적 유토피아는 언어적 충돌로 작동한다. 동시에 이 실존적 유토피아는 '아나레스' 장에서 구조적 유토피아로 전환한다. 여기서 잠시 아나레스의 언어인 프라어를 살펴보겠다. 이 언어에는 단적으로 소유격이 없다.

쉐벡이 쓰는 언어이자 유일하게 알고 있는 언어에는 성적 행동을 표현하는 데 있어 소유적인 관용구가 없었다. 프라어에서는 남자가 여자를 '가진다'는 말이 뜻이 통하지 않는다. 가장 가까운 어휘는 '성교하다'에 가까운 의미였고, 그와 비슷한 두 번째 용례는 '저주'라 할 수 있었고, 특수한 경우에 쓰였다. 바로 '강간'을 의미하는 경우였다. 오직 복수형만 취하는 보통 동사는 '결합하다'와 같은 중도적인 말로만 번역할 수 있었다. 그것은 두 사람이 함께하는 뭔가를 의미했지, 한 사람이 일방적으로 하거나 가지거나 하는 일을 뜻하지 않았다.(67)

프라어에서 소유 대명사의 단독형은 대개 강조에 사용되었다. 어법상으로는 소유격을 피했다. 어린아이들은 '내 어머니'라고 말할 수도 있었지만, 얼마 지나지 않아 '어머니'라고 말하도록 배웠다. '나 손 다쳤어' 대신 '손이 아파'라고 말하고, 기타 등등. '이건 내 것이고 저건 네 것이다'를 프라어로 하면 '난 이것을 쓰고 넌 저것을 쓴다'였다.(72)

『빼앗긴 자들』에서 만날 수 있는 사고 실험은 어린 시절부터 학습할 수 있는, 언어로 세계를 이해하고 관계를 정립하는, '가능한 사회주의적 실천'의 한 방편이다. 물론 르 귄의 사고 실험이 소수자에 대한 차별적인 언행을 지양하는 정치적 올바름PC, Political Correctness과 유사하거나 그것의 기원이 아닌가 하고 물을 법도 하다. 하지만 르 귄의 사고 실험에는 특정 단어와 표현에 대한 규범적 규제에 몰두하는 정치적 올바름에 결락된 계급과 성에 대한 통찰이 있다. 그것은 조지 오웰의『1984』에서 디스토피아 국가 오세아니아가 인공적으로 고안한 독재적인 신언어Newspeak와 다를 뿐만 아니라, 그것을 비틀었다고도 할 수 있다.[17]

한편으로 이러한 문제의식은 연장되어 소설에서 두 남녀,

• •

17. 아나레스의 프라어는 "외설적인 말들에 대한 이오의 터부"와 비교된다. 쉐벡의 관찰에 따르면 "우라스인들은 잉여물의 산 속에 살면서도 똥에 대해서는 절대 말하는 법이 없다"(172). 특정한 언어 사용을 회피하고 금지하는 우라스에 비해 아나레스의 언어적 실천은 바흐친과 볼로쉬노프가 계급투쟁의 무대로서 언어를 인식하는 것과 닮아 있다. 바흐친 등에 따르면 말은 '이데올로기적 현상'으로, "언어 기호는 계급투쟁의 무대로, 그 변증법적 특성은 사회적 위기와 혁명적 변화에서 공공연하게 나타난다." 미하일 바흐친·V.N. 볼로쉬노프,『마르크스주의와 언어철학』, 송기한 옮김, 흐겨레, 1992, 36.

쉐벡과 그의 '반려'인 타크베르의 관계에서도 드러난다. 아나레스에서 공동체의 구성원은 평등 의식을 바탕으로, '자유로운 개인들의 연합'(칼 마르크스)이라는 전제에서 만난다. 그것도 매우 일찍부터, 소설에 따르면 청소년 시절부터 그들은 일찌감치 성별 상관없이 섹스를 '실천'하되 그 관계는 '자발적으로 구성되는 연합'이다. "그것은 제도가 아니라 기능이었다. 개인 의식 외에 다른 구속력은 없었다"(279~280). 그런데 우리는 이러한 유토피아는 존재할 수 있는가, 지금 여기의 현실에서 가능한 실천인가 하는 물음에 대한 답변에 골몰하기보다는 유토피아가 아무런 의심도 던져지지 않는 현실을 추문 거리로 만드는 기능을 하는 쪽에 주목할 필요가 있다. 이것이 오늘날에 유토피아가 처한 역사적인 곤경 속에서 그나마 유토피아를 회복하는 첫 번째 몸짓일 것이다. 『빼앗긴 자들』은 성평등, 언어의 사회적 실천, 개인의 자발적인 연합뿐만 아니라 일과 놀이의 구분에 대한 의문 등으로 유토피아적 질문을 차례로 제기하고 동심원으로 넓혀 나간다.

하나를 더 들자면, 쉐벡이 우라스 여성 파에와 쇼핑을 하면서 우라스가 돈과 상품, 소비의 세계임을 새삼 깨닫게 되는 장면이다. 사실 자본주의적 삶의 양식에 최적화된 우리에게는 쉐벡이 당혹스럽게 경험하는 것이 그저 의아함을 자아내거나 우스꽝스러움을 던져줄 뿐이다. 소설의 흥미로운 점은, 쉐벡의 인류학

적인 관찰 덕분으로, 상품들이 자신을 사달라고 속삭이는 세계
가 독자에게 마치 처음인 것처럼 낯설게 인지된다는 것이다.
마르크스가 『자본』에서 상품의 신학적 · 초감각적 특징[18]을 간
파했을 때 느꼈던 경이로움과 쉐벡이 우라스의 거리에서 경험
한 놀라움은 비슷하다. 상품은 그것이 만들어진 기원, 즉 자원
생산, 제작 과정, 만든 장소와 사람, 유통 등이 은폐되고 가격표
만 붙어 시장에 전시될 뿐이다. 상품에 대한 초감각적 신비화가
우라스의 도심 거리에서 일어나는 것이다.

　그 악몽의 거리에서 가장 이상한 부분은 팔려고 내놓은
수백만 가지 물건 중에 거기서 만들어진 물건은 하나도 없었다
는 점이었다. 그곳에서는 팔기만 했다. 작업장이나 공장은
어디 있으며, 농부들, 장인들, 광부, 직조공, 화학자, 조각가,
염색사, 설계자, 그리고 기계공은 어디 있는가. 손들은, 그걸
만든 사람들은 어디에? 눈에 보이지 않는 어딘가 다른 곳에
있다. 벽 뒤에 있다. 가게마다 들어선 사람들 모두가 사거나
파는 사람이었다. 소유 관계 외에는 물건과 아무 관계가 없는
사람들.(153)[19]

. .

18. 칼 마르크스, 『자본』 1-1, 강신준 옮김, 도서출판 길, 2008, 133~148.
19. 이 구절은 브레히트의 교육극 『조처』에 등장하는 「상품의 노래」와
　　비교해볼 만하다. "도대체 쌀은 무엇인가? / 쌀이 무엇인지 나는 아는

쉐벡은 우라스라는 상품의 화려한 전시장의 세계에서 낯선 외계 존재가 된다. 그는 거기서 스스로 그 세계에서 소외된 이방인임을 강력하게 체감한다. 그러나 쉐벡의 소외감은 독자가 상품 현실에서 보통 느끼는 소외감과는 다소 다를뿐더러 그보다 더 급진적이다. 독자가 느끼는 소외감은 기껏해야 저 상품의 현실 속으로 화폐 없이는 결코 들어갈 수 없다는 좌절감이나 상품을 마음대로 고르는 구매자들 앞에서 느끼는 무력감과 비슷하다. 그러나 쉐벡의 소외감은 본래적이고 근원적이다. 쉐벡은 한마디로 우라스를 걸어 다니는 "아나키즘이라는 아이디어"(408), 실존적 유토피아가 점화된 존재다. 쉐벡이 느끼는 소외감은 독자인 우리가 얼마만큼 익숙할 정도로 상품 세계에서 소외되었는지를, 그러한 소외감이 얼마만큼

• •

가? / 누가 아는지 내가 어떻게 아는가? / 쌀이 무엇인지 나는 모른다. / 내가 아는 것은 가격뿐이다. // 도대체 솜은 무엇인가? / 솜이 무엇인지 나는 아는가? / 누가 아는지 내가 어떻게 아는가? / 솜이 무엇인지 나는 모른다. / 내가 아는 것은 가격뿐이다. // 도대체 인간은 무엇인가? / 인간이 무엇인지 나는 아는가? / 누가 아는지 내가 어떻게 아는가? / 인간이 무엇인지 나는 모른다. / 내가 아는 것은 가격뿐이다." 인용은 『조처』보다 짧은 판본인 베르톨트 브레히트, 「상품의 노래」, 『살아남은 자의 슬픔』, 김광규 옮김, 한마당, 1988. 『조처』에 등장하는 「상품의 노래」의 원본은 베르톨트 브레히트, 「조처」, 『브레히트의 교육극』, 오제명 옮김, 한마당, 1993, 365~366에 실려 있다.

우리 영혼 깊숙이 젖어 들어 만성화되었는지를 알려주고 있다. 다르코 수빈이 말한 것처럼 『빼앗긴 자들』은 낯설게하기[20]를 통한 인지적 각성을 촉발하는 브레히트적인 교육극, '탈소외의 우화'이다.

5. 애매한 유토피아

지금까지 유토피아의 두 측면, 상품 세계에 대한 비판의 기능을 수행하는 실존적 유토피아와 그에 대한 대안을 조직하는 구조적 유토피아의 측면을 나란히 살펴봤다. 아나레스와 우라스를 그레마스의 기호학적 사각형으로 배치하면 아래의 〈표 1〉과 같다.[21]

• •

20. 빅토르 쉬클로프스키는 「기법으로서의 예술」(1916)에서 톨스토이의 중편 소설 「홀스토메르」에 등장하는 말(馬)의 시점으로 인간 세계와 말 그리고 기타 자연물에 대한 '소유'를 당연한 것으로 간주하는 '지각의 자동화'를 문제 삼는다. 그런 의미에서 '~의 것'이라는 소유 관념에 대한 '낯설게하기'는 계급적이다. 빅토르 쉬클로프스키, 「기법으로서의 예술」, 『러시아 현대비평이론』, 조주관 옮김, 민음사, 1993.

21. Phillip E. Wegner, "A Map of Utopia's "Possible Worlds": *Zamyatin*'s We and *Le Guin*'s The Dispossessed", *Imaginary Communities: Utopia, the Nation, and the Spatial Histories of Modernity*, University of California

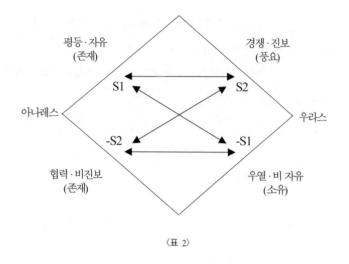

〈표 2〉

위의 그레마스 사각형은 아나레스와 우라스의 많은 것을 설명해주지만 완벽하지는 않다. 여기서 주목할 것은 아나레스의 유토피아 정체政體가 하나의 모순으로 드러난다는 것이다.

아나레스에는 소유보다는 존재를 추구하려는 평등과 자유가 있으며, 그것은 소유주의적인 불평등과 억압의 세계인 우라스와 차별되는 유토피아의 요소이다. 아나레스의 가난은 존재의 평등과 자유를, 우라스의 풍요는 소유와 비자유와 연결되어 있다. 그러나 "유토피아 세계를 존재하게 하는 바로 그 가난의

Press, 2002, 178에서 빌려왔다.

조건은, 동시에, 유토피아를 존속시키는 존재에 대한 항구적인 위협을 나타낸다."[22] 이 말은 아나레스의 자유와 평등이 물질적 가난을 토대로 해서 가능하다는 의미가 아니다. 무엇보다도 아나레스의 가난은 아나레스를 광산 식민지로 착취하는 우라스의 풍요에 의해 매개된 것이며, 그런 한에서 아나레스의 평등과 자유도 마찬가지이다. 인용한 구절에서 주목할 것은 아나레스의 유토피아가 우라스의 그것만큼이나 모순으로 드러날 수 있다는 진실이다. 지금까지 아나레스의 쉐벡 편에서 우라스의 세계를 비판했는데, 이제 비판의 초점은 아나레스 사회 시스템과 그 구성원들을 향한다. 오히려 그것은 우라스 세계에 대한 비판보다도 더 중요한 것으로, 혁명의 '사건적 충실성'(알랭 바디우)이라고 불렀던 것을 아나레스의 오도니안들이 어떻게 꾸준히 유지하고 수행해가는지를 검토하는 것과 관련이 있다.

아나레스의 문제점은 쉐벡 주변의 두 인물을 통해 극명하게 드러난다. 쉐벡의 스승 사불은 아나레스 사회 시스템에 기생하면서 자신의 안위를 보존해 나가는 비열한 존재다. 그는 제자의 아이디어를 가로채 자기 것인 양 포장할 뿐만 아니라 결국 쉐벡을 대학 기관에서 내쫓는다. 사불은 관료제, 타성화

• •

22. Phillip E. Wegner, "A Map of Utopia's "Possible Worlds"", 176.

의 전형으로, 쉐벡의 표현을 빌리면 "관습, 도덕, 사회적 추방에 대한 두려움, 달라지는 것에 대한 두려움, 자유로워지는 것에 대한 두려움"(377)을 상징하는 캐릭터이다. 그는 아나레스 사회에서 일정한 지위를 차지하고 있고 추종자를 거느린 권력이다. "우리 안에 내면화된 사불"(377) 같은 존재들은 쉐벡의 생물학적인 어머니를 비롯해, 아나레스 사회 도처에 많이 등장한다. 이들은 도덕적 자질 등의 결함으로 문제가 있는 것이 아니라 타성화되는 사회 구조를 체현한 존재들이라는 점에서 문제가 있다.

이들 반대편에 있는 존재가 쉐벡의 젊은 시절 동료인 티린이다. 그는 자유로운 영혼, "타고난 반항가", "타고난 오도니안"(375)이다. 흥미롭게도 그는 유사 브레히트적인 소극笑劇을 공연한 적도 있다. 소설에 따르면, 소극의 주인공인 우라스인은 아나레스에 밀입국해서 물건을 팔면서 쌓은 재화로 궁전을 짓고 "스스로를 아나레스의 소유자"(371)로 부른다. 그가 아나레스의 한 여자와 섹스를 하기 전에 금괴를 지불하려고 하자 여자는 거절한다. 우라스인은 말한다. "해서는 안 될 일이야! 도덕적이지 않아! 좋은 거래가 아니야!"(371) 단편적이지만, 티린의 소극은 흥미롭게도 상품 세계로 가득한 우라스의 거리를 걸으면서 소외를 경험하는 쉐벡의 이야기와 대칭을 이룬다. 그러나 반항아 기질이 강한 티린은 지금은 정신병을 앓으면서 수용소에 격리되어 치료를 받고 있다. 쉐벡은 티린을 수용소로 가둔 것은 결국 '우리 안에 내면화된 사불'임을 토로한다. 물론 티린이 수용소에 감금되었다는 사실, 사불이 승승장구하는 현실 때문에 아나레스 행성이 유토피아적인 특징을 잃어버리는 것은 아니다. 그렇다고 그대로 두면 제아무리 중심과 권위가 부재하며, 독재 가능성이 없는 사회 시스템이라 하더라도 그 구성원들이 안일하게 순응하고 복종하기만 한다면 결국 폐쇄적이 될 공산이 크다. 그런 시스템은 티린 같은 존재를 미쳐버리게 할 것이다. 이러한 점들이 아나레스 유토피아의 이면이다. 영구 혁명 운동이, 엔트로피 상태를 벗어날 외부가 절실히 필요해진 것이다.

쉐벡이 우라스로 가기로 결심하게 된 최초의 동기는 우라스에서 도착한, 스스로를 오도니안의 후예로 부르는 비밀 집단의 긴급구조 신호 때문이었다. 그리고 쉐벡이 우라스에 가 있는 동안 실제로 비슷한 집단이 비밀리에 그에게 접촉해 온다. 그때까지 그는 약간의 의아함을 가지고는 있지만 우라스의 대학 기관과 연구소 동료들이 제공하는 환대와 작업 환경에 그럭저럭 만족해했다. 그러나 그것이 츄의 과학자 치폴리스크가 쉐벡에게 경고한 것처럼, 우라스의 국가와 경찰의 감시에서 비롯된 환대였음을 깨닫게 된다. 우라스는 쉐벡의 아이디어를 탈취해 헤인, 테라 등의 외계 존재들이 만든 우주 연합의 지배자가 되려는 속셈을 갖고 있었다. 결국 쉐벡은 우라스에서 오도니안 사상을 추종하는 군중들이 반란을 일으키는 때에 맞춰 카피톨 광장에서 그들과 조우한다. 시위는 잔혹하게 진압되며, 부상자와 함께 도망을 치던 쉐벡은 부상자의 죽음을 뒤로 하고 테라 대사 켕에게 신변 보호와 아나레스로의 귀환을 요청한다. 그리고 그는 다시 아나레스로, 떠났던 그대로 '빈손으로', 되돌아오게 된다.

따라서 소설의 제목이 상징하는 바는 적지 않다. 사실 'The Dispossessed'라는 소설의 제목에 가장 어울리는 다른 표현은 '빼앗긴 자들'이라기보다는 '빈손'이다. 쉐벡이 처음 우라스에 도착했을 때 우라스의 '소유주의자들'이 당혹스러워했던 것은 바로 그가 '빈손'으로 왔기 때문이다. 쉐벡은 르 귄이 헤인 우주 시리즈에서 고안한 엔서블의 놀라운 아이디어를 가진 자로, 그는 우라스로 가면서 아무것도, 심지어 종이 쪼가리조차 들고 가지 않았다. 마찬가지로 쉐벡이 우라스에서 다시 아나레스로 되돌아올 때 소설은 그를 어떻게 묘사하는가. 『빼앗긴 자들』의 마지막 문장을 읽어본다. "그러나 그는 아무것도 가지고 오지 않았다. 그의 손은, 늘 그랬듯 비어 있었다."(440) 이렇게 보면 소설의 제목인 'dispossessed'는 소유보다는 존재에 어울린다. 수빈에 따르면 "the dispossessed는 더는 소유권을 지니지 않은 이, 즉 비–소유주의자일뿐만 아니라 '존재' 대신 '소유'의 원리에 사로잡히거나 집착하지 않는 이, 그리고 사물, 타자, 자연, 지식, 또는 자기 자신에게 전념하여 폭리를 일삼는 소유욕에 시달리지 않는 이들이다." 요약하면 "the dispossessed는 문자 그대로 물질적·심리적 사물화 모두에서 소외를 제거하는 탈소외De-Alienated를 뜻한다."[23] 빈손의 쉐벡이 우라스의 카피톨 광장에서 행한 연설을 상기해보자.

자유로운 유대라는 하나의 원칙 외에는 어떤 정부도 없습니다. 우리는 소유하는 자들이 아니라, 나누는 자들입니다. 우리는 유복하지 않아요. 우리 중 누구도 부유하지 않습니다. 우리 중 누구도 강력하지 않습니다. 그게 당신들이 원하는 아나레스라면, 그게 당신들이 추구하는 미래라면, 그러면 말하건대 당신들은 빈손으로 그 세계에 와야 합니다. 어린아이가 세상에 들어오는 것처럼 홀로, 벌거벗은 채, 과거도 없이, 재산도 없이, 타인에게 온전히 기대어 와야 합니다. 주지 않은 것은 받을 수 없는 것이지요. 당신들은 스스로를 주어야만 합니다. 혁명은 살 수 있는 것이 아닙니다. 만들 수 있는 것이 아닙니다. 단지 당신들 스스로가 혁명이 될 수 있을

• •

23. Darko Suvin, "Defining the Literary Genre of Utopia", *Metamorphoses of Science Fiction*, 138.

뿐입니다. 혁명은 당신들의 영혼에 있거나, 아니면 어디에도
없습니다.(415)

'혁명은 당신들의 영혼에 있거나, 아니면 어디에도 없습니
다.' 유토피아가 좋은 것이면서 어디에도 없는 곳인 것처럼.
그렇지만 '어디에도 없는 곳'은『빼앗긴 자들』에서 디스토피아
나 반유토피아로 뒤바뀌는 유토피아의 어두운 속성이 아니다.
그것은 급진적으로 차이 나는 장소의 발명이자 사고 실험이다.
사고 실험으로서의 유토피아는 미래에 대한 담론이 아니라
그것이 불가능한 현재에 대한 역사적 질문으로 존속한다.

6. 다시, 유토피아

지금까지 어슐러 K. 르 귄의『빼앗긴 자들』을 읽었다.『빼앗
긴 자들』은 유토피아가 불가능한 시대의 유토피아의 필요성을
역설하는 작품으로 읽힌다. 물론 오늘날 유토피아는 그에 대한
무수한 반문들(유토피아는 반유토피아나 디스토피아로 귀결
된다는 등), 기후 변화와 팬데믹 등 자본주의에서 비롯된 전
지구적 재난의 창궐, 유토피아를 손쉽게 대체하는 테크놀로지
의 부산물이 득세하는 상황 속에서 가히 소멸의 위기에 있다.

역사적 발명품으로서 유토피아는 이제 '좋은 곳eu-topia'이 아닌 어디에도 '없는 곳ou-topia'으로 정의되는 것 같다. 독자가 『빼앗긴 자들』을 읽는 현시점은 아나레스와 같은 아나키-공산주의 체제가 역사적으로 소멸한 후, 마치 테라처럼 생태학적 폐허로 변해가는 한편으로 전 지구적 자본주의의 포섭이 진행되는 우라스 행성을 존재하는 유일무이한 세계로 간주하는 지배 헤게모니의 자장磁場에 있다.

1장에서 살펴봤지만, 최근 국내 작가들의 SF 창작이 활발해지고 있음에도 유토피아를 상속하고 재점화하려는 질문은 아직은 희박해 보인다. 나는 오늘날 SF와 유토피아의 절연絕緣을 당연시하는 관습에 대한 의문에서 출발했다. 그런 의미에서 유토피아 에너지를 간직하고 있는 과거의 작품에 대한 새로운 조망은 불가피하다. 특히 최근 활발하게 수행되는 소수자에 대한 SF적 재현의 노력에 더해 불평등으로 고통받는 다수의 현실에 대한 대안 세계를 설정하는 것도 긴급하다고 판단된다. 이런 점에서 아나키즘, 페미니즘, 사회주의 비전 등을 두루 갖춘 『빼앗긴 자들』은 유토피아 교육을 위한 적절한 SF의 모델이다.

어슐러 K. 르 귄의 『빼앗긴 자들』은 오늘날 역사의 뒤안길로 사라진 것 같은 유토피아를 되새기고, 학습하며, 상속하기에 좋은 대안을 제공하는 SF 걸작이다. 이 소설은 서구 유토피아 장르를 비판적으로 계승한 문학적 유산이자 유토피아의 양가성을 드러내는 작품이다. 『빼앗긴 자들』은 유토피아에 대한 사회적 논의가 부재하는 현재의 시점에서 유토피아의 역사적 현재를 어떻게 진단하고 상속할 것인가와 관련되어 중요한 질문을 남긴다. 나는 비판적 유토피아의 측면에서 『빼앗긴 자들』을 읽는 한편으로, 유토피아의 실존적·구조적 차원에서 『빼앗긴 자들』의 SF적 방법론인 세계 축소를 활용했다. 그리고 『빼앗긴 자들』에 내포된 유토피아의 급진적 교훈을 상기했다.

무엇보다도 자본주의적 포섭에 저항하는 없는 곳, 빈 장소의 발명은 아나레스와 같은 유토피아가 더는 불가능해 보이는 현재 시점에서 가능한 유토피아적 설계의 첫걸음으로 간주할 필요가 있다. 그것은 유토피아를 실현 불가능한 '없는 곳'으로 간주하는 지배적인 경향에 맞서는 것이기도 하다. 우리의 결론에 따르면, 유토피아는 다만 이상적 장소가 아니라, 역사적 상황의 변증법적 산물이다. 그것은 유토피아가 부재한 현재를 추문 거리로 만드는 질문으로 끈질기게 존속한다. 『빼앗긴 자들』의 유토피아는, 비록 오늘날 자본주의의 망망대해에 고립무원으로 둘러싸인 한낱 섬의 처지이더라도, 그저 한물간 역사적 유물이 아니라 다시금 복원하고 상속해야 하는 공통재이다.

씨앗: "한 번 더!"

킴 스탠리 로빈슨의 『쌀과 소금의 시대』와 대체 역사

1. 대안/대항으로서의 대체 역사

만약에 2차 세계대전에서 독일과 일본 등의 추축국이 미국과 소련 등의 연합군을 이겼다면 그 이후의 역사는 어떻게 전개되었을까?(소설: 필립 K. 딕, 『높은 성의 사내』, 1962; 드라마: 〈높은 성의 사나이〉 1-4, 2015~2019) 만약에 일본이 2차 세계대전에서 승리하여 한반도가 여전히 일본의 식민지라면 그 이후의 역사는 어떻게 되었을까?(복거일, 『비명을 찾아서』, 1987) 대체 역사소설alternative history novel은 '만약에 ~한다면(했더라면)?'이라는 가정법을 기존 역사를 통해 유추하고, 기존 역사를 서사적 가정법에 외삽外揷, extrapolation하는 SF의 하위 장르이다. 대안(대항) 역사로서의 대체 역사소설은 역사와 이야기history/story가 만나는 접점을 다루고 있다. 오스카 와일드는 '역사에서 우리가 책임져야 할 것 중의 하나는 역사를 새로 쓰는 일이다'라고 말한 적이 있다. 그런데 와일드의 말은 비단 역사가의 임무에만 해당되는 것일까? 소설도 역사를 고쳐 새로이 쓸수 있을까? 만일 그럴 수 있다면 그것은 질 들뢰즈가 현실화되지 않은 잠재성(가능성)을 역사에 적용한 서사로 불러도 좋을 것이다. 내 생각에 '대체 역사'는 기존 역사에 대한 더 나은 대안을 제시하거나 그것에 대항하는 방식으로 다시 쓰는rewriting 역사이다. 앞으로 말하겠지만, 대체 역사는 기존의 역사로부터 미세하게 이탈하는 방식으로 새롭게 생성하는 클리나멘climamen, 偏位의 역사이기도 하다. 다만 나는 일반적인 관행에 따라 대체 역사라는 용어를 사용하되, 그것이 함의하는 바는 대항 역사임을 밝히고자 한다. 여기서 잠시 급진적인 의미의 대체 역사를 설명하기 위해 평행 우주의 가설을 빌려오겠다.

양자 역학은 보통 두 종류의 평행 우주의 모델을 낳는다고 알려져 있다. 하나는 관찰자가 객관적인 양 가장하거나 관찰자를 뺀 상태로 얻어질 수 있는 무수히 분기하는 다중 우주이다. 다른 하나는 관찰자의 의식이 실험에 영향을 끼쳐 입자가 파동으로 붕괴하는 대안 우주이다. 후자, 즉 관찰자의 관찰 행위라는 실험 변수에 의해 '입자인가, 파동인가'로 제기되는 '파동 함수의 붕괴'의 아포리아를 해소하기 위해 전자, 즉 11개 정도로 성립 가능한 중립적인 다중 우주 가설이 제출된 것이다.[1] 비유하자면 내가 여기서 읽으려는 킴 스탠리 로빈슨Kim Stanley Robinson의 대체 역사소설 『쌀과 소금의 시대The Years of Rice and Salt』(2002)는 기존의 역사(서술)에 대해 있을 수 있는 다중 역사 가운데 그저 하나를 제시한 것이 아니라, 대안적 의미로서의 대체 역사를 제시했다고 하겠다. 이런 경우, 대체라는 다소 중립적인 어휘 대신에 작가의 역사적·계급적 관점이 투시된 대안(대항)이라는 문화적 번역으로 대체 역사소설 장르를 이해할 필요가 있다.

핵심은 대체와 교환이 가능한 것을 상상하는 것이 아니라, 교환을 넘어서고 중지시키는 대안을 상상하는 일이다. 그리하여 대체 역사소설은 유럽에서는 같은 시대에 발생한 역사소설과 SF가 함께 의문에 부친 '역사적 결정론historical determinism'을 근본적으로 문제 삼는 SF의 하위 장르로 생명력을 얻게 된다.[2] 『쌀과 소금의 시대』는 만약에 흑사병이 유럽을 멸망시켰더라면 그 이후의 역사는 어떻게 전개되었을까 하는 가정법에서

• •

1. 슬라보예 지젝, 『나눌 수 없는 잔여』, 이재환 옮김, 도서출판 b, 2010, 344.

2. Philip E. Wegner, "Learning to Live in History: Alternate Historicities and the 1990s in *The Year of Rice and Salt*", William J. Burling Ed, *Kim Stanley Robinson Maps the Unimaginable: Critical Essays*. NC: McFarland, 2009, 99.

출발하고 있다. 그러면서 소설가 로빈슨은 지금 우리가 아는 것과 같은 서구 중심으로 서술된 역사와는 전적으로 다른 역사를 새로이 구상하려고 한다. 그것은 어떻게 다시 쓰는 역사일까?

2. '만약에 ~한다면'

질문을 한 번 더 던져보아도 좋을 것이다. 우리는 '만약에 ~한다면(했더라면)'과 같은 가정법에 어느 정도의 친근함을 느끼고 있을까, 반대로 그런 가정법을 싫어하는 것은 아닐까. '만약에 ~한다면'은 언뜻 삶에서 결코 돌이킬 수 없는 시간, 더 나을 수도 있었을 선택, '걸어보지 못한 길The road not taken' (로버트 프로스트)에 대해 나중에 갖는 후회, 회한에서 출발하는 것처럼 보인다. 반대로 그러한 감정과는 상관없이 '만약에'를 그 자체로 즐기는 경우도 있을 것이다. 또한 '만약에'는 개인의 인생사뿐만 아니라 서술된 역사에도 적용되는 것으로 보인다. 『쌀과 소금의 시대』에는 앞서 제기한 질문과 관련하여 흥미로운 구절이 등장한다.

"다 쓸데없는 짓이야. 이런 일이, 저런 일이 일어났더라면, 그랬더라면 어떻게 됐을까, 황금군단이 '긴 전쟁' 당시 간쑤회

랑을 돌파했더라면, 일본인들이 일본을 되찾은 뒤 중국을 공격했더라면, 명이 보물선단을 유지했더라면, 우리가 잉저우를 발견해 정복했더라면, 알렉산더 대왕이 젊어서 죽지 않았더라면, 했더라면, 했더라면, 그랬더라면 엄청난 차이가 생겼겠지. 하지만 그건 도대체가 쓸모없는 짓이에요. 자기 이론을 뒷받침하려고 사실과 다른 얘기를 끌어들이는 역사학자들, 정말 웃겨. 아무도 어떤 일이 왜 일어났는지 모르기 때문에 그게 가능한 겁니다. 알겠어요?"

"곧바로 더 많은 이야기가 쏟아져 나왔다. 키라나가 보기에는 아무 의미 없는 얘기들이었지만 사람들은 '만약 그랬더라면' 속에 빠져들기를 좋아했다. 모로코의 사라진 924선단이 슈거아일랜드로 떠내려갔다면, 그리고 다시 돌아왔더라면, 트라방코르의 케랄라가 아시아를 정복하지 않고 철도와 법률 체계를 정비하지 않았더라면, 신세계 섬들이 존재하지 않았더라면, 미얀마가 시암과 치른 전쟁에서 졌더라면······."[3]

『쌀과 소금의 시대』의 열한 번째 이야기에 등장하는 다혈질

3. 킴 스탠리 로빈슨, 『쌀과 소금의 시대』 2권, 박종윤 옮김, 열림원, 2007, 503, 504. 앞으로 이 책을 인용할 경우 본문에 권수와 쪽수를 표시한다.

의 레즈비언 페미니스트 키라나는 '만약에 ~한다면(했더라면)'
이라는 가정법을 싫어한다. 그럴 만한 이유가 있다. 곧 이야기하
겠지만, 소설에서 키라나처럼 K 이니셜을 지닌 인물 대부분에
게 역사란 전진과 투쟁, 진보의 이름이기 때문이다. 한번 결정한
것에 대해 후회하지 않고 그것에 어떻게든 책임을 지려는
사람에게 '만약에'와 같은 가정법은 나약한 자들의 회한과
후회, 도피에 지나지 않아 보이는 듯하다. 그러나 대다수 사람들
은 키라나와 꼭 같게 생각하지는 않는다. '만약에 ~한다면'은
실은 소설의 심장이기도 할 허구fiction이다. 사람들은 이야기와
그것의 허구성fictionaless을 좋아한다. '만약에'와 같은 가정법=
허구도 마찬가지이다. 만약에 이 길이 아니라 저 길로 갔더라면,
이 사람이 아닌 그 사람을 택했더라면 어떻게 되었을까? '만약
에'는 현실과 허구의 관계에 대해 시사해 주는 바가 있다.
영미 분석 철학은 허구의 구조에 대해서 여러 흥미로운 사실을
알려주는데, '만약에?'의 경우는 '반사실적 조건문'으로 부른
다.

1. P였다면 Q일 것이다
① P가 성립하고 있는 여러 가능 세계 중 현실 세계와 가장
   유사한 세계들을 취하면, 그 모든 세계에 있어서 Q가
   성립하고 있다.

② P가 성립하고 또한 Q도 성립하고 있는 세계 중에는 P가
   성립하고 있고 Q는 성립하고 있지 않은 어떠한 세계보다
   현실 세계와 유사한 세계가 있다.

2. P였다면 Q일지도 모른다

③ P가 성립하고 있는 여러 가능 세계 중 현실 세계와 가장
   유사한 세계들을 취하면 그중에서 Q가 성립하는 세계가
   적어도 하나 있다.

④ P가 성립하고 있는 가능 세계 중 현실 세계와 유사한
   여러 세계를 아무리 취해 간다 해도, 그중에는 Q가 성립하
   는 세계가 적어도 하나 있다.[4]

간단하게 말해 『쌀과 소금의 시대』에서 Q가 재현된 대체
역사라면, P는 Q를 통해 유추가 가능한 실제 역사(기존 역사
또는 그와 관련되어 인류가 공유하고 있는 서술된 역사적 사실)
라고 할 수 있다. 반대로 현존해 온 실제 역사 P에서 유추한
가상 역사는 Q가 되는 것이다. 인용한 두 개의 반사실적 조건문
에 견주어보면 『쌀과 소금의 시대』는 2에 좀 더 가까운 것으로

• •

4. 미우라 도시히코, 『가능세계의 철학』, 박철은 옮김, 그린비, 2011,
   41.

보인다. 1의 경우는 현실의 역사와 다소 비슷하게 균형을 맞추려는 대체 역사에 가까워 보인다.

『쌀과 소금의 시대』도 이러한 가정법 또는 반사실적 조건문에서 출발한 소설이다. 중세에 흑사병이 일어났으며, 그로 인해 유럽인들 대부분이 죽게 된다. 그렇게 되어 만약에 동아시아나 아프리카, 인도, 중국 등에서 역사가 만들어진다면 어떻게 될까. 『쌀과 소금의 시대』는 불같은 기질을 가지고 있지만 그만큼 어떤 신체적 결락이 눈에 띄는 급진적인 개혁가나 혁명가(K), 성향과 기질이 전혀 다른 두 사람을 중간에서 관찰하고 갈등과 대립을 조정하는 온유한 중간자적인 관찰자(B), 주의 깊고 합리적이면서도 분별력 있는 탐구자(I) 등이 윤회를 통해 짐승과 사람, 남자와 여자, 왕과 신하, 장인과 사위, 부부, 연인 등등으로 다시 태어나 만나고, 그렇게 자신들의 시간과 역사를 살아간다는 이야기다. 이 소설은 서구의 역사와는 상이한 매우 새로운 어휘들, 물품, 종교와 철학, 시간 개념, 정체성과 관계의 형식, 과학과 기술 등의 생산수단 등을 창안해낸다. 물론 십억 명이 60년간의 전쟁에서 사망하는 아마겟돈이 벌어지며, 아마겟돈 이후에도 여전히 계급적이거나 신분적인 불평등 및 여타 해묵은 갈등이 잔존한다. 그럼에도 이 소설을 읽게 되면 현저하게 드러나는 사실이 하나 있다. 그것은 『쌀과 소금의 시대』가 자본주의적인 생산 양식의 역사적인 전개 과정이

거의 존재하지 않는 소설이라는 것, 자본주의가 언제까지 계속될 것만 같은 숙명론(역사적 결정론) 지배하는 우리의 현실과 역사를 근본적인 의문에 부치고 그 의문을 밀고 나가는 SF라는 것이다.

『쌀과 소금의 시대』를 출간한 지 2년이 지나고 나서 로빈슨은 한 인터뷰에서 현실의 역사와 너무도 비슷하게 균형을 맞추려는 대체 역사적인 경향에 반발하면서 전적으로 상이한 역사를 구상하고 제시하려는 것이 대체 역사소설의 본령임을 분명히 한다. "우리 역사에 대한 대체 역사란 어떤 의미에서는 전혀 상상할 수조차 없이 심오한 것입니다. 대체 역사란 '그럴듯함' 또는 그 비슷한 것에 대해 항상 '왜'라는 질문을 던지고 한계를 밀어붙이는 훈련이 되어야 할 것입니다."[5] 한편으로 이러한 대체 역사를 에른스트 블로흐가 말한 가능성의 범주를 통해 조명해보면 흥미로울 것이다. 블로흐는 철학에서 미래, 가정법과 같은 가능성의 범주를 '가변성'이라는 창조적 풍요로움과 연관시켜 해석하고 있다.

'달리 존재할 수 있는 무엇'은 과정 속에서 정해지는 거대한

5. Kim Stanley Robinson, Imre Szeman and Maria Whiteman, "Future Politics: An Interview with Kim Stanley Robinson", *Science Fiction Studies* Vol. 31, No. 2 Jul., 2004, 181.

실험이다. 이른바 가변성Variabilität이라는 창조적인 풍요로움을 일컫는다. 이러한 풍요로움은 무언가를 형성하고 무언가를 창조할 만큼 개방적인 것이다. 가변성은 좌절되지 않는 방향 전환이요, 특히 무엇보다도 소진될 수 없는 새로운 형상 가운데 하나이다.[6]

이러한 가변성을 『쌀과 소금의 시대』와 관련지어 하나의 가능성을 도출해야 할 것이다. 그것은 소설에서 세 유형의 인물군의 탄생과 그들이 현세와 다음 생에서 맺는 인연의 가능성이다. 블로흐에 따르면 가능성은 도래하는 것의 '소질'을 지닌 '싹'과 함께 시작된다. "싹은 스스로 수많은 돌발적 변화와 접하게 되며, '소질'은 전개되는 가운데 '힘-가능성potentia-possibilitas'의 항상 새롭고도 정확한 성향으로 발전된다."[7] 가능성은 하나의 소질을 내포하고 있는 싹(씨앗)이다. 그리고 수많은 돌발적인 변화 속에서 가능성은 그 안에 뿌리와 줄기, 열매와 이파리 등의 소질을 잠재적으로 내포하고 있는 씨앗(싹)이다. 『쌀과 소금의 시대』의 첫 번째 이야기에서 죽음과 환생 사이의 바르도에 머문 볼드는 키우에게 말한다.

· ·

6. 에른스트 블로흐, 『희망의 원리』 1권, 박설호 옮김, 열린책들, 2004, 481.
7. 에른스트 블로흐, 『희망의 원리』 1권, 489.

"영혼은 씨앗 같은 거야. 새로운 영혼은 민들레 홀씨처럼 다르마 바람을 타고 멀리 날아가지. 우리는 모두 미래의 우리를 품은 씨앗이야. 새로운 씨앗들은 결코 멀리 떨어지지 않고 함께 떠다니지. 그걸 알아야 해. 우리는 이미 여러 번 삶을 함께했어. 우리의 자티jati, 탄생는 특히 눈사태 이후 단단하게 결합됐지. 그 운명이 우리를 하나로 묶었어. 우리는 함께 일어나고, 함께 쓰러지는 거야."(1: 162)

미래를 품은 씨앗을 지닌 채 단단히 결합된 K, B, I의 인연과 함께 소설 속의 이야기로 들어가겠다.

3. K, B, I의 이야기

『쌀과 소금의 시대』는, 말하자면, 서세동점西勢東漸이 아니라 동세서점東勢西漸의 이야기다. 서구 중심주의적인 역사가 아니라, 비서구인들이 새롭게 다시 쓰는 역사이다. 이야기의 시작에 흑인 소년인 키우가 있다는 것은 의미심장하다. 헤겔은『역사철학강의』등에서 아프리카를 '역사가 없는 땅'으로, '흑인'들은 역사를 창조할 만한 정신이 없는 전前 교양적인, 순전히 감성적인 존재라고 말한 적이 있다.[8] 그런데 이 소설은 오히려 역사의 공백에서 튀어나온 흑인 소년의 모험으로 이야기를 시작하고 있다. 소설의 첫 번째 이야기는 명백하게 기독교적인 시간관, 헤겔의 역사 철학에 대한 풍자적인 패러디로 고안된 것이며, 서술 형식도 소설novel의 과거 완료보다는, 오승은의 『서유기』처럼 다음 이야기를 예고하고 이야기를 진행하는 구술 기법을 활용한다. 마찬가지로 『쌀과 소금의 시대』에서 인연으로 얽힌 세 주인공은 마찬가지로 『서유기』에서 인연으로 결합된 손오공, 저팔계, 사오정의 세 주인공의 모델을 염두에 둔 것으로 볼 수 있다.

첫 번째 이야기에서 많은 것들이 어떤 가능성을 남긴 채 결정된다. 다른 열한 개의 이야기보다도 소설의 첫 번째 이야기는 모험담이다. 길 위에서 펼쳐지는 이야기로, 우연한 만남이 중요시된다. 몽골 제국 병사 볼드는 흑사병의 아수라장에서 키우와 만나며, 천신만고 끝에 번성하던 중국으로 건너간다. 볼드는 이후에 등장할 B의 잠재성을 고루 갖춘 인물이다. 종교적인 경건함, 인연에 대한 민감한 감성, 사람을

• •

8. G. W. F. 헤겔, 『역사 속의 이성』, 임석진 옮김, 지식산업사, 1993, 284~310. 『역사철학강의』, 김종호 옮김, 삼성출판사, 1990, 156~164. 헤겔의 역사 철학에 내포된 이데올로기적 봉쇄 작용에 대해서는 라나지트 구하, 『역사 없는 사람들』, 이광수 옮김, 삼천리, 2011.

〈표 1〉『쌀과 소금의 시대』에서 재편된 대체 역사
출처: https://en.wikipedia.org/wiki/The_Years_of_Rice_and_Salt

■ 다르 알–이슬람Dar al–Islam
□ 트라방코르 연합Travancori League
■ 중국과 식민지China & her Colonies
■ 호데노사우니 연합Hodenosaunee League

내치는 것이 아니라 품는 따뜻한 성격 등등. 키우는 강제로
거세당하며, 원한을 품은 채 중국 황제의 환관이 된다. 거세라
는 육체적 결함이 운명처럼 신체에 낙인찍히며, 세상에 대한
불만, 원한을 갖는 노예가 된다. K의 인물형은 그렇게 형성된
다. 앞에서 헤겔의 역사 철학을 비판했지만, 그는 주인에게
봉사하는 노예가 자기의식을 갖고 주인에게 반항하면서 자
기를 전개해나가는 것을 역사라고 말하기도 했다. 그런데
K와 같은 인물이 역사를 만들어나가는 주체가 되는 것이다.
그리고 사물에 대한 관찰력이 좋고 호기심이 많은 I가 있다.

1장에는 요리법에 대한 엄청난 지식을 소유한 중국의 식당 여주인 일리가 등장해 짧지만 강렬한 한마디를 남긴다. "난 뭐든 다 알고 싶어."(1: 105) 첫 번째 이야기에 대한 요약을 바탕으로 『쌀과 소금의 시대』의 긴 스토리를 정리해 보겠다.

아울러 『쌀과 소금의 시대』는 흑사병으로 인해 멸망한 서구를 대체하는 네 개의 거대한 연방–종교–국가를 최종적으로 제시한다. 그것은 다르 알 이슬람Dar al–Islam, 트라방코르 연합 Travancori League, 중국과 식민지China & her Colonies, 호데노사우니 연합Hodenosaunee League이다(〈표 1〉).

4. 역사의 클리나멘, 클리나멘의 이야기

『쌀과 소금의 시대』는 재앙으로부터, 재앙의 폐허로부터, 존재하는 것들은 절멸하여 어떠한 가능성조차도 존재하지 않는 것만 같은 흑사병의 재앙으로부터 출발하고 있다. 블로흐의 말처럼 가능성에는 재앙이 내포되어 있지만, 그것은 구원 및 희망, 상황의 격변 속에서 불가피하게 감지되는 어떤 것이다.[9]

· ·

9. 에른스트 블로흐, 『희망의 원리』 1권, 박설호 옮김, 열린책들, 2004, 479.

이 소설에는 두 번의 엄청난 재앙이 등장한다. 하나는 유럽 인구 대부분이 전멸하는 흑사병이며, 다른 하나는 십억 명의 희생자를 낳고 이슬람 제국과 청 제국이 붕괴되는 67년간의 '긴 전쟁'이다. 그런데 파국을 해석하는 관점에서 『쌀과 소금의 시대』는 필립 K. 딕의 『높은 성의 사내』와 같은 대체 역사소설과는 결을 달리한다. 질 들뢰즈는 엔트로피 법칙은 현실에서 피어나올 수 있는 잠재성—가능성의 절멸이라고 말한 적이 있는데[10], 『높은 성의 사내』는 가능성, 다르게 존재할 수 있는 그 무엇조차도 결코 존재할 수 없는 엔트로피적인 붕괴를 이야기하고 있다. 이 소설에서 펼쳐지는 가상의 시간은 일본과 독일이 2차 세계대전에서 승리하여 미국을 나눠 통치하고 있는 때이며, 인종 정책으로 아프리카인들이 절멸하고 유대인들은 신분을 숨겨 도망 다녀야 하는 시간이다. "'지금'이라는 건 아무것도 존재하지 않는 상태로 가는 막간이자 순간일 뿐. 바쁘게 진행되는 우주의 변화는 생명을 화강암과 메탄가스로 되돌린다. 변화의 수레바퀴는 모든 생명체의 마지막을 향해 돌아간다. 모든 것은 순간적이다. 그리고 그들, 미친놈들은 화강암, 먼지, 무생물이 되려는 열망에 부응한다."[11] 그러나

• •

10. 마누엘 데란다, 『강도의 과학과 잠재성의 철학』, 이정우·김영범 옮김, 그린비, 2009, 135.

11. 필립 K. 딕, 『높은 성의 사내』, 남명성 옮김, 폴라북스, 2011, 75.

절멸과 재앙의 아포칼립스적인 상황에서조차 희망의 싹, 유토피아의 가능성, 미래에서 보내오는 신호가 희미하게 감지될 수는 없을까. 『쌀과 소금의 시대』는 재앙에도 '불구하고', 즉 '그럼에도 불구하고'라는 희망의 점근선으로 다가가는 이야기다. 여기에는 대안 역사를 구상하면서도 작가가 특별히 선호하는 서술 전략이 숨어 있다.

　　분명히 그들은, 모든 배역은 다시, 또다시 반복된다. 각 그룹마다 '카'와 '바'가 있고, 오래된 붉은 잉크의 선집에서처럼, 카는 언제나 불평한다. 칼새의 울음소리로, 쾌속정의 콸콸거리는 소리와 코요테의 컉컉거리는 울음소리로…… 그 뿌리 깊은 저항. 그리고 바는 언제나 바다. 바퀴의 습성처럼 붕붕거리는, 땅에 붙들린 소리, 희망과 공포의 버둥거림, 내면의 버팀목. 없는 것을 그리워하는 카, 결핍을 칼끝처럼 감지하는, 생활에 바빠 단속적인 포착일지라도, 하지만 또한 모자란 중에도 모든 것을 굴러가게 하기 위해 가능한 모든 일을 해야만 하는 사람. 계속해! 세상은 쿵들이 바꾸었지만 다음에는 그것을 유지하고 지탱하기 위해 노력하는 바오들이 있다. 그들 모두가 각자의 역할을 하고, 결코 완벽하게 이해하지 못할 다르마 속에서 각자의 임무를 수행하는 것이다.(2: 665~666)

이들은 어떻게 인연을 맺어갈까. 수많은 카르마를 짊어지고 감당할 세 명의 인물, 특정한 소질을 지닌 싹, 씨앗, 잠재성, 가능성인 K, B, I는 어떻게 인연을 맺어갈까. 소설에는 K, B, I, 세 인물이 만나는 방식에 대해 힌트를 주는 핵심적인 용어가 등장한다. 그것은 물론 '클리나멘clinamen'이다.

　"어쨌든 결국 역사의 모든 위대한 순간들은 사람들 머릿속에서 일어났습니다. 변화의 순간, 혹은 그리스인들의 말을 빌리자면 클리나멘."

　바로 그 순간을 구성 원칙으로 삼았고, 사마르칸트의 명작집 편자 '오래된 붉은 잉크'도 마찬가지 강박관념이 있었으리라고 주는 말했다. 오래된 붉은 잉크는 환생 모음집에 실을 여러 생애를 수집하면서 클리나멘과 비슷한 순간을 선택의 기준으로 삼았고, 환생하는 주인공의 이름이 언제나 같은 철자로 시작되도록 했다. 그리고 각 장마다 그들이 삶의 교차로에 도착해 예상과는 전혀 다른 길로 방향을 트는 순간을 포함시켰다.

　"작명 방법이 마음에 드는군요."

　바오가 책더미에서 한 권을 뽑아 가볍게 넘기며 말했다.

　"네, 오래된 붉은 잉크가 여백에 써넣은 글을 보니까 그것은 독자의 편의를 위한 기억법에 지나지 않는다고 합니다. 그리고 실제로 모든 영혼은 신체적인 특징이 완전히 바뀌어 돌아온다고 하죠. 비밀을 누설하는 반지도 없고, 태어날 때부터 생긴 점도 없고, 같은 이름도 없습니다. 그는 자신의 방법이 옛날이야기와는 전혀 다르다는 걸 보여주고 싶었던 겁니다."(2: 627~628)

『쌀과 소금의 시대』의 마지막 열두 번째 이야기에서 바오는 죽은 줄로만 알았던 이사오를 우연찮게 만나 그의 강의를 듣게 되는데, 거기에서 클리나멘이라는 용어가 등장한다. 클리나멘은 에피쿠로스에서 시작해 루크레티우스로 이어졌다가 르네상스의 작가들을 만나기 전까지 명맥이 길게 끊어졌으며, 다시 마르크스, 알튀세르, 들뢰즈 등으로 이어지는 사유의 계보에서 되살아나는 중요한 철학적 이미지-개념이다. 빗방울이 수직으로 낙하하다가 비스듬히 궤도를 이탈하고 다른 빗방울과 부딪히거나 햇빛 속에서 먼지들이 어지럽게 부딪혀 마치 춤추는 것 같은 브라운 운동을 상기해보면 좋겠다. 그런데 이러한 이미지 때문인지 몰라도 클리나멘은 다소 소박하게는 돌이킬 수 없는 필연성에 맞서는 자유, '우연의 하늘'(니체)에 대한 예찬, 마주침, 접속, 이탈 등과 거의 동일하게 사용된다. 그러나 클리나멘은 오히려 필연 덕택에 가능한 이탈, 운동, 만남이다. 구체적으로는 출발 구획 칸 바깥으로 뛰쳐나가는 말馬의 움직

임, 기계적 압력에 저항하는 몸짓의 되튐, 이미 선택한 결정을 실행하는 국면을 뜻한다.[12]

로빈슨은 한마디로 클리나멘을 이야기의 법칙이자 그 이야기가 전혀 예상치 못하게 생성되는 방식으로 바꿔 쓰고 있다. 물론 클리나멘(플롯)은 이 소설의 전체적인 이야기 틀인 윤회를 통한 환생(스토리)이라는 방식과 상충될 수도 있다. 힌두교의 교리를 알고 있었다고 하는 피타고라스에게 윤회를 통한 환생은 동일한 것의 영원 반복, 영원회귀를 뜻했다. 그러나 소설에서는 그에 대한 중대한 변용, 이탈이 일어난다. 곧, 차이의 반복.

분명 K, B, I는 여러 번 윤회를 거쳐 환생하고 공교롭게도 인연을 맺는다. 그래서 그들은 서로의 전생을 전혀 기억하지 못한 채로 '문득' 알아본다. 세 번째 이야기에서 술탄의 부인이자 『코란』을 급진적으로 해석하는 원原페미니스트 카티마와 수피교도 학자 비스타미가 처음 마주쳤을 때, 어떠한 일이 일어나는가. 비스타미는 고향을 떠나기 전 정글의 암호랑이 키아로부터 도움을 받아 기사회생했다. K가 먼저 B를 보고 그제서야 B는 K를 알아본다. "술타나 카티마가 처음으로 그를

• •

12. 장 살렘, 『고대 원자론』, 양창렬 옮김, 난장, 2009, 173. 장 살렘의 예시는 물론 루크레티우스의 『사물의 본성에 관하여』에서 온 것이다. 루크레티우스, 『사물의 본성에 관하여』, 강대진 옮김, 아카넷, 2011, 128~131(2권 263~293절).

자세히 바라보았다. 갑자기 숨을 멈추는 모습이 놀란 기색이 뚜렷했다. 짙고 검은 눈썹이 주의를 집중하느라고 옅은 눈동자 위에서 얽혔다. 비스타미는 문득 그 옛날 호랑이의 이마를 가로질렀던 새 날개 모양의 흔적을 떠올렸다. 그 무늬 때문에 호랑이는 언제나 약간 놀라고 당황한 듯이 보였는데, 이 여자도 마찬가지였다."(1: 292~293) 또한 일곱 번째 이야기에서 중국인 과부 캉은 떠돌이 승려 바오를 보자마자 단도직입적으로 말한다. "당신을 알아요."(2: 12)

『쌀과 소금의 시대』에서 윤회하며 환생하는 인연들은 똑같이 윤회하거나 환생하지 않는다. K, B, I는 각자가 부여받은 성격과 재능 등 한마디로 어떤 소질이 있다. 그러나 그 소질이 펼쳐지고 전개되는 방식은 조금도 예상할 수 없다. 확실히 K는 매사 투덜거리며, B는 K를 온화하게 감싸려고 하고, I는 이들을 보면서 담담한 미소를 짓는다. 소설에서 르네상스의 시대를 방불케 하는 다섯 번째 이야기의 한 대목을 읽어보겠다. "바흐람은 두 팔을 크게 벌리고 감싸 안는 몸짓을 하면서 이렇게 말했다. "모든 것이 사랑으로 가득합니다!" 그러면 칼리드는 또 호통을 쳤다. "닥쳐! 멍청한 소리 마!""(1: 463) 그리고 말없이 미소 지으며 그들을 지켜보는 칼리드의 친구 이왕이 있다. 칼리드, 바흐람, 이왕 모두 과학자들이다. 분명 사물의 법칙을 탐구하며, 새로운 물품과 기구를 발명하는 I의 소질을 지닌 인물들이다. 그러나 세계와 인간을 바라보는 관점에 따라 그들은 K, B, I로 다시 나누어진다. K, B, I는 환생하여 인연을 맺지만 이전과 똑같은 인연을 맺지는 않는다. K, B, I 각자에 잠재된 씨앗의 저 '소질'이 어떤 법칙hi/story을 만들어 가고 있는 것은 분명하지만, 그들이 어떤 이야기를 실제로 만들어 나가는지plot는 예상할 수 없다. 이야기뿐만 아니라 역사도 그러하지 않을까. 과연 캉은 이브라힘이 쓴 글을 읽으면서 고개를 끄덕인다. "역사는 사계절보다는 바다의 파도와 더 유사한지도 모른다. 이쪽저쪽으로 흐르고, 교차하고, 무늬를 만들고, 때로는 세 겹의 봉우리를 이루면서 잠시 동안이지만 문화적 에너지의 최고봉을 형성한다."(2: 137) '바다의 파도'와 더 유사한 역사라는 구절에서 소설의 제목인 '쌀과 소금의 시대'의 의미를 유추해 볼 수 있을 것이다. 과부 캉은 자신의 삶에 비추어 삶의 단계를 다음과 같이 분류한다. 그것은 젖니 시기, 머리를 틀어 올리는 시기, 결혼 시기, 출산 시기, 쌀과 소금의 시기, 미망인 시기로, 이 중에 '쌀과 소금의 시기'는 기존의 역사에서는 기록되지 않을 여자들의 반복된 일상과 고된 노동이 겹쳐지는 시기이다. 그런데 캉은 이러한 개별적인 사건에서 생겨나는 "파열과 탈구의 영속적인 감각"(2: 100)을 오히려 역사 생성의 근본 동력으로 삼는다. 로빈슨이 다시 쓰는 역사는 한낱 '세계사적 개인'이 만들어 나가는 것이 아니라, 쌀알처럼 덧없이 가벼운

삶들이 서로 충돌하는 물방울들이 되어 마침내 거대하게 펼쳐 나가는 파도를 닮았다.

5. '한 번 더!': 사랑, 과학, 정치 그리고 예술

『쌀과 소금의 시대』에서 재현되는 거의 1,400여 년에 이르는 장구한 대체 역사는, 한편으로는 사랑, 과학, 정치, 예술의 혁명적인 발명, 알랭 바디우의 개념으로 말해보면 진리의 유적類的 절차[13] 또는 진리 생산의 네 가지 공정이 씨줄과 날줄로 촘촘하게 교차하고 서로를 직조하는 서사이다.

첫째, 사랑. 소설에서 사랑은 바로 K, B, I 인물형이 인연을 맺고, 서로를 알아보며, 이런저런 성격과 관심의 차이에도 불구하고 우정, 신뢰, 사랑에 대한 충실성으로 끝까지 운명을 함께 하는 방식을 통해 재현된다고 하겠다. 그것은 소설에서 너무 일관되고도 충실하게 재현되어 이탈이나 변칙을 허용하지 않는다.

둘째, 과학. 이것은 세 번째 이야기에서 지구는 둥글다는

· ·
13. 사랑, 과학, 정치, 예술이라는 진리의 네 가지 유적 절차는 바디우의 거의 모든 저작에 등장하는데, 가장 간결한 판본으로는 알랭 바디우, 『철학을 위한 선언』, 서용순 옮김, 길, 2010.

건축학자 이븐 에즈라의 가설에서도 단편적으로 예시되지만, 본격적으로는 다섯 번째 이야기, 사마르칸트에서 과학자 칼리드, 바흐람, 이왕 등이 탐구하는 빛과 소리의 원리, 중력과 진공에 대한 실험, 망원경과 현미경에 대한 고안과 개발, 그리고 이에 대한 과학적 탐구를 추동하는 과학자들의 끈기 어린 열정과 서로에 대한 배려에서 보다 잘 드러난다. 한편으로 열 번째 이야기에 등장하는 부두르의 고모이자 과학자인 이델바는 핵물리학 이론('알락틴' 원소 이론)을 창안한다. 물론 과학적 발명 그 자체만으로 진리에 대한 산출적 공정이라고 말할 수는 없을 것이다. 이델바의 이론은 악의적인 권력에 의해 얼마든지 진리에 대한 시뮬라크르로 돌변할 수 있다. 조카 부두르의 역할이 그래서 중요해진다. 그녀는 고모의 핵물리학의 성과를 정치와 권력의 모리배들 손아귀에서 구해내어 핵의 평화적 사용을 논의하는 이스파한 국제회의로 가져간다.

셋째, 정치. 『쌀과 소금의 시대』에서 남자들과 대등하게 눈부신 역할을 맡는 존재는 당연히 여성들이다. 열다섯 명의 여성(한 마리의 암호랑이를 포함하여)이 소설에 등장하는 스물두 명의 남자들만큼이나 중요한 역할을 맡아 수행한다. 이 소설에서 정치는, 페미니즘을 포함하여, 거의 대다수 여성의 발명품이라고 해도 과언이 아니다. 정치는 두 번째 이야기에 등장하는 반항적인 인도 여성 코킬라에서 그 소질과 싹이 발견되어 세 번째 이야기에 등장하는 카티마에서 꽃과 이파리로 만개한다. 그녀는 『코란』을 급진적으로 해석하면서 바스타미에게 묻는다. "하지만 수피들이 '모두'라고 말할 때 여자도 포함되는 건가요?"(1: 298) 열 번째 이야기에 등장하는 레즈비언 페미니스트 키라나는 일곱 번째 이야기에 등장하는 캉이 쓴 글을 언급하면서 여자들이 하는 일, 쌀과 소금을 만드는 일, 그러나 문자로는 기록되지 않는 "자궁 문화"(2: 407)에 대해 언급한다. 키라나가 언급한 페미니스트 선배 캉은 이슬람 학자이자 남편인 이브라힘과 함께 '부와 4대 불평등'의 문제를 탐구한다. 그들은 계급 분할에서 오는 끝없이 지속되는 종속의 과정으로 역사를 바라본다. 그들에게 역사란 1) 전사와 성직자에 대한 농민의 종속 2) 장인에 의한 기술의 발명과 이를 통한 장인 계급의 성장과 권력 집중화 3) 여성과 아이에 대한 남성의 지배 4) 인종 혹은 집단의 불평등을 통한 '축적의 축적'(마르크스의 『자본』에 따르면 '본원적 축적')으로 점차 확대된 것이다. 그들의 결론은 무엇일까. "모든 불평등은 끝을 맺어야 하고, 모든 잉여의 부는 평등하게 분배되어야 한다. 그때까지 우리는 무의미하게 지껄이는 원숭이에 지나지 않으며, 모두 생각하고 싶어 하는 의미로서의 인류는 존재하지 않는다."(2: 156) 물론 소설의 현실은 이들이 상상하는 방향으로 흘러가지는 않았기 때문에 아마도 '긴 전쟁'으로 나타났을 것이다.

한편으로 부쇼가 들려주는 이야기에서는 평등한 모계 중심의 호데노사우니 부족 연합의 모습을 엿볼 수 있으며, 부두르도 참여한 느사라의 시위에서 베일을 벗은 이슬람 여성 시위대를 지지하는 "군중에 끼어 있던 여자들이 얼굴에서 베일을 벗겨 땅바닥에"(2: 441) 내던짐으로써 시위대와 연대하는 광경을 또한 만날 수 있다. 키라나는 신랄한 어조로 연설을 한다. "어느 누구도 우리를 뒷걸음치게 하지 못할 것입니다! 그런 계획을 성공적으로 실행하려면 정부는 국민을 전부 해고하고 다른 국민을 임명해야 할 것입니다!"(2: 561)[14] 하나 더 지적하자면, 자신이 동지들과 함께 만들려고 했던 바로 그 새로운 세상의 목전에서 쓰러지는 혁명가 쿵의 초상이 있다. 이처럼 『쌀과 소금의 시대』에는 진리의 공정으로서의 사랑, 과학, 정치가 발명되는데, 그렇다면 마지막으로, 예술은 어디에 있을까.

넷째, 예술. 그것은 『쌀과 소금의 시대』에는 별도로 제시되어 있지 않다. 왜냐하면 이 소설에서 진리 산출의 공정의 한 방식으로서 예술은 바로 대체 역사인 『쌀과 소금의 시대』 그 자체이기

· ·

14. 방금 읽은 구절은 물론 소비에트 정부가 동독을 침공했던 당시에 베르톨트 브레히트가 썼던 시를 연상시킨다. "그렇다면 차라리 / 정부가 인민을 해산하여 버리고 / 다른 인민을 선출하는 것이 / 더욱 간단하지 않을까?" 베르톨트 브레히트, 「해결방법」(1953), 『살아남은 자의 슬픔』, 김광규 옮김, 한마당, 1985, 139.

때문이다. 여기에서 이 소설은 일종의 메타코멘트를 내포하는 서사가 된다. 그것은 열두 번째 마지막 이야기에 등장하는 주이사오(이사오)가 자신의 강의에서 역사에 대한 네 가지 서술 방식을 서술하는 대목에서 유추 가능하다. 이사오의 강의는 물론 역사학자 헤이든 화이트(소설에서는 '스콜라 화이트')가 『메타역사』에서 제시한 방법론을 거의 그대로 차용한 것이다. 화이트에 따르면 역사가도 본질적으로 이야기꾼이다. "역사가란 본질적으로 시적 활동을 수행하는 사람이며, 그러한 시적 활동을 통해서 역사가는 역사의 장을 예시하고, 역사의 장에서 "실제로 무슨 일이 일어났는가"를 설명하기 위해서 그가 이용하는 독특한 이론들을 적용시키는 장으로 그것을 구성"하는 존재다.[15] 이사오–화이트에 따르면 역사 서술은 사계절의 흐름을 닮아 크게 네 가지로 나뉜다.

홍미로운 것은 역사 서술의 네 가지 방식을 설명하는 이사오 자신은 전체적으로 비극을 불가피하게 포함하는 희극을 편애한다는 사실이다. "궁극적으로 볼 때 인간에게는 비극, 사회로서는 희극이 되는 것이죠. 그것이 가능하다면 말입니다."(2:

••

15. 헤이든 화이트, 『19세기의 역사적 상상력』, 천형균 옮김, 문학과지성사, 1991, iv.

수사	재현	플롯	『쌀과 소금의 시대』(2: 621~624)
은유	봄	희극	"희극에서는 사람들이 다른 사람 즉 전반적인 사회와 화해합니다. 가족과 가족의 엮임, 부족과 씨족의 엮임, 이것이 희극이 끝나는 방식이며, 이것이 이야기를 희극으로 만듭니다."
제유	여름	로망스 (다르마)	"인간이 각자의 다르마를 풀기 위해, 더 나아지기 위해 분투하는 로망스죠. 따라서 세대를 거듭할수록 발전합니다. 정의를 위해 싸우고, 결핍을 위해 싸웁니다. 우리는 결국 무릉도원으로 올라가리라, 위대한 평화의 시대는 구현될 것이다, 라는 강한 자기 암시 속에서 말입니다. 샴발라(이상향) 이야기, 혹은 우리가 어떤 식으로든 나아가고 있다는 목적론적인 역사가 다르마 역사입니다."
반어	가을	풍자/반어 (엔트로피)	"허무주의나 옛날이야기, 주로 몰락 이야기의 어법에도 등장합니다. 이 양식에서는 인간이 시도하는 모든 것이 실패하거나 제자리로 돌아옵니다. 생물학적 현실과 도덕적 결함, 죽음과 사악함이 결합되어 세상만사 모든 것이 수포로 돌아가는 겁니다. 인간의 삶이 전부 원인 없는 대혼란이라고 말합니다. 이것저것 다 따져볼 때 태어나지 않는 편이 더 나았다는 얘깁니다."
환유	겨울	비극	"비극은 좀 더 어두운 화해를 합니다. '비극은 현실 자체, 즉 죽음과 붕괴, 패배와 얼굴

			을 맞댄 인간의 이야기를 들려준다.' 비극의 영웅들은 파멸합니다. 그리고 살아남은 사람들이 그들의 이야기를 들려주죠. 이를 통해 어떤 자각이 찾아오고, 현실 인식이 고양됩니다. 이것이 비극 안에 존재하는 소중한 요소입니다."

〈표 2〉 『쌀과 소금의 시대』에서 제시된 역사 서술의 네 가지 방식[16]

624) 재앙과 전쟁, 비극에도 불구하고 사회가 점점 나아지리라고 생각하는 혁명 이론가다운 생각이다. 과연 쿵이 암살당할 때 그는 쓰러지면서 바오에게 다음과 같이 말한다. "바오신후아, 계속해."(2: 602) 마치 역사/이야기는, 파국과 재앙에도 불구하고 계속 진전되어야 한다고 말하는 것으로 보인다. 바오도 쿵과 이사오를 이어받아서 다음과 같이 말한다.

"한 세대가 서로 힘을 모아 좀 더 정의로운 사회를 위해 기존 질서에 대항해 반란을 일으킬 때마다 어떤 면으로는 반드시 실패하지만, 또 다른 면에서는 성공한다는 것입니다. 어쨌든 후손에게 무엇인가 물려주기 때문입니다. 그것이 살아간다는 것은 얼마나 지난한 과정인가라는 깨달음에 불과하다고 해도 말입니다. 이것을 소급해서 적용하면 과거의 실패한

..

16. 헤이든 화이트, 『19세기의 역사적 상상력』, 18~22.

시도는 일종의 성공이 됩니다. 그리고 그렇게 사람들은 나아갑니다."(2: 654)

이 문장은 발터 벤야민의 「역사의 개념에 대하여」를 거의 그대로 바꿔 쓴 것이라고 해도 좋다. 마르크스적인 무기로 훈련된

역사가가 늘 목전에 두는 계급투쟁은 투박한 물질적인 사물들을 둘러싼 투쟁인데, 이러한 것들이 없이는 섬세하고 정신적인 것들도 있을 수 없다. 그럼에도 계급투쟁에서 이 후자의 것들은 승리자에게 떨어지는 전리품이라는 관념과는 다른 모습으로 주어져 있다. 그것들은 확신, 용기, 유머, 간계, 불굴의 투지로 이 투쟁 속에 살아 있으며, 먼 과거에까지 영향을 미친다. 그것들은 일찍이 지배자들의 수중에 떨어졌던 모든 승리를 새로이 의문시할 것이다.[17]

'확신, 용기, 유머, 간계, 불굴의 투지'는 지배자들이 환호작약하는 승리로 거머쥔 전리품들의 가치를 일시에 의문에 빠뜨리

• •

17. 발터 벤야민, 「역사의 개념에 대하여」, 『역사의 개념에 대하여 외』, 최성만 옮김, 길, 2008, 333.

는 혁명의 유산이다. 물론 이 소설에서 마주치는 역사 또한 사람의 삶과 공동체에 상처를 주며, 재현에 의해 포착될 것 같지만 그것을 피해 끊임없이 달아나는, 냉혹한 필연성이자 '실재The Real'로서의 역사이다.[18] 여전히 재화 축적에서 비롯되는 불평등을 포함해 인류가 해결해야 하는 수많은 난제들이 산적해 있는 '긴 전쟁' 이후의 역사이며, 현실이다.

그렇다면 결국 『쌀과 소금의 시대』도 자신이 낯설게 만들려고 했던 지금까지의 현실의 역사, 기존의 세계사와 별반 다를 바 없는 것은 아닐까. '긴 전쟁'의 참혹한 시기는 대체 역사에도 있으며, 기존의 역사에 있는 1·2차 세계대전보다 더욱 길고 막대한 희생을 낳지 않았던가. 부분적이나마 식민 지배와 충돌도 엄연히 있지 않았던가. 게다가 이 소설에서 민족국가의 지엽적인 난립과 적대 대신에 네 개의 제국에 의한 세계의 분할 통치는 마치 나치 법학자 카를 슈미트가 말한 광역 주권론과도 얼마간 흡사하지 않은가. 소설의 서술 전략도 화이트의 분류법에 따르면 역사와의 화해를 그리는 희극적인 서술에 가깝지 않은가. 결국에는 이 소설이 재현하려고 했던 대체 역사란 기존 역사에서 실패했던 기록들을 참조해 상상적으로

••

18. 프레드릭 제임슨, 『정치적 무의식』, 이경덕·서강목 옮김, 민음사, 2015, 127.

복원하고 재서술한 것에 불과하지 않은가. 그러나 이러한 결론은 '역사적 결정론'에 『쌀과 소금의 시대』가 가진 의의를 다시금 종속시키는 일이 될 것이다.

이 소설이 재현한 대체 역사는 기존 역사의 분기점에서 서구인들이 저질렀던 무수하고도 돌이킬 수 없는 실수들로부터 결정적으로 이탈하는 것으로 독해해야 마땅하다. 특히 기존 역사에서 아메리카에 대한 식민 정복 이후 만개된 열강에 의한 식민 지배, 인클로저 운동 등 자본주의의 본원적 축적을 가능하게 만들었던 세계 체제로서의 자본주의적 시스템 또는 생산 양식은 이 소설에서는 조금도 그려지지 않았으며, 이후에 전개될 역사의 상수常數가 결코 아니라는 점에 주목할 필요가 있겠다. 물론 그것만으로 『쌀과 소금의 시대』가 자본주의의 역사와는 전혀 다른 길을 가려고 했다고 적극적으로 말하기는 쉽지 않을 것이다. 그럼에도 불구하고, 프레드릭 제임슨이 말한 것처럼, 대체 역사소설을 비롯해 과학소설이 창출하는 대안적 장소에서 볼 수 있는 자본주의적 생산 양식의 부재는 최소한 현존하는 역사를 지배하는 숨 막히는 결정론으로부터 이탈하는 틈새를 제공한다.[19] 이 소설에서 최소한 자본주의적인 산업

· ·

19. Fredric Jameson, *Archaeologies of the Future: The Desire Called Utopia and Other Science Fiction*, London & New York: Verso, 2005, 278~279.

혁명에 버금가는 기술력의 발전을 일으킨 트라방코르 연합(인도)이 기존 역사의 소비에트처럼 혁명적인 평등주의를 수출하고 전파하는 대안 국가–제국으로 설정되었다는 사실도 눈여겨볼 필요가 있다. 중요한 것은 미세하지만 결정적으로 다른 길, 기존의 역사로부터의 이탈의 가능성, 클리나멘의 전개다. 이것들은 『쌀과 소금의 시대』의 마지막 열두 번째 이야기와 이야기의 주인공 바오가 펼치는 '일상'에 대한 사유에서 한층 온전한 설득력을 얻는다.

6. 영원회귀와 일상

많은 이야기들이 아름답고도 흥미롭게 서술되지만, 『쌀과 소금의 시대』의 대단원을 이루는 열두 번째 바오의 이야기, 헤겔이 말한 피비린내가 진동하는 전장으로서의 역사가 거의 끝나가고 있는 것 같은 마지막 이야기는 다시 한번 주목해 볼 만하다. 사실 이 장은 『쌀과 소금의 시대』에서 서술한 대체 역사에 대한 자기 비평적인 서술, 메타코멘터리이다. 늙은 혁명가 바오는 쿵과 이사오의 유산을 물려받아 새로운 세대에게 역사에 대한 강의를 하면서 하루하루를 보내는데, 이전의 역사의 소용돌이 한복판에 있을 때는 제대로 보지 못한 무엇인가를 발견한다. 그것은 "전형적인 플롯 짜기 유형으로 쉽게 분류할 수 없는 무엇", "다르마도 카오스도 아니고, 비극도 희극도" 아닌 "일상"이다(2: 661).

'일상'은 오래전에 캉이 '자궁 문화'라고 부른 것, 이브라힘이 '사계절보다는 바다의 파도'라고 부른 것과도 유사하다. '일상'이라고 했지만, 그것은 큰 이야기인 '역사의 종말' 이후에 오는 작은 이야기가 아니며, 역사의 종말 이후에 등장하는 '자기 보존의 존재'(헤겔)나 '최후의 인간'(니체)의 일상사도 아니다. 그것은 바로 『쌀과 소금의 시대』를 구성하는 윤회와 환생, 반복이되 동일한 것의 반복이 아닌 차이의 반복, 니체가 말한 '영원회귀'와 흡사한 그 무엇이다. "이것이 삶이 아니었던가? 나는 죽음에게 말하고자 한다. '자!' 한 번 더!"[20] 영원회귀는 바오가 겪는 나날의 일상, 오늘은 어제와 비슷하겠지만 오늘이 어제와는 반드시 같지는 않은, 미세한 물결무늬를 감지하고 거기서 삶의 기쁨을 발견하는 일상이다. 영원회귀는 비단 개인의 삶에서만 자각되는 삶의 활력만은 아니다. 돌이켜보면 차이의 반복, 영원회귀, '한 번 더'는 이 소설에서 은밀하게 K, B, I를 묶어주고, 그들이 다시 태어나 살도록 만드는 집합적인

· ·

20. 프리드리히 니체, 『차라투스트라는 이렇게 말했다』, 홍성광 옮김, 펭귄클래식코리아, 2015, 437.

힘이기도 했다. 바르도에서 여성들은 환생을 원한다. "한 번 더! 좋아, 그러면 한 번 더."(2: 573) 화이트의 네 가지 역사 서술 방법에서 볼 때 『쌀과 소금의 시대』에서 K, B, I 인물의 환생과 삶에 내포된 영원회귀는 희극, 로망스, 아이러니, 비극 그 어느 것에도 속하지 않는다. 그것은 다만 비역사적이거나 신화적인 것으로 치부되고 만다.[21] 하지만 로빈슨은 『쌀과 소금의 시대』에서 '자티'(탄생)라고 부르는 세 인물의 환생과 인연을 통해 '쌀과 소금의 나날'을 살아가는 개인의 삶과 그에게 닥쳐오는 불가해한 집합적인 역사 사이의 간극을 메우는 기능을 동시에 수행한다. 어쩌면 영원회귀는 '개별적인 시간'과 '집합적인 시간'을 화해시키고 중재하는 기능[22]을 떠맡는다고 하겠다.

이 '한 번 더'라는 환생을 세공하면서 바오는 강의실인 "환생한 참나무"(2: 660) 아래에서 새 학기를 시작한다. "자, 우리가 다시 이 자리에 모였군요."(2: 660) 소설 전체를 돌이켜 환기해 보면 바오의 말은 매우 의미심장하게 들린다. 그리고 바오에게 그리고 독자에게도 어딘지 모르게 낯익어 보이지만 확실히 처음 보는 한 여학생이 당차게 자신을 소개한다. "안녕하세요,

• •
21. 헤이든 화이트, 『19세기의 역사적 상상력』, 415.
22. Gib Prettyman, "Critical Utopia as Critical History: Apocalypse and Enlightenment in Kim Stanley Robinson's *The Year of Rice and Salt*", *Extrapolation*, Vol. 52, No. 3, 2011, 358.

제 이름은 칼리에요."(2: 668) '칼리Kali'가 힌두교 신화에서 파괴와 재생, 죽음과 생명, '시간'을 상징하는 여신의 이름이라는 것은 결코 우연이 아니겠다. 개인의 삶과 인연의 공동체, 그들의 이야기와 역사는 그렇게 반복될 것이다. 이처럼 킴 스탠리 로빈슨의 『쌀과 소금의 시대』는 엄혹한 필연성으로 존재하는 우리의 실제 역사와는 다른 계몽, 다른 주체화, 다른 미래를 꿈꾸는 가능성으로서의 대안 역사이자 소설이다.

부록: 〈표 3〉『쌀과 소금의 시대』의 연대표와 등장인물, 줄거리 소개

세 인연과 그들이 살아간 시대(원년 0년 서기 622년)	K (급진, 과격, 혁명)	B (온건, 사랑, 개혁)	I (관찰, 냉정, 발견)
티무르 사망 (783년 서기 1405년)	키우: 흑인 소년, 중국 황제의 환관	볼드: 몽골 병사	일리: 중국인, 음식점 주인마님
인연 또는 이야기의 시작. 흑사병이 일어나 유럽 인구 대부분이 죽는다. 몽골 제국 병사 볼드는 흑인 소년 키우와 우연히 만나 중국으로 간다. 키우는 환관이 되며, 볼드는 중국인 장사꾼의 노예가 된다. 키우는 환관이 되어 모략을 일삼지만, 황제가 바뀌자마자 살해당하며, 볼드도 처형된다.			
시기 미상	코킬라: 남자들을 독살하는 여인, 처형됨	비하리: 코킬라와 친한 고아	인세프: 약초에 대한 지식을 가진 산파
인도의 세 여인을 둘러싼 이야기. 반항적인 천성의 코킬라는 자신의 선택과 상관없는 결혼과 시집살이를 하게 되며, 그 와중에 고아 비하리, 약초꾼이자 산파인 인세프와 친해진다. 비하리는 비열한 남자와 사랑에 빠져 임신했다가 버림받으며, 아이를 낳다가 죽는다. 코킬라는 인세프에게 부탁한 독약으로 남자들을 살해하지만, 그 자신도 처형당한다.			
아크바르 통치기 (970년대)	키아: 정글의 암호랑이 카티마: 『쿠란』을 급진적으로 해석하는 페미니스트이자 왕비	비스타미: 키아가 구해준 수피교도 학자	이븐 에즈라: 역량 있는 이슬람 건축가
코킬라는 암호랑이로 태어나며, 모진 학대를 당하던 비스타미를 구해주지만 독화살을 맞고 죽는다. 비스타미는 고향을 떠나 수피교도 학자로 술탄을 보좌하			

면서 『쿠란』을 급진적으로 해석하는 왕비 술타나와 연을 맺는 한편으로, 이븐 에즈라와 같은 건축가와도 지적인 교류를 나눈다.

잉저우의 발견 (1030년대)	케임: 안남 해적 출신의 중국 함대 선장	버터플라이: 잉저우 원주민 소녀	이친: 케임을 보좌하는 부하 선원

잉저우 발견 이야기로, 콜럼버스의 아메리카 발견에 대한 대항 역사이다. 안남 해적 출신의 중국 함대 선장 케임은 일본으로 가던 길에 조류를 잘못 만나 잉저우에 다다른다. 그러나 선원들이 원주민에게 질병을 옮기는 바람에 잉저우에 입항하는 것을 포기하며, 원주민 소녀 버터플라이를 데리고 간다. 잉저우 원주민과의 위기와 갈등을 부하 이친의 도움으로 극복하지만 버터플라이를 잃는다.

사마르칸트 득세 (1050년대)	칼리드: 다혈질의 뛰어난 과학자이자 발명가	바흐람: 칼리드의 사위이자 과학자	이왕: 칼리드 친구, 티베트의 과학자

현실 역사에서는 근세의 르네상스에 해당되는 이야기다. 왕의 명령으로 오른손을 잘린 다혈질의 칼리드, 사랑으로 모든 것을 이해하려는 온화한 사위 바흐람, 칼리드의 친구이자 뛰어난 과학자인 이왕이 협력하여 빛과 소리의 원리를 탐구하고, 중력과 진공을 발견하며, 현미경을 고안해낸다. 역병으로 문명과 기술, 정보가 교차하는 사마르칸트와 세 과학자의 운명에도 파멸이 다가온다.

호데노사우니 (1050년대?)	키퍼: 세네카족의 우두머리, 부쇼를 구함	부쇼: 키퍼에 의해 구출된 일본의 승려	이아고게: 키퍼의 아내, 부쇼에게 아내를 소개

잉저우는 호데노사우니 연합으로 성장해간다. 호데노사우니는 모계 중심의 평등한 공동체이다. 중국에 의해 멸망한 일본 출신의 떠돌이 승려 부쇼는 부족장 키퍼의 도움으로 구출되어 세네카족의 일원으로 받아들여진다. 하키로 추정되는 경기에서 탁월한 기량을 발휘하는 부쇼는 중국의 득세와 야욕을 경고하며,

호데노사우니가 자신들만의 기술과 대항력을 갖추기를 권고한다.

캉과 알란저우 결혼 (1190년)	캉: 신들림을 겪는 중국의 과부, 페미니스트	바오: 떠돌이 승려		이브라힘: 캉과 결혼하는 이슬람 학자, 계급이론가

중국과 이슬람의 문명 충돌이라는 위기의 시절에 대한 이야기이며, 페미니즘과 계급주의적 사유의 원형이 도출된다. 중국의 과부이자 시를 쓰고 전생을 보는 특별한 능력이 있는 캉은 캉의 표현을 빌리면 '영혼 절도'라는 대화 치료talking cure를 안내한 이슬람 학자 이브라힘과 재혼한다. 캉은 페미니즘을 창시하며, 이브라힘은 세계의 불평등과 계급 모순에 대해 탐구한다.

트라방코르 득세 (1210년대)	케랄라: 트라방코르 연합 혁명군주, 암살당함	박타: 케랄라의 영적 동반자, 여승, 의사	이스마일: 오스만 제국의 의사, 케랄라의 신하

중국의 득세, 이슬람의 확장과 함께 평등주의적 이념과 우월한 기술 문명을 함께 가진 트라방코르 연합(인도)이 출현한다. 명민하고도 야심 찬 군주 케랄라의 주도로 트라방코르는 압도적인 군사력과 기술력에 힘입어 혁명을 수출한다. 이슬람의 의사 이스마일은 케랄라의 신하가 되며, 여승이자 의사인 박타와 연을 맺는다. 케랄라는 암살되지만, 트라방코르 연합의 혁명 수출은 계속된다.

팡장 대홍수 (1281년)	키요아키: 잉저우 독립을 꿈꾸는 일본 청년	후디에(버터플라이): 중국 여성의 딸	이스마일: 케랄라의 신하, 잉저우와 연합 결성

팡장 대홍수가 일어나며, 67년에 걸친 긴 전쟁의 조짐이 엿보이는 시기이다. 키요아키는 중국으로부터 잉저우의 독립을 꿈꾸는 일본 청년으로, 버터플라이의 화신인 후디에와 연을 맺는다. 트라방코르 연합의 의사이자 과학자가 된 혁명 조직의 일원인 이스마일은 잉저우의 독립을 지원하는 트라방코르 연합과 연합 전략을 공유한다. 중국과 이슬람의 대충돌로 '긴 전쟁'이 시작된다.

긴 전쟁 (1333-1400년)	쿠오: 재담 넘치는 군인, 바이, 이와의	바이: 애정이 가득한 군인, 쿠	이와: 전쟁 연구가이자 군인, 쿠

	친구	오, 이와의 친구	오, 바이의 친구
이슬람과 중국의 전쟁이 시작되며, 트라방코르 연합은 중국을 지원한다. 67년의 '긴 전쟁'의 결과 이슬람의 주요 세력은 멸망하며, 청제국은 몰락한다. 중국 군인인 쿠오, 바이, 이와는 바르도에 다름 아닌 현실, 현실과 똑같은 바르도에서 생사고락을 함께 하지만, 모두 죽으며, 환생을 기다린다.			
이스파한 국제회의 (1423년 전후)	키라나: 역사학자로 부두르를 좋아하는 레즈비언 페미니스트	부두르: 호기심 많은 젊은 여성 고고학자	이델바: 부두르의 고모이자 핵 이론 창안자
전쟁 직후, 여인들의 세상에서 젊은 여성 부두르는 핵 이론을 구상하는 탁월한 과학자인 고모 이델바에게 존경심을 느끼는 한편으로, 레즈비언 페미니스트 키라나의 역사 수업에 참석한다. 부두르는 사랑과 우정, 삶에 대한 긍정을 배우면서 고고학자로 성장한다. 그러나 이델바가 죽고, 그녀의 과학적 업적이 정부에게 탈취될 위험이 도사리자 부두르는 그 업적을 비밀리에 보존한다. 잔존하는 이슬람 권력의 억압에 맞선 여성들의 대대적인 시위가 일어나고, 트라방코르의 지원에 힘입어 시위는 성공하며, 권력은 패퇴한다. 부두르는 핵의 적대적 사용 중지 등을 포함한 이스파한 국제회의에 참석한다.			
'긴 전쟁' 이후 50년	쿵: 신화 프로그램 지휘관으로 후에 암살당함. 칼리: 당찬 여학생	바오: 쿵의 부하, 역사학자	이사오: 쿵과 바오의 혁명 지도자, 역사 철학자
'긴 전쟁'이 끝난 지 50년 후, 세계는 어느 정도 평등하게 변모했지만, 극소수에 의한 부의 독점과 80억의 인구, 환경 문제가 여전히 남아 있는 현실이다. 그러나 유혈의 역사는 종결을 앞둔 시점이다. 신화新華 프로그램을 주도하던 쿵이 암살당한 후, 바오는 그의 혁명적 업적과 유산을 남은 삶을 통해 후손에게 전승하기로 결심한다. 쿵의 스승이었던 이사오와의 우연한 만남 이후, 바오는 대학 강단			

에서 어린 학생들에게 역사와 이야기를 가르치며, 노년을 보낸다. 그는 피비린 내 나는 역사 대신에 반복의 일상, 일상의 반복에서 삶의 기쁨을 느낀다. 그는 마지막에 여학생 칼리를 만난다.

존재: "존재하기 위해서, 존재 속에 계속 남기 위해서"

마지 피어시의 『시간의 경계에 선 여자』

1. 오드라덱

아무래도 코로나19를 언급하면서 글을 시작하지 않으면 안 될 것 같다. 중국의 한 도시의 수산시장에서 발원되었다고 알려진 이 신형 변종 바이러스는 중국, 한국, 일본 등 동아시아에서 시작해 현재는 유럽, 북미, 중남미, 중동 지방 전체로 한두 달 만에 순식간에 퍼져나갔다. 전염 확산의 기세가 도무지 수그러들 것 같지 않자 세계보건기구WHO는 코로나19를 팬데믹pandemic(범유행전염병)으로 선언했다. 그런데 팬데믹의 경로는 전 지구적일 뿐만 아니라 어떤 포스트모던적인 실험 소설의 다중적인 플롯만큼이나 예측 불가능한 것이었다. 한국만 하더라도 코로나19는 2020년 2월 하순경에 확진자

수가 기하급수적으로 늘어나게 되었으며, 바이러스의 예상 경로를 파악하기조차 쉽지 않게 되었다. 집단 감염자와 사망자가 늘어난 대구만 하더라도 신흥 종교인 신천지의 비밀스러운occult 종교 활동이 감염 확산의 주요한 원인이 되었다. 확진자의 경로를 투명하게 추적하려는 국가의 방역 작업과 어둠 속에서 그것을 빠져나가는 신흥 종교의 종교 활동 사이의 마찰과 반목은 지금 우리가 살고 있는 모더니티에 대해 다시 묻게 만든다. 그뿐만 아니라 국가와 종교, 과학과 컬트, 합리주의와 신앙이 난맥으로 뒤얽히는 서사와 플롯에 대한 음모론적인 상상마저 자극하도록 한다.

코로나19에 관한 무수한 기사와 정보를 읽다 보면 이 전 지구적인 팬데믹 서사와 플롯의 진정한 주인공은 아무래도 숙주인 인간이 아니라 미생물 바이러스라는 생각을 할 수밖에 없다. 코로나19는 조류인플루엔자(1997), 사스(2002), 신종플루(2009), 메르스(2012) 등과 마찬가지로 야생동물로부터 사람에게 전이된 질병이지만, 그 원인은 자연에 있지 않다. 야생동물의 종과 개체, 서식지가 인간의 무차별적인 개발, 지구온난화와 같은 기후 변화에 의해 급격히 감소했으며, 그에 따라 바이러스는 새로운 숙주를 찾아 유전적 변이를 일으키면서 인간과 가축의 집단 서식지로 옮겨왔을 뿐이다.

이 '문 앞의 괴물'[1]은 프란츠 카프카의 「가장家長의 근심」[2]에 등장하는 기이한 사물이자 진정한 주인공인 오드라덱Odradek을 떠올리게 한다. 오드라덱은 유래도 어원도 불확실한, '납작한 별 모양의 실타래'처럼 생긴 존재로, 이것이 오드라덱에 대해 이 소설이 할 수 있는 최선의 묘사이자 설명이다. 오드라덱은 어떠한 목적도 의도도 없이 언젠가부터 한 집안의 계단이나 난간 근처에 서식하게 된 비인간 객체이다. 가장이 자기집 난간에 기대고 있는 오드라덱에게 말을 건다. '어디에 사니?' '딱히 주소는 없어'. 이렇게 말하고 웃는 오드라덱의 웃음소리는 '폐가 없는 것처럼' 들리는, '낙엽들 스치는 소리'를 닮았다. 카프카의 악몽 같은 동화에서 인간과 비인간적 기형의 사물은 밀실 공포적인 근거리에서 숨 막히게 대면하는데, 그렇다면 우리 집 문 앞의 괴물에 대해 품고 있는 가장의 근심은 무엇일까. '그가 언젠가는 내 아이들과 손자들의 발 앞에서까지도 실타래를 질질 끌면서 계단 아래로 굴러 내려갈 것이란 말인가?' 유래도 실체도 어원도 온통 불투명한 이 존재는 가장이 죽고 나서도 존속하면서 아이와 손주에게 물려주어야 할 미래, 상속의 시간이 될 미래를 몹시 허약하고도

1. 마이크 데이비스, 『조류독감: 전염병의 사회적 생산』, 정병선 옮김, 돌베개, 2008. 이 책의 원제는 "The Monster at Our Door"이다.
2. 프란츠 카프카, 「가장의 근심」, 『변신』 카프카 전집 1, 이주동 옮김, 솔, 1997.

불확실하게 만든다. 오드라덱의 실타래 몸에서 힘없이 풀려나온 늘어진 실 가닥은 이 허약한 시간성을 뜻할지도 모르겠다. 가장은 중얼거린다. '내가 죽고 난 후에도 그가 살아 있으리라는 생각이 나에게는 몹시 고통스럽다.' 그러나 가장의 근심은 우리의 비평적 맥락에서 볼 때 다소간 자기기만적이다. 코로나19–오드라덱은 우리 집 난간에 불쑥 침입한 괴물이 아니라, 어쩌면 우리 스스로가 불러 들어오게 된 괴물일지도 모르기 때문이다. 인간이 지질학적 행위자로 지구 생태계에 돌이킬 수 없는 재앙을 불러일으키는 시간의 문턱에 돌입했다는 뜻의 인류세Anthropocene에 대한 온갖 담론(인류세인가 자본세인가, 인류세를 불러일으킨 책임은 인류 전체에게 있는가, 자연 착취로 이윤을 뽑아내는 소수 자본가와 부자들에게 있는가 등등)을 상기해 보자. 재앙적 기후 변화는 궁극적으로 오드라덱이 가장이 자신도 모르게 집 안으로 불러들인 우리의 이웃임을 말해준다. 그래서 오드라덱을 절대적 타자인 괴물로 부르기는 어렵다. 그것은 인간 주변에 어슬렁거리는 친밀하면서도 섬뜩한 이웃에 보다 가깝다. 생태학적인 오드라덱은 코로나19일 수도, 우리가 죽고 사백 년 지나서도 마리아나 해구에 여전히 가라앉아 있을 플라스틱일 수도, 반감기가 이만사천 년이 넘는 플루토늄–239일 수도 있다. 오드라덱 덕분에 "시시각각 객관화되는 현재"는 "유동하는 불확실성"의 미래와 관계를 맺게 된다. 핵 방사선-오드라덱 안에서 "나는 죄수이며, 미래인도 죄수다. 엄연히 우리는 떨어져 있지만, 나는 그의 존재를 (그는 나의 존재를) 감지한다."[3]

이렇게 카프카의 알레고리를 SF로 확장해보면 어떨까. 오 드라덱은 다만 우리가 미래와 단절되어 있다는 근심을 불러일으키는 사물에 불과할까. 오히려 오드라덱은 우리가 우리와 시간적으로 멀리 떨어진 아이와 손주의 미래와 약하고도 희미한 실로 연결되어 있다는 징표가 아닐까. 이쯤에서 마지 피어시의 『시간의 경계에 선 여자』(1976)를 펼쳐보겠다. 이 SF는 오드라덱의 실타래에서 풀려나온 한줄기 실에 의해 우리가 시공간적으로 멀리 떨어진 존재와 어떻게 연결되어 있는지를 일러준다.

2. 평행 우주

만일 미래에 사는 어떤 이가 현재의 당신에게 오래된 무선통신 기구로 접속해온다면 어떡할까. 물론 현실에서 그럴 일은

3. Timothy Morton, "The End of the World", *Hyperobjects: Philosophy and Ecology after the End of the World*, The University of Minnesota Press, 2013, 122.

거의 없겠다. 우리는 돌이킬 수 없는 나날을 살아갈 뿐이다. 시간은 필연적으로 끝을 향해 간다. 아름답거나 쓰라린 추억조차도 시간을 결코 되돌릴 수 없다는 불가역성 때문에 생겨난다. 우리는 단 한 번 산다. 현재는 절대적인 것 같다. 과거는 가능성이 현실화된 것 외의 나머지일 뿐이다. 이렇게 또는 저렇게 할 수 있었을 가능성을 현실화하거나 현실화하지 못한 현재만 있을 뿐이다. 과거는 완료된 과거, 과거 완료다. 미래는 어떠한가. 미래는 아직 오지 않은 시제다. 미래는 때로는 순수한 가능성으로, 때로는 현재의 막연한 연장으로 보인다. 그런데 미래는 미리 살아보지 않았을뿐더러, 희미하고도 막연한 예감으로나마 미약하게 존재하는 시간일 뿐이다. 물론 미래가 매혹적인 예감이나 숨 가쁜 가능성으로 체감될 때가 간혹 있다. 그러나 그런 경우는 사랑의 예감만큼이나 극히 드물다. 도무지 예측 불가능하고 불안하기에 우리는 미래를 도무지 가만 놔두지 않는 것 같다. 과거를 퍼 날라다 미래로 허겁지겁 채워 넣는다. 그런 식으로 안심하다가 또 우울해한다.

미래에서 미래의 과거일 현재로, 과거에서 과거의 미래일 현재로 누군가 접속해 오는 경우는 허구에서 가능할 뿐이다. 그런데 어떤 허구는 우리로 하여금 다른 시간의 가능성을 상상하게 한다. 과거−현재−미래로 기계적으로 이어지는 필연성, 엔트로피적인 필연성이라고 해도 좋을 시간 경험을 넘어서는 가능성으로서의 시간. 아주 오래전부터 천문학자, 작가와 철학자 등은 다른 시간성을 좀 더 적극적으로 상상해왔다. 과거와 현재가 추억으로만 연결되지는 않았을 것이라고 상상하거나, 현재와 미래가, 과거와 미래가 속절없는 필연성의 지배를 받지만은 않을 것이라고 상상한 사람들이 남긴 문학적 상속물이 있었다. 그렇게 희미하지만 강력한 유산을 상속받은 문학 장르가 하나 있는데, 바로 SF이다.

『시간의 경계에 선 여자』는 현재를 사는 인물의 결단으로 다르게 분기되는 평행 우주를 펼쳐 보인다. 주인공 코니가 사는 1976년의 현실에서 분기되는 2137년의 '메터포이세트' 유토피아 그리고 똑같이 2137년의 '168가 제너럴파일'이라는 디스토피아가 소설에서 두 개의 평행 우주로 설정된다. 메터포이세트의 거주자이자 코니에게 접속하는 미래인 루시엔테는 코니에게 말한다. "어쩌면요. 당신이 사는 시간대가 중요해요. 또 다른 우주가 공존하거든요. 확률은 서로 충돌하고 어떤 가능성은 영원히 빛을 잃어요."[4] 코니가 현재에서 어떻게 하느냐에 따라 미래는 간섭하고 충돌한다.

· ·

4. 마지 피어시, 『시간의 경계에 선 여자』 1, 변용란 옮김, 민음사, 2010, 282. 앞으로 이 책을 인용할 경우 본문에 권수와 쪽수를 표시한다.

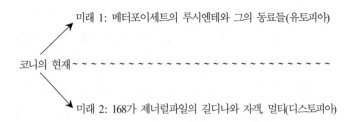

미래 1: 메터포이세트의 루시엔테와 그의 동료들(유토피아)

코니의 현재~~~~~~~~~~~~~~~~~~~~~~~~~~~~~

미래 2: 168가 제너럴파일의 길디나와 자객, 멀티(디스토피아)

그러면 소설에서 분기하는 평행 우주 가설은 어떻게 설명될 수 있을까? 평행 우주는 여러 개의 우주가 동시에 존재하는 우주의 집합이다. 평행 우주를 가정하는 양자역학은 실험 대상이 '입자냐 파동이냐'는 결정 불가능성에 직면한다. 그 가설은 이렇다. 첫째, 에너지는 양자로 불리는 불연속의 다발로 존재한다. 둘째, 모든 물질은 입자로 이루어져 있지만, 이들이 특정 시간과 장소에서 발견될 확률은 파동으로 서술된다. 셋째, 실험 대상을 관측하면 파동 함수가 붕괴되면서 하나의 상태가 입자로 결정된다. 말하자면 슈뢰딩거의 고양이는 죽을 수도 죽지 않을 수도 있다. 상자 속 고양이는 누군가가 상자의 뚜껑을 열어 확인하지 않는 한, 살아 있음과 죽음을 동시에 취할 수 있다. 고양이의 모든 가능한 상태는 관측이 행해지지 않는 한, 파동 함수에 중첩된 채로 존재하기 때문이다. 그러면 실험 주체는 중립적인가. 실험 대상에 실험 주체가 포함된다는 것이 양자역학의 기본 공리다. 상자의 뚜껑을 여는 것이 실험 대상에 실험 주체가 영향을 끼치는 행위다. 실험 주체는 이미 행위자다. 주체의 어떤 선택은 미래의 다른 가능성을 열거나 닫을 것이다. 이것은 또한 코니가 소설에서 직면한 실로 절망적인 현실이다.

3. "안녕, 괴물", 들리지 않는 목소리들

『시간의 경계에 선 여자』는 이런 이야기다. 주인공 코니(콘수엘로)는 서른일곱 살의 멕시코계 이주 혼혈인으로 남편과 사별하고 아이마저 빼앗긴 데다가 돈도 직장도 없는 불행한 여성이다. 그녀는 오빠와 조카딸 그리고 그녀 기둥서방의 계략으로 정신병원에 강제로 입원하였으며, 의사와 간호사로부터 실험용 생체 인간 취급을 받으면서 살아간다. 코니는 정신병동에서 온갖 약물 투여의 실험 대상으로 취급당한다. 약물 투여로 감각이 마비되고 혼몽한 의식 속에서 코니는 어느 날부턴가 누군가가 자신에게 보내던 정체불명의 신호를 강하게 느끼게 된다. 그리고 단순히 환각과 환청만은 아니었던 신호의 정체가 2137년이라는 먼 미래로부터 온 것임을 알게 된다. 미래의 한 도시 '메터포이세트'에서 고도의 통신 수단으로 코니에게 '접속'하며 접근한 미래인은 루시엔테였다. 이를테면 루시엔테와 메터포이세트 동료들은 코니에게는 다섯 세대 정도 지나 태어날 방계 후손쯤이 될 것이다. 루시엔테의 인도로 코니는 메터포이세트를 방문해 루시엔테와 그의 동료들이 사는 곳이 거의 모든 면에서 평등하고도 풍요로운 유토피아임을 경험하게 된다. 이런 식으로 코니는 약물 환각 속에서 메터포이세트를 방문함으로써 지옥과도 같은 병원의 수감 생활을 버텨나간다. 그 와중에 그녀는 탈출을 감행하기도 하지만 실패한다. 코니에게 감옥 같은 병원의 안과 밖 모두 감옥이자 병원이었다. 코니와 그녀의 동료들이 새로 이감된 연구소 병동은 그녀와 동료들을 더욱 완벽하게 통제하기 위해 각종 소름 끼치는 뇌수술 실험을 강제하려 하며, 그 와중에 코니의 친구인 스킵은 수술 후 자살하고 만다. 이즈음에 코니는 낮꿈 속에서 메터포이세트와는 전혀 다른 미래의 디스토피아 도시인 '168가 제너럴파일'을 방문하게 되며, 그곳이 차별과 억압이 횡행하는 계급 사회임을 알게 된다. 그때 코니는 자신이 만일 감옥과도 같은 현실에서 무기력하며 싸울 힘을 잃을 때 미래의 형상이 전혀 달라짐을 깨닫게 된다. 소설의 대단원에서 코니는 운 좋게 얻은 휴가 기간에 오빠의 집에서 독약을 훔친다. 루시엔테와 접속한 지 이미 오랜 시간이 흐른 뒤였다. 그리고 그녀는 자신에게 생체 실험을 행하던 의사와 간호사 등을 독극물로 살해한다. 현실에서는 살인을 저지른 것이겠지만, 코니는 자신의 첫 싸움이 메터포이세트와 미래의 후손들을 존재하게 하는 투쟁임을 명석하게 자각한다.

코니가 처해 있는 현실을 한마디로 뭐라고 정의할 수 있을까? 누구도 그녀의 목소리를 들으려 하지 않는다는 것. 코니가 말을 나눌 수 있는 유일한 상대라고 믿었던 조카 돌리조차도 그녀의 말을 듣지 않는다. 그녀는 분명 말할 입을 갖고 있다. 말하는 입을 갖고 있는 그녀는 현실에 엄연히 존재한다. 하지만 그 현실에 그녀를 위한 자리는, 그녀의 목소리가 들릴 자리는 결코 주어지지 않는다. 그녀는 세상에 조금도 들리지 않는 존재다. 록오버 주립병원에서 코니는 "시체 공시소에서 새로 들어온 시체", "저울에 달아 등록할 고깃덩어리"(1: 23~24) 취급을 받을 뿐이다. 그녀가 살아가는 시간은 이렇다. "여기서는 이제 약을 먹을 시간이었다. 여기서는 오로지 녹말가루뿐인 식사를 위해 줄을 설 시간이었다. 여기서는 약을 더 받기 위해 줄을 서야 하는 시간이었다. 여기서는 앉아 있다가 또 앉아 있다가 또 앉아 있을 시간이었다. 여기서는 지난번에 본 낯익은 흑인 환자와 인사를 나눌 시간이었다."(1: 33) 그러면 코니가 속한 공간은 어떤가. "록오버 주립병원이라고 불리는, 처벌과 슬픔의 공간. 느리든 빠르든 자아가 살해당하는 공간이었다."(1: 43) 이러한 시공간에서 코니는 "인간쓰레기"(1: 44) 이상도 이하도 아니다. 그녀가 말을 나눌 수 있는 상대는 함께 병원에 수감된 여성 동료들인 시빌, 티나, 게이 청년 스킵 등이다.

물론 그/녀들의 목소리도 들리지 않는다. 그/녀들을 감싸고 있는 분노와 슬픔은 이루 말할 수 없을 지경일 것이다. 소설의 서술에 따르면, 그/녀들의 분노는 죽은 후에도 계속 자랄 것이다. "약자의 분노는 결코 사라지지 않아. 오래되어 곰팡이가 필 뿐이지, 교수. 어둠 속에서 점점 단단해지고 더욱 흥미롭게 변하는 멋진 블루치즈처럼 곰팡이가 나지. 가난뱅이와 약자들은 모든 분노를 고스란히 안고 죽기 때문에 그들의 분노는 아마 머리카락과 손톱처럼 어두운 무덤 속에서도 계속 자랄 거야."(1: 75)

소설에서 코니에게도 행해진 끔찍한 생체 실험의 성공적인 표본인 스킵과 코니가 주고받는 매우 슬픈 대사를 읽어보자. "스킵은 빨갛게 충혈된 눈으로 조심스레 그녀를 쳐다보았다. "안녕하세요, 괴물." 그가 나직이 말했다. "안녕, 괴물." 코니는 똑같이 대구한 뒤 수술 이전부터 돌이켜보아도 처음 보이는 미소를 지었다."(2: 162) 안녕, 괴물. 괴물은 현실에 있지만 존재하지는 않는, 그/녀의 목소리가 조금도 들리지 않는, 거기에 있지만 존재하지 않는 듯 취급받는 자들의 이름 없는 이름이다. 『시간의 경계에 선 여자』는 엄혹한 현실의 필연성 맞은편에 유토피아를 내세운다.

4. 낮꿈, 약탈자의 전리품과 희망

소설에서 코니가 할 수 있는 것이라고는 병원에서 주는 약을 받아먹고 환각 속에서 낮꿈daydream을 꾸는 일뿐이다. 이 낮꿈을 어떻게 이해하면 좋을까? "부질없다는 건 회한 속에서 뼈저리게 느꼈지만, 그렇다고 소중함이 덜해지진 않"는 꿈을(1: 15). 여기서 낮꿈을 급진적인 정치적 기획으로 사유했던 에른스트 블로흐의 『희망의 원리』(1959)의 한 대목을 인용해보겠다.

낮꿈 속에는 희미하고도 신경을 둔하게 만드는 도피 혹은 약탈자의 전리품 역시 부분적으로 담겨 있다. 그러나 낮꿈의 다른 부분은 우리를 자극시킨다. 그것은 기존하는 나쁜 현실에 만족하지 않고, 우리를 체념하게 하지 않는다. 바로 이 다른 부분이야말로 희망의 핵심이다. 또한 우리에게 무엇인가를 가르쳐 주는 것도 그러한 희망의 핵심이다. 낮꿈의 그러한 다른 부분이 있기 때문에, 희망은 불규칙한 낮꿈으로부터, 낮꿈이 교묘하게 남용되는 것으로부터 벗어날 수 있다.[5]

• •
5. 에른스트 블로흐, 『희망의 원리』 1권, 박설호 옮김, 열린책들, 2004, 16.

낮꿈 자체가 희망은 아니다. 낮꿈에는 '신경을 둔하게 만드는 도피 혹은 약탈자의 전리품'이 있는가 하면, '나쁜 현실에 만족하지 않고, 우리를 체념하게 하지 않는' 희망도 있다. 스피노자에 따르면, 희망은 "우리들이 그 결과에 대하여 어느 정도 의심하는 미래 또는 과거의 사물의 관념에서 생기는 비연속적인 기쁨"[6]이다. 희망은 우리를 주저하게 만들며 또 불안하게도 한다.

코니가 꾸는 낮꿈, 백일몽 또한 희망의 이러한 불확실한 요동을 잘 드러낸다. 코니의 낮꿈에 적용하자면 낮꿈에 있는 '약탈자의 전리품'은 '168가 제너럴파일'의 디스토피아로 형상화되며, '희망'의 요소는 메터포이세트의 유토피아로 구체화된다. 그리고 희망에 내재한 망설임, 불확실함은 코니가 메터포이세트 유토피아와 루시엔테와 동료들의 삶과 공동체에 대해 느끼는 의문과 저항, 위화감 등으로 표현된다. 그런데 블로흐가 세공한 낮꿈이 현실의 한 면과 접촉할 때 실제로 어떻게 될까. 양자역학의 가설에 따라 입자와 파동의 결정 불가능성으로 드러나지 않을까. 루시엔테가 코니에게 접속해 그녀가 사는 현실로 처음 들어왔을 때 코니는 루시엔테를 어떻게 바라보는가. "잠의 매끄러운 표면 아래 무엇이 떠돌았던가? 젊은 남자의

· ·
6. 바뤼흐 스피노자, 『에티카』, 강영계 옮김, 서광사, 1990, 193.

얼굴 밖으로 뻗은 손. 뭔가를 가리켰던가? 그녀의 손을 잡으려고 했던가? 인디오 특유의 얼굴에 윤기 나는 검은 머리를 어깨까지 기른 중키의 청년. 심지어 그는 코니보다 더 인디오 같았다.'(1: 46) 그런데 코니는 다른 경우에는 여성적 특징이 현저한 루시엔테를 남성 동성애자로 보기도 한다. 그러다가 메터포이세트에 도착했을 때 코니는 루시엔테를 또다시 여자로 본다. "이제는 코니의 눈에도 그 또는 그녀가 여자로 보이기 시작했다. 수염 자국 없이 매끈한 뺨, 어깨까지 길게 내려온 검은 머리, 예의 그 부드러운 인디오 얼굴."(1: 101) 이처럼 양자역학의 불확정성 가설은 SF에서 젠더 허물기의 사고 실험으로 코드 변환된다.

메터포이세트에 도착했을 때 코니는 '불확실한 기쁨' 앞에서의 망설임과 불안을 생생하게 경험한다. 그녀는 시험관에서 태어났을 뿐만 아니라, 유전공학 실험에 의해 다양한 피부색과 성별 혼종 유전자를 지니고 태어난 미래의 아이들에게 일순간 혐오감을 느끼기도 한다.[7] "인종과 성별의 낙인 없이 한 배에서

• •

7. 작가는 인공 자궁 출산 장치를 고안한 올더스 헉슬리의 『멋진 신세계』(1932)보다는 임신, 출산에 의한 여성의 고통과 양육 문제를 인공 자궁의 기계화, 공동 육아 등의 실험과 구상으로 대체하려 한 슐라미스 파이어스톤의 『성의 변증법』(1970)을 참고한 것으로 보인다. 송은주, 「녹색 유토피아: 페미니스트 유토피아 소설 『허랜드』와 『시간의 경계에 선 여자』의 생태주의적 비전과 과학기술」, 『영어영문학 연구』 58, 2016, 101. Tom Moylan, "Margy Piercy, Woman on the Edge of Time",

태어난 강아지들처럼 다양한 피부색으로 고통 없이 냉혹한
유리병에서 태어난 미래의 괴물들이 그녀는 싫었다."(1: 165)
물론 메터포이세트로의 코니의 여행은, 교양소설 주인공의
수업 시대처럼, 그녀의 인식과 상상을 성숙하게 만들고 심화하
는 학습과 교양의 여정이 될 것이다.

이제 코니의 여정을 따라 2137년의 메터포이세트에서 미래
인들의 삶과 공동체가 어떻게 영위되는지를 살펴볼 차례인데,
그 내용은 계급, 인종, 성차, 종교, 정치체, 투표에 이르기까지
방대할 뿐만 아니라, 요즘의 용어로 말하면 적녹보라 연합
패러다임을 선취하고 있다. 메터포이세트 미래인인 볼리바르
의 말을 빌리면, 노동 분업에 따라 특정한 정치적 적대의 기표
(계급, 젠더, 인종 등)를 배제하지 않는 연합 패러다임을. 여기서
는 한두 가지 사항, 특히 생태주의적 비전에 집중해 볼 것이다.
우선 메터포이세트는 마르크스가 상상한 공산주의 사회, 더
정확하게 말하면 생태주의적 공산주의 사회와 흡사하다. 소설
에서 한 미래인은 메터포이세트의 노동, 즉 자본주의적인 분업
을 지양한 노동에 대해 이렇게 말한다. "먹을거리를 기르고
유용한 물건을 만드는 데 시간이 얼마나 걸릴까요? 그 외에

• •

Demand the Impossible: Science Fiction and the Utopian Imagination,
International Academic Publishers: Peter Lang, 2014, 127~128.

〈그림 1〉 유토피아 이정표

우리는 발육장을 돌보고, 먹을거리 집에서 요리하고, 동물들을
살피고, 청소, 정치, 회의 같은 기본적인 일상에 임해요. 그러고
나서 남은 시간을 수다 떨고 공부하고 놀고 사랑하고 강을
즐기는 데 보내는 겁니다."(1: 201) 이 문장이 어떤 문장에서
나왔는지를 짐작하기란 그리 어렵지 않다.[8]

8. "공산주의 사회에서는 누구나 배타적인 활동 범위를 갖지 않고, 오히려
각자가 좋아하는 부문에서 자신을 육성할 수 있으니 여기서는 사회가
전반적으로 생산을 조절하며, 그 결과 나는 오늘은 이것을 또 내일은
저것을 할 수 있다. 그래서 나는 늘 사냥꾼, 낚시꾼, 양치기 혹은 비평가로
살아야만 하는 것이 아니라, 그때그때 즐거움을 느끼는 대로 아침에는
사냥을, 오후에는 낚시를, 저녁에는 목축 그리고 저녁을 먹고 난
이후에는 비평을 할 수도 있다." 칼 마르크스, 『독일 이데올로기』

5. 메터포이세트 또는 복원의 유토피아

코니가 처음 도착한 메터포이세트는 외관상 대도시의 이미지와는 반대된 교외의 조용한 농촌이나 소읍을 닮았다. "눈에 보이는 건…… 강, 작고 쓸모없어 보이는 건물, 바람 따라 풍차 날개가 돌아가는 다리가 긴 새처럼 생긴 이상한 구조물, 적갈색과 노란색을 칠한 큰 건물 몇 채, 파란색 돔, 불규칙한 건물들." "초고층 빌딩도, 우주선 기지도, 하늘을 꽉 메운 교통 정체도 없었다."(1: 103~104) 그렇지만 메터포이세트가 목가적 유토피아는 아니다. 그곳에서 미래인들 모두 농부이지만, 루시엔테가 식물 유전학자인 것처럼, 그들은 나노 테크놀로지 등을 생태주의적 공산주의 사회를 만드는 도구로 활용한다. 메터포이세트 유토피아는 완벽한 곳이 아니며, 그럴 필요도 없다. 이 소설에서 유토피아는 미래의 청사진이 아니다. 그것은 소설을 읽는 우리의 경험적 현재, 기후 변화의 현실, "끊임없이 **빼앗고** 또 가져가며 남겨둔 것은 대기와 강물과 바다를 숨 막히게 하는 쓰레기 뿐"(2: 154~155)인 현실을 비판적으로 되돌아보게 하는 기능을

<hr>

1권, 이병창 옮김, 먼빛으로, 2019, 72.

가진다. 그런 면에서 이 소설의 유토피아는 인간과 자연 사이의 물질대사적 상호작용이 회복 불가능할 정도로 파괴된 자본주의적 현실을 비판하는 동시에 앞서의 물질대사적 순환을 원활하게 복구하려는 '비판적 유토피아critical utopia'[9]에 가깝다.

"언젠가는 총체적 복구가 이루어질 거예요. 바다는 균형을 이룰 테고, 모든 강은 깨끗하게 흐르고, 습지와 숲은 무성해지고요. 더는 적도 없겠죠. 그들과 우리의 구분도 없고. 우린 사상과 예술의 중대한 문제에 대해 서로 즐겁게 논쟁을 벌일 수 있을 거예요. 옛 방식의 흔적은 희미해질 테고요. 나는 그런 시대를 알 수 없어요. 당신이 궁극적으로 우리를 모르는 것과 마찬가지일 거예요. 우리가 알 수 있는 건 우리가 진심을 다해 상상할 수 있는 정도에 불과해요. 결국 우리가 보는

· ·

9. 르 귄의 『빼앗긴 자들』에 대한 분석에서 이미 인용된 바 있는 '비판적 유토피아'는 여기서 다시 한번 상기할 만한 가치가 있다. 비판적 유토피아는, 첫째, 유토피아 전통에서 계승되는 "꿈으로서의 유토피아를 보존하되 청사진으로서의 유토피아를 거부"하며, 둘째, "사회적 변화 과정을 더욱 직접적으로 표현하기 위해 원래의 세계와 유토피아 사회의 갈등"을 다루고, 셋째, "유토피아 사회에서도 계속되는 차이와 불완전성의 현존에 초점을 맞춤으로써 더욱더 인식 가능하고도 역동적인 대안을 창출해내는" 유토피아이다. Tom Moylan, "Introduction: The Critical Utopia", *Demand the Impossible*, 10.

것은 우리 자신한테서 나오는 가능성이에요."(2: 233)

아마도 이러한 유토피아적 복원의 첫머리에 위치할 작품으로, 마르크스와 동시대인이었던 작가 윌리엄 모리스의 유토피아 소설 『에코토피아 뉴스』(1891)에서 매연으로 가득 덮인 도시는 산업혁명 이전의 농촌으로 복원된 형태로 제시된다. 때는 22세기. 새들이 사라진 나무에는 새의 울음소리가 귀가 따가울 정도로 들리며, 폐수로 가득 찼던 강에 물고기들이 다시 뛰어오르고, 낯설고도 불쾌한 시가지 지명을 표시한 표지판들이 몽땅 사라진다. 강에서는 뱃사공이 기다리고 있다가 주인공을 건너게 해주는데 다 건넌 다음 주인공이 건넨 돈을 받지 않는다. 뱃사공이 돈이 무엇인지를 더는 모르는 시대가 도래한 것이다. 인간과 자연의 화해, 복원이 이루어지는 동시에 인간과 인간 사이의 소외가 철폐된다. 『시간의 경계에 선 여자』에 등장하는 아름다운 시를 마저 함께 읽어보겠다.

언젠가 과거는 사라져, / 마지막 흉터는 치유되고, / 마지막 찌꺼기는 비옥한 흙으로 부서지고, / 마지막 방사능 폐기물은 / 고요함이 부식되어 / 독이 넘실거리는 지상의 균열은 / 더는 없으리. / 달콤한 지구여, 나는 네 무릎에 누워, / 너의 힘을 빌려, / 매일 너를 떨치리라. / 언젠가 물은 맑게 흐르고, / 연어는 번개처럼 강을 거슬러 오르고, / 고래는 앞바다에서 물을 뿜으니, / 암흑의 폭탄이 굴러다니는 / 바다의 깊은 골짜기는 더는 없으리. / 달콤한 지구여, 나는 네 무릎에 누워……(2: 67~68)

물론 마르크스라면 모리스의 일견 소박해 보이는 목가적 비전, 아마도 '봉건적 사회주의'로 경멸했을 법한 향수적인 몽상에 고개를 저었을지도 모르겠다. 그렇지만 『에코토피아 뉴스』의 부제가 '휴식의 시대An Epoch of Rest'임을 염두에 둔다면, 유토피아를 이루는 정의 가운데 하나인 이러한 "없는-곳들 no-places"을 우리가 사는 "후기 자본주의의 압도적 현존으로부터 잠시나마 위안을 주며, 한숨을 돌릴 수 있는 공간"[10]으로도 읽을 수 있지 않을까.

계속하면 메터포이세트는 "태양에서도 많은 에너지를 얻지만, 바람, 분해되는 쓰레기, 파도, 강, 나무에서 추출한 알코올, 나무 가스에서도 참 많은 에너지를 얻"는다(1: 203). 그 방법이 구체적으로 제시되지 않아 못내 아쉽지만, 적어도 소설 속의 이러한 구절들은 요람에서 무덤까지 화석 연료를 쓰면서 탄소

• •

10. Fredric Jameson, "World Reduction in Le Guin", *Archeologies of the Future: The Desire Called Utopia and Other Science Fictions*, London & New York: Verso, 2005, 279.

발자국을 남기며, 사회와 자연 간의 물질대사적 순환을 고려하는 재생 및 대체 에너지 개발에 인색한 우리 시대를 아프게 되돌아보게 만든다. 육식과 채식을 하더라도 메터포이세트인들은 옛 인디언들처럼 노래한다. "열매 고마워요. / 우린 필요한 걸 얻었어요. / 다른 동물들도 먹을 테죠. / 당신의 씨앗을 품은 / 열매 고마워요. / 당신의 선물은 달콤해요. / 오래 살아 널리 퍼뜨리길!"(2: 152)

그런데 이러한 생태주의적 비전은 궁극적으로는 마르크스의 생태주의적 문제의식과도 상통한다. 마르크스는 동시대에 대규모로 산업화되던 농업이 자연력과 노동력 양쪽 모두를 황폐하게 만들면서 자연적 물질대사(토양의 비옥도 강탈)와 사회적 물질대사(도시와 농촌 노동자의 삶의 파괴)가 교란되는 과정을 면밀히 고찰했다. 그는 자본주의가 '인간과 지구 사이에 이루어지는 물질대사 상호작용을 교란하는' 생산 양식임을 투철하게 깨닫고 있었으며, 그 연장에서 도래할 전 지구적 생태 위기를 예감하는 노트(『1864-1865 경제학 수고』)를 남겼다. 마르크스적 의미의 상속의 비전을 읽어보겠다.

더 높은 차원의 사회 경제 체제에 입각해서 살펴보면 지구상에 존재하는 특별한 개인이 지구를 사유 재산으로 소유한다는 것은 한 개인이 다른 개인을 사유 재산으로 소유한다는 것만큼이나 비합리적인 것처럼 보일 것이다. 심지어 사회 전체, 국가 전체 또는 현존하는 모든 사회를 한데 합친다고 하더라도 이들은 지구의 소유주가 될 수 없다. 그들은 단지 점유자, 수혜자에 불과하다. 따라서 가족을 이끄는 인자한 아버지가 그러하듯 지구의 상태를 개선하여 다음 세대에게 물려주어야 한다.[11]

'가족을 이끄는 인자한 아버지'라는 부성적인 비유에 멈칫할 필요 없이 위 대목이 우리에게 주는 상속의 비전은 여전히 주목할 가치가 있다. 한편으로, 인간과 자연의 생태적 교란, 인간과 인간 사이의 소외가 지양되는 메터포이세트에서는 삶과 죽음의 단절도 영원한 순환으로 바뀐다. 메터포이세트 주민들은 첨단 나노테크놀로지를 확보하고 있지만, 인위적인 생명 연장 대신 자연사自然死를 택한다.

"죽은 이들은 오로지 우리 안에서 살아갑니다. / 물은 우리를 거쳐 언덕 아래로 흐릅니다. / 태양은 우리 뼈 안에서 식어갑니다. / 하나로 노래하는 에너지의 그물 안에서 / 우리는 모

----

11. 사이토 고헤이, 『마르크스의 생태사회주의: 자본, 자연, 미완의 정치경제학 비판』, 추선영 옮김, 두번째테제, 2020, 281~282에서 인용했다.

든 생명과 연결되어 있습니다. / 우리 안에서 우리를 만들고 죽어간 이들이 살아갑니다. / 우리 안에는 아직 태어나지 않은 아이들이 살아갑니다. / 땅에서 자라는 나무처럼 / 서로의 공기를 호흡하고 / 서로의 물을 마시며 / 서로의 살을 먹고 우리는 자라납니다."(1: 288~289)

순환하는 삶의 고리, 존재의 연쇄를 이해하는 삶의 공동체에서는 가장 나이 많은 신령스러운 여인 사포의 죽음마저 슬픔의 의례에 머무르지 않고 정성 들인 마을 축제의 일부가 된다. 소설의 후반부에서 메터포이세트의 동료 잭 래빗(병동에서 자살한 스킵의 미래적 형상)의 죽음도 부활, 또 다른 삶으로 태어나는 가능성이 된다. 독자인 우리가 코니와 함께 메터포이세트의 생태계를 학습하는 과정은 즐겁고 유익할 것이다. 코니는 그녀의 옛 추억 속에 남아 있는 유일한 남자, 그녀를 진정으로 사랑한 클로드를 닮은 메터포이세트 남자 비와 사랑을 나누기도 한다. 그녀는 과거란 지나간 추억으로 완료되고 마는 것이 아니라, 미래와 무언의 신호를 주고받는 가능성임을 깨닫는다. 몰락과 필멸로 향하는 시간의 필연성을 지배할 뿐만 아니라, 다른 가능성으로 열리고 부풀며 팽창하고 충만해지는 시간이 존재할 수 있음도 깨닫는다. 비가 코니에게 말하는 것처럼, "나는 당신 시대에 제대로 피어나지 못했던 그 사람[클로드:

코니의 기억에 남아 있는 유일하게 소중한 남편]의 잠재성"(1: 301)인 것이다. 그런데 이쯤에서 질문이 생긴다. 도대체, 왜, 루시엔테와 메터포이세트의 동료들은, 하필이면 다른 누구도 아닌 그녀, 코니를 선택한 것일까?

6. 상속, "존재하기 위해서"

루시엔테가 코니에게 말한다. 왜, 우리가 당신을 선택했는지를. "우리와 닮았던 사람들은 대부분 여성이고, 정신병원과 감옥에 있는 이들이 많아요. 우린 순간적이나마 마음이 열리는 사람들을 찾는데, 진짜로 처음 접속하게 되면 공포에 사로잡혀 움츠러들어요."(2: 14) 가장 많이 핍박받고 소외되었지만 무감각하게 체념하지 않는 자들. 그런데 루시엔테에 따르면 더욱 절박한 이유가 있단다. 코니는 처음에 그 이유를 이해하지 못한다. "당신들은 존재하잖아요."(2: 15) 그러나 루시엔테는 말한다. "우린 존재하려고 애쓰고 있지요."(2: 15) 존재하려고 애쓰고 있다는 건 무슨 뜻일까? 메터포이세트는 '가능한 하나의 미래', "피어나지 못했던 잠재성"(1: 301)이다. 이 미래의 존재 여부는 코니에게 달려 있었다. 그렇다면 코니는 미래인들을 구원할 구세주라도 된다는 말인가?

"당신들은 정말로 위험에 처해 있나요?"

"그래요." 그는 진심을 담은 듯 큰 머리를 끄덕거렸다. "당신이 우릴 저버릴지도 몰라요."

"내가요? 어떻게요?"

"당신 시대의 당신 말이에요. 한 개인으로서 당신이 우릴 이해하는 데 실패할 수도 있고, 당신 자신의 인생과 시간 속에서 투쟁하는 데 실패할 수도 있겠죠. 당신 시대의 당신이 우리와 함께 투쟁하는 데 실패할지도 몰라요." 다정한 그의 목소리는 거의 장난처럼 들렸지만 그의 눈빛은 그 말이 진심이라고 말하고 있었다. "존재하기 위해서, 존재 속에 계속 남기 위해서 우리는 싸워야 하고 장차 다가올 미래를 얻어야 합니다. 우리가 당신과 접속한 이유도 그 때문이에요."(2: 16)

그러자 코니는 저항한다. 자신은 힘없는 환자, "성냥 한 갑"도 지닐 수 없고 돈도 없는 "엉뚱한 구세주"(2: 17)에 불과할 뿐이라고. 물론 코니는 이해하지 못했다. 메터포이세트인들은 구세주를 찾는 게 아님을. 그들이 미래에 존재하기 위해서는 코니처럼 과거에서 온 자가 자신이 처한 현재에서 싸워야만 했다. 코니의 현재, 곧 메터포이세트인들의 "과거"는 "분쟁 지역"(2: 133~134)이었던 것이다. 여기서 다시 희망과 약탈자의 전리품을 함께 지난 낮꿈의 특징을 상기할 필요가 있다.

　메터포이세트의 유토피아는 코니의 낮꿈이 무의식적으로 만들어낸 환각의 미래이다. 마찬가지로 코니의 낮꿈에 포함된 악몽과도 같은 현실의 잔재는 미래로 투사된 디스토피아다. 코니가 뉴욕 신경정신연구소로 이감되어 생체 실험 대상이 될 때, 코니는 루시엔테에게 경고를 듣는다. 달과 남극, 우주정 거장에 분포한 "안드로이드, 로봇, 가상 현실 체험자, 기계로 부분 개조된 인간"(2: 133)이 메터포이세트에게 행하는 위협에 대해. 코니가 생체 실험을 당한 직후에 방문하는 미래는 메터포이세트가 아니었다. 코니의 조카 돌리의 이미지가 미래로 연장된 여인일 계약녀 '길디나 547–921–45–KBJ'와 코니의 만남은 그녀가 생체 실험으로 당한 악몽의 생생한 투사일 것이다. '168가 제너럴파일'은 인간이 대다수의 '실패작'과 공기가 탁해 우주정거장에 사는 불안정한 중간 계층과 부유한 소수의 사람들로 계급 분할되고, '자객'이라고 명명되는 경찰들이 항상 사람들을 감시하며 '멀티'라는 존재가 살아있는 모든 것을 지배하는 디스토피아, 블로흐식으로 말해 '약탈자의 전리품'으로 만들어진 세계이다. 코니가 메터포이세트의 비행기 조종사가 되어 적군의 비행선을 추격하는 그때, 코니는 결심한다. "전쟁, 나는 전쟁 중이야." "더 이상의 환상도, 더 이상의 희망도 없었다. 전쟁."(2: 249)

코니는 결국 광기의 결단, 결단의 광기로 병원에서 여섯 명의 의료인을 독살한다. "이젠 나도 죽은 여자야. 그건 나도 알아. 하지만 나는 그들과 싸웠어. 나는 부끄럽지 않아. 나는 노력했어."(2: 310) 그리고 그것이 "내 최고의 희망"(2: 311)이라고. 희망은 의심되는 미래에 대한 '불확실한 기쁨'만은 아닌 듯하다. 희망은 광기다. 물론 희망의 '광기'는 어디까지나 그녀가 속한 사나운 현실에서의 '광기'일 것이다. 그러나 그것이 없으면 후손이, 미래가, 메터포이세트와 그 거주민들이 존재하기 어렵게 되는 광기의 희망. 발터 벤야민의 표현을 빌리면, 과거의 코니는 미래의 메터포이세트인들에게 "은밀한 약속으로" "기다려졌던" 사람이다.[12] 우리는 후손들에게 무엇인가를, 상속을, 다시 말해 자본주의적 약탈품과 전리품을 물려주는 자가 아니다. 우리 존재 자체가 비판적으로 상속된다. "내 최고의 희망으로부터 태어날 당신들을 위해서, 나는 내가 벌인 전쟁을 당신들에게 바칠게요. 나는 최소한 한 번은 싸웠고 승리를 거두었어요."(2: 310) 코니의 마지막 유언은 태어나지 않은 미래의 타자에게 우리 존재 자체가 상속임을 증언한다. 그러면 무엇을 물려줄 수 있을 것인가. 카프카의 '가장의 근심'

• •

12. 발터 벤야민, 「역사의 개념에 대하여」, 『역사의 개념에 대하여 외』, 최성만 옮김, 길, 2008, 331~332.

이 자기기만적이 되지 않으려면, 태어나지 않은 미래의 타자에 대한 우리의 책임/응답가능성responsibility은 무엇일까.[13]

7. 전적으로 불가능하지는 않은, SF의 유산

『시간의 경계에 선 여자』에는 흥미로운 에피소드가 적지 않은데, 글을 마치면서 그중 한둘 곁다리를 마저 이야기해 볼까 한다. 많은 유토피아 문학이 그러하듯이 이 소설에도 끝날 줄 모르며 때론 작중인물들이 "넌더리"가 날 정도로 "인내심의 한계"(1: 244)를 느끼는 토론과 논쟁이 등장한다. 다만 다른 유토피아 문학과 다르게 『시간의 경계에 선 여자』는 서사와 맞물리면서 토론이 지루하지 않게 된다. 식물 유전자 조작을 둘러싼 토론이나 예술의 지향적 가치에 대한 토론(우리 시대의 불만족스러운 비평 용어로 말하면, 미학적 자율성과 정치적 올바름 간의 논쟁) 등이 그것이다. 내 관심은 후자에 있는데, 메터포이세트에서 상연된 그래픽아트인 〈새 홀리〉를 둘러싸고 벌어진 토론과 논쟁을 살펴보자. 잭래빗과 볼리바르의 합작품

• •

13. 상속과 유산의 의미에 대해서는 자크 데리다, 『마르크스의 유령들』, 진태원 옮김, 그린비, 2014.

인 〈새 홀리〉는 앞서 인용했던 물질대사적 복원 과정을 놀라울 정도로 아름다운 시적 언어로 표현한다(1: 286~289). 그러나 루시엔테는 볼리바르적 스타일의 영향이 느껴지는 〈새 홀리〉에 대해 "정치적 빈약함"이 느껴진다고 비판한다. 말하자면 이 작품에서 재현된 "수많은 종을 파멸한 힘은 오로지 성차별주의"에서 비롯된 것인데도 볼리바르는 그 원인을 "이윤 지향의 탐욕"에 두고 있다는 것이다. 그러자 노인 소저너는 루시엔테의 비판이 "특정한 홀리holly 언어가 있다는 듯한 교조적인 사고방식"이라고 되받아친다(2: 39).

논쟁은 계속된다. 이번에는 볼리바르가 등장할 차례다. 그는 루시엔테의 비판에 대해 "아름다움을 제대로 존중하지 않고 있"다고 반박한다(2: 41). 페이지가 넘어가면서도 계속되는 이 논쟁은 날 선 목소리, 찌푸리거나 붉어지는 얼굴, 인물의 퇴장, 어색하고도 기나긴 침묵으로 가득 차 있다. 배울 수 있는 교훈이 적지 않다. 아마도 유토피아는 모든 논쟁이 끝나거나 한쪽 의견이 침묵하는 평화로운 합의의 장소가 아닐 것이다. 오히려 유토피아는 때로는 지루하고 답답하게 느껴지더라도 상호배제적이지 않은 토론과 의견 불일치가 언제든 계속될 수 있는 경합의 열린 공론장이라고 할 수 있다.

기본적으로 "SF는 사실적인 비사실성, 인간적인 비인간, 이 세계 내의 다른 세계 등으로 발전된 모순 어법oxymoron"의 문학이다. 지금 우리는 『시간의 경계에 선 여자』에 부합할 만한 SF의 문학적 가능성을 측정하는 어휘를 고르는 중이다. 다시금 "SF는 저자의 세기世紀라는 인지적 즉 우주론적이며 인류학적 규범 내에서 전적으로 불가능하지는 않은not impossible 어떤 것을 인식"할 수 있는 역량을 지닌 문학 장르이다.[14] 『시간의 경계에 선 여자』는 만약 유토피아로의 시간 여행 이야기가 없었더라도 그 자체로 훌륭한 리얼리즘 소설 또는 디스토피아 소설이 되었을 법한 작품이다. 소설의 마지막 장(20)은 살인을 저지른 후의 코니의 병력에 대해 병원에서 작성한 무미건조한 보고서로 끝나는데, 그것은 마치 메터포이세트 유토피아로의 여행이 그녀의 약물 환각의 효과에 불과함을 일러주는 듯하다. 그러나 메터포이세트의 미래, 비판적 유토피아, 삶과 공동체의 실험과 비전이 없었더라면 이 소설은 우리 시대에 쓰이는 비판적 리얼리즘 소설이나 디스토피아 소설 가운데 하나에 불과했을 것이다. 마지 피어시의 유토피아 여행은 오늘날에는 더는 불가능해 보이는 장르적 모험담처럼 보인다. 그렇기에, 오히려, 『시간의 경계에 선 여자』의 비판적 유토피아는 상속받아야 마땅할 문학의 유산이다.

• •

14. Darko Suvin, "Preface to the First Edition"(1979), *Metamorphoses of Science Fiction: On the Poetics and History of Literary Genre*, International Academic Publishers: Peter Lang, 2016, 2.

제2부

COVID-19: 오드라덱의 웃음[1]

세계 종말의 비평

1. 문 앞의 괴물 오드라덱

2020년 1월, 코로나19 사태가 우리 삶과 사회를 그 이전으로 되돌아가는 것이 불가능한 만큼 이렇게까지 바꿔놓을 줄은 도무지 상상도 못 했던 그때, 자신을 프란츠 카프카의 「가장의 근심」에 등장하는 가장家長에 비유한 어느 글[2]의 필자는 자신과 자신의 집 주변을 서성거리며 천장이나 계단에 있다가 복도에도 있는가 하면, 어느새 현관에 있고, 또 얼마간은 존재하지 않는 것처럼

1. 이 글의 주요한 아이디어는 오영진 교수(서울과학기술대학교)와의 대화에서 나온 것이다.
2. 복도훈, 「SF, 복원과 상속의 상상력: 마지 피어시의 『시간의 경계에 선 여자』에 대하여」, 『문학숲』, 2020년 상반기. 이 책의 1부 5장.

보였다가 다시 집으로 돌아와 갑자기 모습을 드러내면서 걱정거리를 던져주는 괴물, 실타래를 감은 자그만 별 모양의 기이한 사물 오드라덱Odradek을 코로나19에 대한 은유로 간주했다. 그로부터 1년 넘게 지난 지금도, 퇴근해 아파트 엘리베이터에 오를 때 그 가장은 손 소독제를 바르며 자신의 옷과 손, 얼굴 어딘가에 코로나19 바이러스의 흔적이 묻어 있지는 않은지, 아이들에게 옮기지는 않을지, 혹 무증상으로 감염된 것은 아닌지, 마르크스주의자 마이크 데이비스가 '문 앞의 괴물The Monster at Our Door'로 불렀던[3] 코로나19에 대한 근심을 떨쳐내지 못한 채 집 안으로 들어선다. 혹시 그것이 잠시 열린 문틈으로 쏜살같이 굴러들어와 신발장 모퉁이 등에 숨어드는 것은 아닐까 하며.

사진작가 제프 월Jeff Wall의 전시물 〈오드라덱〉(1994)에서 오드라덱은 한 젊은 여성이 걸어 내려오는 집의 계단 왼편과 더는

· ·

3. 마이크 데이비스, 『조류독감: 전염병의 사회적 생산』, 정병선 옮김, 돌베개, 2008. 이 책의 원제는 "The Monster at Our Door"로, 2020년에 출간된 코로나19 바이러스에 대한 데이비스의 책 제목인 "The Monster Enters"(괴물이 들이닥치다)는 앞의 책보다 더욱 긴박한 비상사태적인 뉘앙스를 지니고 있다. Mike Davis, *The Monster Enters: COVID−19, Avian Flu and the Plagues of Capitalism*, OR Books, New York & London, 2020. 이 책의 제목을 연상시키는 짧은 판본의 글은 한국어로 읽을 수 있다. 마이크 데이비스, 「코로나19: 기어이 괴물이 오고야 말았다」, 김동욱 옮김, 『노동자연대』, 2020. 3. 14. 원제는 "Covid19: The monster is finally at the door". https://wspaper.org/article/23643.

〈그림 1〉 제프 월, 〈오드라덱〉(프라하, 1994)

사용 불가능해 보이는 낡은 세면대가 고정된 벽 오른편 사이의 비어 있는 공간, 쓰레기들을 버리기에 맞춤이고 이런저런 자국으로 더러워질 대로 더러워진 바닥에 조용히 웅크리고 있다. 위쪽의 빛과 아래쪽의 어둠이 교차하는 사진만으로는 오드라덱이 어디에 있는지, 그것은 도대체 어떻게 생겼는지 좀처럼 분명히 식별하기 어렵다. 그리고 그 식별 불가능성은 오드라덱이 놓인 집을 순간, 귀신 들린 흉가로 만든다. 언어와 사물, 정지와 운동, 소리와 형상, 비존재와 존재, 무성과 성별 그 어느 한쪽으로 고정하기 어려운 식별 불가능성은 〈오드라덱〉을 감싸고돈다.

생명체는 아니지만 생명체에 기생하면서 생명체처럼 활동하는 코로나19 바이러스, 볼 수도 들을 수도 만질 수도 없지만 어딘가에 분명히 달라붙어 끈질기게 존재하고 있고 이 사태가 언제 끝날지 알 수도 없고 또 끝나더라도 언젠가는 또다시 반복될지도 모른다는 신경증적인 불안을 가져다주는 RNA 단백질 바이러스. 그리고 인간은 아니지만 인간처럼 말하고, 인간처럼 웃지만 폐 없는 웃음을 웃으며, 거처와 성별도 불확실하고, 어떤 용도에도 들어맞지 않으며, 존재 이유도 불확실한 상태에서 이 집에서 저 집으로 옮겨 다니고, 어떤 끝(목적, telos)도 짐작할 수 없기에 가장이 죽고, 가장의 아이들이 죽고, 그 아이들의 아이들이 죽고 난 이후에도 그렇게 세계의 종말에 이르도록 계속 존재할 것만 같은 오드라덱. 카프카는 오드라덱으로 걱정 가득한 가장에게 무슨 이야기를 들려주고자 했을까.

2. 오드라덱은 무엇의 이름인가

우선 「가장의 근심」의 도입부를 읽어보겠다. 오드라덱은 무엇의 이름인가?

　　어떤 사람들은 오드라덱이란 말의 어원이 슬라브어라고
하며 그것을 바탕으로 해서 이 말의 형성을 증명하려고 한다.
또 다른 사람들은 그 어원은 독일어인데 슬라브어의 영향을
받았을 뿐이라는 의견이다. 그러나 이 두 가지 해석의 모호함
으로 미루어 보아 그 어느 것도 맞지 않으며 특히 그 어느
해석으로도 이 말의 의미를 찾을 수 없다는 것이 옳은 추론인
듯하다.[4]

「가장의 근심」의 일인칭 화자인 가장 '나'는 자신이 목격한
존재가 정말 존재하는지, 이름이 정말 오드라덱인지, 만일 그것
이 존재한다면 자신이 죽고 나서도 계속 존재할지, 그것이
아이들에게 정말로 해를 끼치지 않을지 어떨지 도무지 알 수
없는 불확실한 상황에 처해 있다. 그리고 이것은 화자를 따라
오드라덱과 그 어원에 대한 무수한 해독에 뛰어든 다른 해석학
적 가장들, 카프카의 친구 막스 브로트에서 프랑스의 정신분석
가 장 클로드 밀너에 이르는 무수한 작가와 학자, 비평가의

· ·
　4. 프란츠 카프카, 「가장의 근심」, 『변신 · 시골의사』, 전영애 옮김, 민음사,
　　1998.

해석적 분투로까지 이어진다.

밀란 쿤데라와 슬라보예 지젝은 카프카의 소설에 대한 기존의 해석학적 관행에 대해 의문을 제기한 바 있다.[5] 이들은 카프카 소설이 무수한 해석 기계를 유도하며, 오히려 카프카 소설이 놓은 덫에 걸려 버린 그러한 해석 기계들, 쿤데라의 표현을 빌리면 '카프카학화된 카프카'가 카프카 소설의 놀라울 정도로 생생한 힘을 평평하고도 단조로운 주석으로 뒤바꿔놓는다고 지적한다. 지젝은 쿤데라의 비판을 따라 카프카 해석의 표준적인 세 가지 틀, 신학적, 사회 비판적, 정신분석학적 틀을 간단히 요약한 다음에 카프카 소설의 힘을 진정으로 느끼기 위해서는 일종의 "유치한 천진난만함이 필요하다"[6]고 말한다. 그러나 카프카를 진정으로 읽기 위한 '유치한 천진난만함' 대신에 우리에게 주어진 것은 오히려 앞서 말한 표준화되거나 그보다 조금 더 나은 해석적 알레고리일지도 모른다. 낙원에서 추방당하고 신을 잃어버린 아담의 후손에 대한 신학적 알레고리, 자신이 만든 상품 세계에 의해 소외되고 처형되는 근대인의 초상에 대한 사회적 알레고리, 누이에 대한 근친상간적인 열망

· ·

5. 밀란 쿤데라, 『배신당한 유언들』, 김병욱 옮김, 민음사, 2013. 슬라보예 지젝, 「이웃들과 그 밖의 괴물들」, 『이웃』, 정혁현 옮김, 도서출판 b, 2010.
6. 슬라보예 지젝, 「이웃들과 그 밖의 괴물들」, 259.

과 아버지에 대한 해소되지 않은 오이디푸스적인 갈등이라는 정신분석적 알레고리.

물론 카프카의 소설에 대한 조악한 해석들이 있고, 그보다 훨씬 더 생동감 있는 해석들이 있겠다. 가령 오드라덱Odradek에서 변절자rod, 섹스와 신성한 법령에 대한 변절자를 읽어내는 막스 브로트의 유사 신학적 독해보다는 카프카의 다른 저주받은 피조물들(갑충이 된 그레고르 잠자, 트기 동물, 유대인 교회당에 서식하는 동물, 쥐 가수 요제피네 등)의 계열 속에 위치한 오드라덱을 "사물들이 망각된 상태에서 갖게 되는 형태"[7]로 읽어내는 발터 벤야민의 비평이 더욱 매력적이다. 벤야민의 해석에서 오드라덱은 가장이 발견하고 그것에 말을 건네기 이전부터 존재해왔으며, 그것은 가장의 선조, 그 선조의 선조부터 망각의 역사 속에서 결코 망각될 수 없는 바로 그 형태로 존재해온 사물이다. 오드라덱에 대한 벤야민의 해석은 인간 이전뿐만 아니라, 인간의 멸종 이후에도 존재할 사물들, 플라스틱, 코로나 바이러스, 스티로폼, 플루토늄과 같은 인류세Antropocene의 사물에 대한 명상을 열어놓는 해석이다.

오드라덱에 대한 벤야민의 해석은, 오드라덱에 대한 수많은

7. 발터 벤야민, 「프란츠 카프카: 그의 10주기에 즈음하여」, 『카프카와 현대』, 최성만 옮김, 길, 2020, 99.

어원학 해설자들과 마찬가지로, 카프카의 수수께끼 같은 피조물들에 대한 여러 흥미로운 해석의 출발점이기도 하다. 예를 들면 아도르노는 벤야민에게 보낸 편지에서 마르크스주의적인 해석에 덧대어 오드라덱이 "유기체적인 것과 비유기체적인 것의 경계 없애기와 화해 혹은 죽음의 지양에 대한 모티프"를 품고 있는 "왜곡됨의 부호"라고 말했다.[8] 주디스 버틀러는 아도르노상 수상 강연에서 아도르노를 반복하면서 풍부하게 덧붙이기를, 비록 오드라덱은 상품 물신주의의 산물이자 비인간적인 존재이지만 그것의 비인간성은 인간성을 위해 축출될 어떤 것이 아니라 인간적인 것이 존속하고 살아갈 수 있을 최소한의 "흔적 혹은 폐허를 이룬다".[9] 그런데 우리의 의도는 카프카의 피조물 오드라덱에 대한 가능한 한 다양하고도 권위 있는 주석을 요약하고 소개하는 데 있는 게 아니다. 물론 우리의 해석은 앞서 인류세로 부른 새로운 지질학적 시대의 문턱에 소환되는 세계 종말의 비유 형상으로 오드라덱이 재조명되는 것에도 주요하게 관심을 기울일 것이다. 제작과 의도를 초과하는 상품 세계의 피조물에 대한 아도르노와 버틀러의 언급은 그 때문에 인용한 것이다.

• •

8. T. W. 아도르노, 「아도르노가 벤야민에게 보낸 편지」(1934. 12. 17), 『아도르노-벤야민 편지(1928~1940)』, 이순예 옮김, 길, 2018, 108.

9. 주디스 버틀러, 『윤리적 폭력 비판』, 양효실 옮김, 인간사랑, 2013, 183.

그렇지만 그러한 인용과 해설이 우리가 도달해야 할 목표는 아니다.

3. 장난감 오드라덱

「가장의 근심」의 두 번째 문단을 읽어보자. 오드라덱은 어떻게 생겼는가?

　　물론 오드라덱이라고 불리는 존재가 실제로 없다면, 그 누구도 그런 연구에 골몰하지 않을 것이다. 그것은 우선 납작한 별 모양의 실패처럼 보이며, 실제로도 노끈과 연관이 있어 보인다. 노끈이라면야 틀림없이 끊어지고 낡고 가닥가닥 잡아맨 것이겠지만 그 종류와 색깔이 지극히 다양한, 한데 얽힌 노끈들일 것이다. 그런데 그것은 실패일 뿐만 아니라 별 모양 한가운데에 조그만 수평 봉이 하나 튀어나와 있고 이 작은 봉에서 오른쪽으로 꺾어져 다시 봉이 한 개 붙어 있다. 한편은 이 후자의 봉에 기대고 다른 한편은 별 모양 봉의 뾰족한 한 끝에 의지되어 전체 모양은 두 발로 서기나 한 듯 곧추서 있을 수가 있다.

아마도 카프카는 생전에, 그가 김나지움 학생이었던 1893년과 1901년 사이에, 오드라덱의 외양과 비슷한 기계 장치를 실제로 김나지움에서 목격했을지도 모른다. 기역자 쇠막대기 끝에 별 모양의 바퀴를 장착하고 있으며, 전류를 흘려보내면 바퀴가 회전하는 자기 장치를.[10] 물론 카프카는 오드라덱보다 더욱 끔찍하고 무서운 처형 기계, 사형수의 죄목을 등의 맨살에 한 글자 한 글자 천천히 새기는 방식으로 고문하고 처형하는 써레를 고안한 독창적인 기계 장치 설계자였다. 「유형지에서」에 등장하는 써레는 죄수의 죄목과 그가 받아야 할 형벌에 관한 법조문과 타이프라이터가 결합된 초기 인공지능 컴퓨터로 보아도 무방하다. 그런데 오드라덱은 이보다 훨씬 더 단순하며, 차라리 가장의 아이들이 가지고 놀다가 버릴 법한 무해한 플라스틱 장난감에 가깝다. 불확실한 어원 때문에 도무지 붙잡을 수 없어 보였던 이름 오드라덱은 플라스틱 장난감에 어울리는 구체적인 형상화를 부여받는다. 오드라덱은 한낱 이름이 아니다. 당연한 말이지만 '오드라덱이라고 불리는 존재가 실제로 없다면, 그 누구도 그런 연구에 골몰하지는 않을 것'이기에. 그런데 이 문장은 그 어원이 불확실한 수수께끼의 오드라덱에 대한 가장 그리고 독자의 당혹감을

• •

10. David Link, "Enigma Rebus: Prolegomena to an Archeology of Algorithmic Artefacts", *Interdisciplinary Science Reviews*, Vol. 36 No. 1, March, 2011, 326~327.

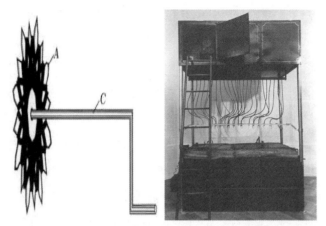

〈그림 2〉 오드라덱의 초기 모델인 자기 장치(왼쪽) & 「유형지에서」의 처형 기계(카프카의 '독신 기계' 일부, 1975~77, 오른쪽)

안도감으로 정착시키기 위해 작성된 것이 아니다. 그와는 반대로 오드라덱은 한층 구체적인 형상을 부여받음으로써 더욱더 불투명해지는 대상이 될 것이다.

소설 첫 문단의 이름 오드라덱은 두 번째 문단에서 형상을 부여받아 구체화되며, 두 번째 문단에서 한낱 집구석에 놓인 플라스틱 장난감처럼 정적靜的인 이 비활성적인 객체는 세 번째 문단에서는 어떠한 외부적 수단도 도움도 없이 스스로 너무도 빠르게 움직여서 도무지 포착 불가능한 기계로 재활성화된다. 그리고 독일어 원문에 대한 해석에 따르면, 네 번째 문단에서 오드라덱은 그것Es에서 그Er로 성별화된다.[11] 그리하여 오드라덱에 대한 카프카의 서술, 화자의 묘사는 이름과 형상, 성별을 차례로 부여하는 에덴이라는 가정의 가장인 야훼의 창세기를 닮았으며, 정확히는 그에 대한 캐리커처가 된다. 천지창조의 마지막 날에 '보시기에 좋았더라'라고 말하는 야훼와 달리 소설의 가장은 자신이 만들지 않았으나 분명히 존재하는 사물, 창조의 프로젝트 목록에 없는 수수께끼 같은 언어로만 존재하는 어떠한 형태와 질서를 부여하지 않으면 안 되는 근심에 사로잡힌 인물이 된다. 그런데 자신이 듣고 목격한 존재에 대한 불확실성에 사로잡힌 채 자신도 믿지 못할 이야기를 서술하는 이 믿음직하지 않은 화자의 모습은 자신이 창안한 학문적 개념에 당혹해하며 근심에 휩싸이는 어떤 학문적 가장의 초상과 정확히 겹쳐지는 것으로 보인다. 그는 카프카도 그 유명한 이름을 알고 있었던 오스트리아의 정신분석가였다.

「가장의 근심」이 실린 단편집 『시골의사』는 1919년에 출판되었다(「가장의 근심」은 1917년에 쓰였다). 일찌감치 '천상을 움직일 수 없다면 지하를 움직이리라'면서 스스로를 정신분석의 시조이자 가장으로 선언했던 프로이트도 1919년에 「다스 운하임

11. Heather H. Yeung, *On Literary Plasticity: Readings with Kafka in Ecology, Voice, and Object-Life*, Palgrave Macmillan, 2020, 55.

리셰[Das Unheimliche, 섬뜩함]를 발표했다.[12] 「가장의 근심」이 불확실한 어원학에서 시작하는 것과 비슷하게도 「다스 운하임리셰」도 장황한 어원학에서 출발한다. 형용사 'unheimlich'는 사방이 담인 집 안에 있을 때의 평안과 안전함을 의미하는 'heimlich'를 함축한다. 'heimlich'는 외따로 떨어져 외부로부터 은폐될 때 위협적이고, 불가해하며, 마침내 두려운 'unheimlich'가 된다 등등. 마치 아이들과 함께 평온하게 사는 꿈을 가진 가장의 집이 오드라덱으로 인해 'unheimlich'한 유령의 집이 되는 것처럼. 게다가 「다스 운하임리셰」는 「가장의 근심」과 마찬가지로 신뢰하기 힘든 화자, 권위[authority] 있다고 여겨졌지만 자신이 지하에서 불러온 괴물 같은 개념에 사로잡혀 저자[author]임을 공언하는 것을 자진 철회하는 화자의 사례를 보여주는 논문이다. 정신분석의 주요 개념이 결집할 만큼 중요하지만 그 섬뜩한 과잉으로 인해 unheimliche에 대한 프로이트 자신의 모든 어원적 설명과 분류, 해석을 스스로 무너뜨리려고 하는 논문, 말하자면 정신분석 그 자체를 unheimlich한 장르로 만들어버린 논문인 것이다.[13]

· ·

12. 지그문트 프로이트, 「섬뜩함」, 『프로이트의 문학예술 이론』, 이노은 옮김, 민음사, 1997.

13. 믈라덴 돌라르, 「"나는 네 첫날밤에 너와 함께할 것이다": 라캉과 섬뜩함」, 『자음과모음』, 복도훈 옮김, 2015년 봄호, 290~291. 프로이트의 「다스 운하임리셰」의 믿을 수 없는 화자의 성격에 대해서는 마크 피셔, 『기이한 것과 으스스한 것』, 안현주 옮김, 구픽, 2019, 11.

틀림없이 카프카의 형상적 피조물과 「창세기」의 야훼의 피조물 그리고 프로이트의 개념적 피조물 간에는 흥미로운 유비가 있다. 그리고 이러한 유비는 아도르노, 버틀러 등이 공통적으로 언급한 상품의 유령, 노동자가 만든 상품이 스스로 유기적 생명체처럼 말하고 춤추고 노래 부르는 초과의, 잉여의 피조물에 대한 관심과 맞닿아 있다. 물론 「가장의 근심」은 친구 브로트에게 자신의 작품을 불태워달라는 요청을 하면서도 "마지막까지 별 모양의 오드라덱 주위에 그의 비길 데 없는 이야기의 실을 감아간"[14] 카프카의 작가적 생애와 관련된 비유담, 즉 저자(가장)와 텍스트(오드라덱)의 관계를 가리키는 비유담이기도 하다. 그러나 우리가 오드라덱의 이야기에서 읽어내려고 하는 것은 오히려 그 반대이다. 그것은 저자와 텍스트의 역전, 창조주와 피조물의 역전 그리고 그를 넘어서는 어떤 읽을 수 없음unreadability이다.

4. 객체 오드라덱

「가장의 근심」의 세 번째 문단을 읽는다. 오드라덱의 쓰임새는

⸱⸱
14. 마르트 로베르, 『프란츠 카프카의 고독』, 이창실 옮김, 동문선, 2003, 264.

무엇인가?

　　이 형상이 이전에는 어떤 쓰임새 있는 모양을 하고 있었는데 지금은 그냥 깨어진 것이라고 믿고자 하는 유혹을 받을 수도 있으리라. 그렇지만 이것은 그런 경우는 아닌 것 같다. 적어도 그런 낌새는 없으니 그 어디에도 뭔가 그런 것을 암시하는 다른 부분이 이루어지는 곳이나 부러져 나간 곳이 없고 전체 모양은 비록 뜻 없어 보이기는 하지만 그래도 그 나름으로 마무리되어 있어 보인다. 아무튼 그것에 대해서 보다 상세한 것은 말로 표현할 수 없다. 오드라덱이 쏜살같이 움직이고 있어 잡히지 않기 때문이다.

　비록 우리가 「가장의 근심」의 가장을 믿을 수 없는 일인칭 화자로 간주했더라도 이것은 우리가 그의 화법을 신뢰할 수 없으며, 그의 이야기를 전적으로 믿을 수 없다는 뜻이 결코 아니다. 오드라덱에 대한 나름의 이유 있는 변호, 사물이 자본주의 상품처럼 쓰임새와 반드시 결부되지 않을 수 있다는 사유, 형용 불가의 존재에 대한 순수한 감탄 등은 우리가 오드라덱에 대한 가장의 관찰에서 별다른 유보 없이 취해도 좋을 필수 사항이다. 물론 「가장의 근심」은 어쩌면 오드라덱보다는 오드라덱에 대해 이야기하는 가장의 속내에 대해, 그리고 오드라덱

때문에 근심 어린 그에 대해 더 많은 이야기를 해주는 작품일 수도 있다. 카프카가 이 이야기에 '오드라덱' 대신에 '가장의 근심'이라는 제목을 붙인 이유도 그 때문이 아닐지 싶다. 그런데 「가장의 근심」은 저자와 텍스트, 창조주와 피조물, 관찰자와 관찰 대상의 안정적인 관계가 뒤집어지는 텍스트이다. 주인공은 가장이 아니라 오드라덱이다. 이 주인공은 텍스트의 저자, 화자인 가장, 그 이야기를 읽는 독자가 죽고 나서도 바스락거리는 책장 속에서 폐 없는 웃음을 웃으며 존재할 불멸의 존재자이다. 비록 그것은 두 번째 문단에서 얌전한 오브제처럼 재현 가능한 존재로 포즈를 취했지만, 세 번째 문단에 들어서자 그로부터 달아나버린다.

카프카는 「비유들에 대해서」에서 현자의 비유는 궁극적으로 "이해하기 힘든 것은 이해하기 힘들다는 것을 말하려는 것뿐"이라고 말한다.[15] 비유 내에서는 그 비유에 대한 어떤 해석이 다른 해석에 대해 이기기도 하지만 바로 그 때문에 지는 것이기도 하다. 카프카의 비유담 「가장의 근심」도 그렇게 읽어야 하는, 그리하여 읽기가 궁극적으로 불가능해지는 텍스트, 이해 불가능한 것은 다만 이해 불가능할 뿐이라고 말하는 텍스트이다. 지금까

••
15. 프란츠 카프카, 「비유들에 대해서」, 『칼다 기차의 추억』, 이준미 옮김, 하늘연못, 2014, 455.

지 살펴보았듯이, 오드라덱에 대한 해석은 반드시 오드라덱을 놓친다. 그것은 그에 관한 서술과 일치하지 않고, 그 어원이 뜻하는 바를 벗어나며, 어떠한 의미 연관으로부터도 궁극적으로 이탈한다. 따라서 "오드라덱은 그것이 의미하지 않는 것을 의미한다. 오드라덱에 대한 담화는 그것이 담화discourse를 부정하고, 경로course를 벗어나는, 탈–경로임을 뜻한다. 그것의 이름은 그것의 이름이 없다고 말한다."[16] 그러나 이것이 오드라덱 이야기에 대한 우리의 결론은 아니다. 오드라덱은 그것에 대해 이야기하는 화자–가장이 없었더라면 우리가 그에 대해 아무것도 몰랐을 형상이다. 그러나 화자–가장이 없다고 해서 존재하기를 그치는 사물이 아니다. 오드라덱은 화자–가장이 죽고 나서도 계속 존재할 것이다.

말하자면 오드라덱은 인식론적 탐구 대상이 아니라 존재론적 탐구 대상이다. 오드라덱은 우리에게 어떤 존재인가가 아니라 그 자체로 어떤 존재인가 하는 물음을 불러일으키는 대상이다.[17] 오드라덱은 분명히 어떤 사물이다. 그런데 그것은, 화자–가장의

• •

16. Hillis J. Miller, "Ecotechnics", Tom Cohen Edited, *Telemorphosis: Theory in the Era of Climate Change* (Volume 1), Open Humanities Press, 2012, 80에서 인용된 베르너 하마허의 문장.

17. 레비. R 브라이언트, 『객체들의 민주주의』, 김효진 옮김, 갈무리, 2021, 19.

말을 조금은 신뢰할 수 있다면, 처음부터 어떠한 쓰임새와도 상관없는 사물이다. 그것은 이전에는 쓸모가 있었으나 지금은 버려진 사물, 또는 사용가치와 교환가치를 내포한 상품이었다가 지금은 쓰레기처럼 용도 폐기된 사물도 아니다. '이 형상이 이전에는 어떤 쓰임새 있는 모양을 하고 있었는데 지금은 그냥 깨어진 것이라고 믿고자 하는 유혹을 받을 수도 있으리라.' 오드라덱은 실을 감는 실패 모양이지만 실패가 아니며, 직각을 이루는 두 개의 봉에 의지해 빛을 발하면서 굴러다니는 별 모양의 장난감처럼 생겼지만 가장의 아이들이 가지고 노는 장난감도 아니다. 오드라덱은 그것을 이루는 요소들, 실과 별 모양의 물체, 별에서 나오는 빛, 두 개의 봉으로 구성되어 있지만 이러한 요소들의 합으로 설명되지 않는다. 물론 오드라덱은 집과 아이들을 포함해 가정 경영oikonomia(통치)의 영역과 질서를 뒤엎는 unheimlich한 대상이다. 그렇지만 오드라덱은 한낱 가장의 근심이라는 심리적 효과/정념effect/affect을 위해 동원된 대상도 아니다. 오드라덱은 용도 폐기된 사물들의 자투리를 조립한다는 의미인 브리콜라주 bricolage의 산물에 보다 가까워 보인다. 그러나 그것을 만든 주체가 불확실하기에 정확히 브리콜라주적인 사물이라고 할 수도 없다. 오드라덱은 '주체 없는 객체'이다. 여기서 '주체 없는 객체'는 두 가지 의미를 내포한다. 하나는 오드라덱의 창조주(주체)가 불분명하다는 것이며, 다른 하나는 오드라덱이 가장과는 별개로 독립적으로 탐구해야 할 객체라는 뜻이다.

그런데 우리는 지금 오드라덱을 불가해함으로 둘러싸인 수수께끼 같은 외계 존재로 격상하는 것일까. 꼭 그렇지는 않다. 객체지향존재론의 사유를 잠시 더 동원하면 오드라덱은 우리가 부러진 망치 같은 도구tool를 마주하게 될 때 상상할 수 있는 객체이다. 곧 쓰임새, 기능, 역할, 목적에 적합한 도구를 이루는 요소 일부분이 부러지거나 못쓰게 되어 사용 불가능하게 될 때의 도구, 즉 도구를 쥐는 손과 눈앞에 있는 도구적인 관심을 벗어나는 도구이다. 하이데거는 사물의 사물성, 그 실재는 사물이 우리의 관심 어린 시야로부터 물러나면서 지하 세계로 미끄러져 내려갈 때 순간, 가장 반짝이며 도드라진다고 말한다.[18] 그것은 재현 가능한 오브제처럼 얌전한 포즈를 취하기도 하지만, 역동적인 기계처럼 순식간에 사라지기도 한다. 오드라덱의 쏜살같은 움직임은 오드라덱이 기동성 좋은 기계라기보다는 가장의 관심interest이라는 도구적 연관으로부터 벗어난 불투명한 객체로 존재한다는 뜻이다. 가장의 근심care은 이러한 객체와의 순전한 마주침에서 생겨나는 불안한 정서이다. 카프카는 초월적인 이계異界에서 가장의 집이라는 평범한 세계로 불시착한 불가해한 존재자

• •

18. 그레이엄 하먼, 『쿼드러플 오브젝트』, 주대중 옮김, 현실문화, 2019, 74~80.

를 상상한 것이 아니다. 그는 아무개의 평범한 집 주변에 어슬렁거리는 것 같은 물건을 유심히 관찰했던 것이다.

그럼에도 오드라덱이 곧 부러진 망치인 것은 아니다. 다만 부러져버려 못쓰게 된 망치로부터 상상 가능한 사물이다. 누군가는 무기물이면서도 유기물인 오드라덱을 인간을 무력하게 만드는 생동하는 사물 권력의 사례[19]로 격상시켜 그것에게 독자적인 문학의 주권을 허락할 수도 있을 것이다. 그러한 해석에 따르면 오드라덱은 "비인간적인 속도와 크기로 인해 사유하기 어렵게 만드는 초-객체hyper-objects로, 텍스트 바깥에 존재하는 생명을 가진 문학적 형상 또는 심해와 심우주의 생물로, 제대로 된 서식지를 기다리면서도 탐지할 수 없는 가상의 숙주로 존재한다."[20] 오드라덱과 함께 산다는 것은 우리가 지구에서 하나의 종으로 존재하며 종으로서 멸종의 가능성을 반드시 사유해야 하는 인류세에 살고 있음을 실감케 하는 일이다. 행성 지구, 사변적 실재론, 초객체, 인류세가 화두로 부상하는 이 시점에서 오드라덱은 새로운 명상을 던져주는 생태학적 존재다(생태학

· ·

19. 제인 베넷, 『생동하는 물질: 사물에 대한 정치생태학』, 문성재 옮김, 현실문화, 2020, 50.

20. Jane Bennett, "The Shapes of Odradek and the Edges of Perception", *Textures of the Anthropocene:* Grain, Vapor, Ray. Vol. 3: Vapor. Ed. Katrin Klingan et al. Cambridge: MIT Press, 2015, 16~17.

ecology 또한 가정oikos에서 비롯되었다). 오드라덱에 대한 읽기의 불가능성이 그것에 대한 탐구를 중단시키지는 않는다. 이처럼 도구적 연관에서 벗어난 객체(기계)에 대한 비평적 탐구를 객체 지향비평[21]으로 명명해도 무방하리라.

5. 초객체 오드라덱

이 글에서 가장 핵심적인 「가장의 근심」의 네 번째 문단을 읽어보겠다.

오드라덱은 번갈아 가며 다락이나 계단, 복도 마루에 잠깐 씩 머무른다. 이따금씩 몇 달이고 보이지 않다가, 그럴 때는 아마 다른 집들로 옮겨가 버린 모양이지만, 그래도 그런 다음 에는 틀림없이 우리 집으로 되돌아온다. 간혹 문을 나서다

· ·

21. Graham Harman, "The Well-Wrought Broken Hammer: Object-Oriented Literary Criticism", *New Literary History,* Volume 43, Number 2, Spring 2012, 203. 객체지향비평은 "문학적 객체가 [그를 둘러싼] 주변 환경이 나 겉으로 표명된 속성과 완전히 동일시될 수 없는지를 보여줌으로써 하이데거의 도구 분석에 나타난 객체와 그것의 감각적 특징 사이의 긴장을 제시할 것이다. 그것은 잘 부러진 망치의 본질을 드러낼 것이 다."

오드라덱이 마침 계단 난간에 기대 서 있는 것을 보면 말을 걸고 싶어진다. 물론 그에게 어려운 질문을 할 수는 없고, 어린아이처럼 대하는 것인데, 워낙 그의 작은 생김새부터가 그렇게 하게끔 유혹하기 때문이다. "너 대체 이름이 뭐니?"하고 묻는다. 그가 "오드라덱"이라고 한다. "그럼 어디에 사니?" "딱히 주소는 없어", 그가 대답하며 웃는다. 하지만 그의 웃음소리는 폐가 없는 것처럼 들릴 뿐이다. 그것은 오히려 낙엽들 스치는 소리처럼 들린다. 그것으로 대개 대화는 끝난다. 아무튼 이런 대답들조차도 늘 들을 수는 없으니 그는 대개 오랫동안 아무 말도 하지 않는다. 그의 모양이 그렇듯 나무토막처럼.

3장의 끝에서 오드라덱에 대한 생태학적 독해의 한 예를 잠깐 살펴보았는데, 그 독해에서 유기물과 무기물의 몽타주, 인간이 지금껏 함께 살면서도 미처 알아보지 못한 종이라고 할 만한 오드라덱은 다소 기이한weird 존재였다. 그런데 지금부터 소개하는 오드라덱은 기이하기보다 으스스한eerie 존재다. 종류가 다른 이 오드라덱은 "가뭄이나 예기치 않은 토네이도나 체르노빌 근처에서 태어난 것으로 눈에서 다리가 튀어나온 것 같은 돌연변이 잎벌레와 같은 신체적 기형"이다. 티머시 모턴에 따르면, 이러한 오드라덱은 자연과 생명에 대한 녹색의 찬양 너머, "삶속의 죽음과 죽음 속의 삶이 기거하는 납골당", "좀비, 바이로이드, 정크 DNA, 유령, 규산염, 청산가리, 방사선, 악마적인 힘, 오염된 장소"에 으스스하게 거주하는 객체이다.[22]

이러한 객체는 인간과 비교해 시공간에 광대하게 흩어진 사물, 곧 블랙홀, 대기권, 태양계 시스템, 지구상의 모든 핵물질, 아니면 그것의 구성 요소인 플루토늄이나 세슘, 스티로폼이나 플라스틱, 그리고 코로나바이러스 등처럼 인간이 직접 만들었든 그렇지 않든 어떤 다른 실체와 비교해 볼 때 그것을 초과하는 초객체hyper-object이다.[23] 여기서 카프카의 오드라덱이 초객체로 등치되는 이유는 초객체의 '끈적거림viscous', 곧 아무리 저항하려고 해도 계속 달라붙고 도무지 떨어지지 않는 특성 때문이다. 몇 달간 보이지 않아 다른 집으로 갔거니 했지만 어느새 우리 집으로 되돌아온 오드라덱. 이렇게 볼 때 우리는 코로나바이러스를 더할 나위 없는 초객체로 간주할 수 있다. 코로나바이러스는 어떻게 생겼는가. 그것은 축구화 스파이크처럼 몸통에 수십 개의 돌기가 나 있는 원통형 물질, 돌연변이적인 특징이 강한 리보핵산 단백질 덩어리인가. 그러나 우리가 보는 것은 전자 현미경으로 포착한 80~120nm의 크기의 물질을 나중에 확대해 시각화한 사진일 뿐이

· ·

22. Timothy Morton, *Hyperobjects: Philosophy and Ecology after the End of the World*, The University of Minnesota Press, 2013, 126.

23. Timothy Morton, *Hyperobjects*, 1.

다. 코로나바이러스의 시각적 특징과 그에 대한 바이오 정보가 코로나바이러스를 재현하지는 않는다. 오히려 코로나바이러스는 우리가 말하거나 호흡할 때 상대방에게 뿜어내는 비말飛沫로, 손과 얼굴, 방문과 손잡이, 옷소매와 마스크 등에 남아있을 비말의 잔여물로, 그리고 우리가 전염되거나 전염시킬 수 있는 몸의 구멍과 틈 여기저기를 드나드는 침입과 침투에 대한 두려운 상상으로 실감된다.[24]

오드라덱에 대한 이러한 암흑 생태학적인dark ecological 해석도 참으로 시의적절하고 그럴듯하다. 그렇지만 우리는 텍스트로 돌아가 세 번째 문단의 대화, 마치 어른이 아이에게 말을 걸고 아이가 어른에게 대답하는 대화에도 잠시 주목하려 한다. 이 대화는 매우 흥미롭다. 가장은 오드라덱을 자신의 집 아이들처럼 대하며, 오드라덱은 기꺼이 가장의 어린이 가운데 한 명처럼 대답한다. 객체인 오드라덱은 주체인 가장의 발화 방식과 의도를 짐작해 주체가 원하는 답변을 들려준다. 오드라덱은 근심 어린 가장을 안심시키기 위해 가장의 아이들의 화법을 모방하고 복제한다. 그리고 그때 오드라덱은 사물인 '그것'에서 인격체 '그'로 성별화된다. 오드라덱이 모방한 아이의 목소리는 분명히 남자아

24. '비말'의 신체적·사회적 의미론에 대해서는 김홍중, 「코로나19와 사회이론」, 『한국사회학』 54집, 2020, 177~181.

이의 것이리라. 가장이 죽고 난 후에 오드라덱을 마주하게 될 가장의 아이, 이미 가장이 되어버린 가장의 아이의 목소리일 것이다.

　오드라덱은 타자를 복제하고 모방하는 기계이다. 복제와 모방은 타자에 대한 복제와 모방에 머무르지 않는다. 그것은 또한 자기 자신을 복제하고 모방할 것이다. 우리는 수많은 오드라덱이 스스로를 복제하면서 자가 증식해 집집마다 현관에 웅크리고 있거나 아이와 어른의 화법을 모방하는 미래의 두려운 광경을 상상할 수 있다. 그리고 상상 속 오드라덱의 이러한 자기 증식은 아이로 위장해 방심한 적을 습격하는 SF의 어떤 전투 기계를 떠올리게 한다. 필립 K. 딕의 SF 단편 「두 번째 변종」(1954, 1995년 작 영화 〈스크리머스Screamers〉)[25]에 등장하는 날카로운 발톱이 달린 공격용 금속 구체로 '꼬마 기계'인 '발톱'은 부분적으로 오드라덱을 닮았다. 이 금속 구체는 러시아와 전쟁을 벌이는 미국에서 제조되었지만, 어느 순간부터 창발적인 자기 증식 과정으로 스스로를 복제해 여러 변종을 만들어낸다. 필립 K. 딕의 SF에서 금속 구체의 첫 번째 변종은 부상당한 군인이며, 세 번째 변종은 곰 인형을 들고 병사를 따라다니는 창백한 소년

• •

25.　필립 K. 딕, 「두 번째 변종」, 『마이너리티 리포트』, 조호근 옮김, 폴라북스, 2015.

데이비드이다. 두 번째 변종은 정체가 밝혀진 첫 번째, 세 번째 변종보다 훨씬 더 정체가 모호한 존재로 소설에서 반전을 거듭하는 플롯의 중심에 자리하고 있다. 그것들은 오드라덱처럼 인간의 어법과 지능, 모양과 성별을 모방하고 복제하면서 인간인 양 존재한다. 이 금속 구체의 창조주는 미국의 어느 군사 공장의 일군의 기술자 집단이다. 그러나 그들이 만든 피조물은 창조주의 통제를 벗어나 자가 생산을 통해 복제와 모방을 거듭하며 피아식별 없이 러시아와 미국의 군인을 무차별적으로 공격할 뿐만 아니라 다른 기계 변종들도 공격한다. 마누엘 데란다가 『지능기계 시대의 전쟁』에서 서술한 것을 참조한다면, 「두 번째 변종」의 금속 구체 '발톱'과 그 변종들은 인간의 통제 영역을 벗어나는 한편으로 인간을 결집시키는 전쟁 기계 인공지능 프로그램이나 DNA로 무한한 자기 복제와 그에 따른 창발적인 진화를 거듭하는 미래 전쟁 로봇을 닮았다.[26]

앞에서 우리는 오드라덱을 주체 없는 객체, 창조주 없는 피조물로 간주했지만 창조주가 존재한다고 해서 피조물의 정체가 반드시 더 명확해지는 것 같지는 않다. 누가 만든 것이든 그렇지 않든 간에 자신의 실체를 초과하는 객체인 초객체에 대한 정의는

• •

26. 마누엘 데란다, 『지능기계 시대의 전쟁』, 김민훈 옮김, 그린비, 2020, 215.

오드라덱과 그 변종을 사유할 때도 유용하다. 물론 오드라덱은 카프카적인 피조물의 특징과 계열 가운데에 놓고 볼 때 보다 선명하게 정체가 드러나는 객체이다. 오드라덱에 대한 어원학적 해석과는 다소 다르게 이 수수께끼 같은 피조물에 대한 강력하고도 매혹적인 애너그램 풀이가 있다.

플라톤의 우주론을 집대성한 『티마이오스』에는 "우주를 위해, 우주를 다채롭게 그려 내느라"[27] 데미우르고스가 이용한 도데카헤드론dodecahedron, 한 면이 오각형인 십이면체에 대한 중요한 언급이 나온다. 십이면체는 데미우르고스에게 우주적 상징물이자 테크네의 조화로운 산물이다. 그런데 만일 오드라덱Odradek이 도데카헤드론의 부분적인 애너그램[dodeka(ed)r(on)][28]으로, 다시 말해 오드라덱을 완전체에 대한 불완전한 모방이나 서투른 복제의 산물로 간주해보면 어떨까. 그런 경우에 오드라덱은 솜씨 없는 디자이너가 잘못 설계한 로봇 또는 "기술자 없는 테크네의 산물"[29]이 된다. 카프카의 「변신」에서 해충으로 변한 그레고르 잠자처럼, 오드라덱 또한 신의 질서와 종種의 범주에 소속되지 않은 피조물[30]이다.

27. 플라톤, 『티마이오스』, 박종현·김영균 옮김, 서광사, 2000, 155.
28. 슬라보예 지젝, 「이웃들과 그 밖의 괴물들」, 265에서 인용된 장 클로드 밀너의 해석.
29. Hillis J. Miller, "Ecotechnics", 84~88.

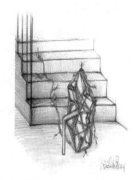

〈그림 3〉 도데카헤드론과 오드라덱

그런데 도데카헤드론과 관련해서도 매우 흥미로운 고고학적
이야기가 전해진다. 그것은 주로 2~4세기의 로마 제국의 광범위
한 지역에서 제작된 것으로 알려져 있으며 지금까지 100점이
훨씬 넘게 발견된 속 빈 청동 도데카헤드론의 형상에 대한 이야기
다. 발견된 것마다 그 생김새와 크기, 무게가 제각각 다르지만,
도데카헤드론은 면의 크기가 서로 다른 동그란 구멍이 나 있고
그 안에는 속이 텅 비어 있는 원통 모양의 청동 물체이다. 그

• •

30. 에릭 L, 샌트너, 「기적은 일어난다」, 『이웃』, 161. 거처 없는 존재
(od-adresa)로서의 오드라덱에 대해서는 Eric L, Santner, "Toward
a Science of the Flesh", *The Royal Remains: The People's Two Bodies
and the Endgames of Sovereignty*, University of Chicago Press, 2011,
83~86.

가운데 상당수가 플라톤이 묘사한 오각형 십이면체 도형이었기에 도데카헤드론으로 불렸던 것 같다. 지난 삼백 년 동안 최소한 이백 명 넘는 전문가들이 청동 도데카헤드론의 유래와 용도, 의미를 밝히기 위해 무던히도 애썼다고 한다. 이 물체는 그에 대한 우주론적인 설명이 등장했던 고대 그리스에는 왜 존재하지 않았던 것일까. 도데카헤드론의 용도는 도대체 무엇인가. 그것은 무기武器인가, 거리계나 눈금 측정기, 천문학적 측정 장치인가, 아니면 촛대 같은 장식품, 군기軍旗를 매단 싱징물, 우주적 힘의 도구, 그도 아니면 인기 있는 장난감인가. "지난 삼백 년 동안 우리는 백 개 넘는 도데카헤드론을 소유하고 있음에도 불구하고 이 수수께끼에 대한 해법에 더 가까워졌다고 말할 수 없다."[31] 오드라덱에 대한 끊임없이 미끄러지는 비평적인 해석만큼이나 청동 도데카헤드론에 대한 고고학의 해석도 지난 삼백 년 동안 나란히 미끄러져 왔던 것 같다. 창조주가 불분명한 오드라덱만큼이나 제작자가 뚜렷한 청동의 도데카헤드론도 수수께끼의 피조물이기는 마찬가지였다.

• •

31. Tibor Grüll, "The Enigma of The dodecahedron", *From Polites to Magos*, Hungarian Polis Studies, Budapest—Debrecen, 2016, 154.

6. 세계 종말의 오드라덱

「가장의 근심」에서 '가장의 근심'이 집약된 마지막 문단을 읽어보겠다.

> 무심코 나는 그가 어떻게 될 것인가를 자문한다. 대관절 그가 죽을 수 있는 걸까? 죽는 것은 모두가 그 전에 일종의 목표를, 일종의 행위를 가지며, 거기에 부대껴 마모되는 법이거늘 이것은 오드라덱의 경우에는 해당되지 않는다. 그렇다면 훗날 내 아이들과 내 아이들의 아이들의 발 앞에서도 그는 여전히 노끈을 끌며 계단을 굴러 내려갈 것이란 말인가? 그가 어느 누구에게도 해를 끼치지 않는 것은 분명하다. 그러나 내가 죽은 후까지도 그가 살아 있으리라는 생각이 나에게는 거의 고통스러운 것이다.

지금까지 살펴보았지만 오드라덱은 그에 대한 수많은 해석들, 벤야민과 아도르노에서 버틀러와 지젝, 객체지향존재론과 신유물론, 암흑 생태학에 이르는 비평과 철학, 사변과 유추의 다리 사이를 두 개의 봉과 노끈을 굴리면서 굴러다니는 기계였다. 오드라덱은 가장이 죽고, 가장의 아이가 가장이 되어 죽고, 오드라덱을 목격하고 증언하는 가장의 목소리를 듣는 우리가 죽고 나서도, 인간이 멸종되고 나서도 여전히 존재하는 어떤 것, 불멸에 대한 약속이다. 글을 시작하면서 우리는 마치 근심 가득한 가장처럼 오드라덱에 대해 질문했다. 네 이름이 뭐니, 너 어디에 사니, 너 어디서 왔니, 너는 어떤 종이니, 정체가 뭐니. 오드라덱은 대답할 것이고, 폐 없는 웃음, 낙엽이 서걱대는 웃음소리를 낼 것이다. 원작에서 낙엽gefallenen Blättern의 블래턴Blättern이 책장으로도 해석된다면,[32] 오드라덱의 웃음은 궁극적으로는 독해 불가능한 웃음이며, 오드라덱과 「가장의 근심」은 읽을 수 없는 텍스트가 될 것이다. "이 시적詩的인 작은 물체가 지닌 의미는 모든 제한적인 의미를 파기하는 것, 모든 의미 해석을 '하지 못하게 하는' 것이다."[33] 물론 그렇기도 하다. 그러나 우리는 오드라덱의 이야기를 우리가 그 안에서 이해할 수 있는 의미보다 더욱 깊은 의미를 찾기 위한 일종의 추리소설로 간주했다. 단지 우리가 이해하지 못하기 때문이 아니라 정확히 이해할 수 없기에 계속해서 읽어야 하며, 최종 해석의 과녁에서 엇나가는 추리소설로.[34] 그것은 어쩌면 비평의 물음에 대해 문학이 건네주는 경고 어린

• •

32. Hillis J. Miller, "Ecotechnics", 84에서 인용한 베르너 하마허의 해석.
33. 빌헬름 엠리히, 『프란츠 카프카』, 편영수 옮김, 지만지, 2011, 163.
34. Ian Thomas Fleishman, "The Rustle of the Anthropocene: Kafka's Odradek as Ecocritical Icon", *The Germanic Review: Literature, Culture, Theory*, 92:1, 2017, 61.

웃음이지 않을까 싶다. 피조물을 당연하게 여기는 태도를 조심하라. 그것의 창조주를 의심하라. 문학 텍스트를 당연한 것으로 여기는 태도를 조심하라. 그것의 강력한 양면성에 주목하라. 작품이 우리의 이해력에 저항할 수 있도록 최대한 허용하라.[35] 나아가 「가장의 근심」은 화자, 서술, 결말, 배경 등에 대한 문학(소설)의 규범과 그러한 규범을 그대로 따르는 비평에 대해서도 경고하는 것 같다. 예를 들면 문학으로 불러들인 객체를 주체(주인공과 작중인물)의 인식론적·정서적 범주로 환원하거나 다만 그 결과(효과)로만 기술해 왔던 사례는 얼마나 많은가. 왜 근대소설의 많은 형태는 인간의 행동과 사유, 감정을 유일한 행위자로 승격시키는 한편으로 얼마나 많은 비인간들, 객체들을 추방해 왔던가.[36]

「가장의 근심」으로 돌아와 말해보면, 이 비유담의 진정한 주인공은 믿을 수 없는 화자가 아니라 아이의 목소리를 복제하여 아이처럼 말하는 오드라덱이다. 오드라덱에 하나씩 형상을 부여하면서 구체화하는 화자의 서술은 오히려 오드라덱을 그에 대한 인지로부터 달아나게 만든다. 단편의 배경은 가장의 집과 그 주변이다. 그러나 그 배경은 오드라덱의 침입과 어슬렁거림으로

• •

35. Heather H. Yeung, *On Literary Plasticity*, 53.
36. 복도훈, 「인류세와 (한국)문학 서설」, 김태희 외, 『펜데믹 모빌리티 테크놀로지』, 앨피, 2022.

인해 왜상anamorphosis, 歪像의 전경으로 변한다. 「가장의 근심」은 이렇게 끝난다. '그러나 내가 죽은 후까지도 그가 살아 있으리라는 생각이 나에게는 거의 고통스러운 것이다.' 그런데 이것이 정말로 비유담의 끝일까. 인간의 종말 이후에도 불멸의 객체로 남을 오드라덱이 있는 한 이야기는 결코 끝나지 않는다.

코로나19 사태는 한 세계의 종말이다. 그러나 그것은 코로나와 기후 변화로 인해 인간종과 생태계에 여섯 번째 대멸종과 같은 대파국이 임박했다는 아포칼립스적인 의미는 아니다. 오드라덱은 가장이 집과 사물에 부여한 의미가 더는 통하지 않게 되었음을 가리키는 기이한 객체이다. 따라서 세계 종말은 다만 우리가 그 안에 거주하고 이해하고 살아온 세계가 끝났다는, 문학을 포함해 인간을 유일한 행위자로 간주해온 세계 이해의 방식이 끝났다는 뜻이다. '세계 종말의 비평'은 그 세계 종말의 의미를 궁리한다.

촉수: 밤의 공포보다 긴 촉수

러브크래프트와 코스믹 호러

1. 팬데믹 시대의 러브크래프트 읽기

코로나19 바이러스SARA-CoV-2로 인한 팬데믹 사태를 맞이한 지 반년이 더 지났다. WHO의 통계에 따르면 2020년 7월 31일, 공식적인 확진자 수는 1,700만 명을, 사망자는 65만 명을 넘어섰다(미국에서만 15만 명 이상의 사망자가 나왔다). 그동안 나는 이 바이러스의 정체에 대해 쓴 여러 과학 기사들을 스크립트하다가 세 가지 인상적인 정보를 읽을 수 있었다. 널리 알려진 하나는 코로나19 바이러스가 어떠한 바이러스보다 많은 변종 그룹을 갖고 있으며, 돌연변이가 적지 않다는 것이다. 엄청나게 빠른 속도로 변이하며 하나의 형상이나 단일한 모델로 확정할 수 없는 바이러스. 그것은 이 바이러스에 대한 백신 개발이

지금까지 계속 실패하거나 지연되는 이유이기도 하다. 다른 하나는 코로나19 바이러스의 스파이크 단백질이 다른 세포에 침투하고 전염시키기 용이하게 점액을 분비하는 특징을 갖고 있다는 것이다. 마지막으로 덜 알려진 세 번째 사실은 코로나19 바이러스에 의해 감염된 숙주 세포가 '필로포디아'라는 '촉수'를 뻗으면서 다른 세포까지 감염시킨다는 것이다.

이렇게 보면 코로나19 바이러스는 변화무쌍한 변이, 감염을 확대하는 점액질 단백질, 감염된 세포에서 여러 갈래로 무수히 뻗어 나오는 촉수를 생성시키는 흡사 생명체로 보인다. 그리고 이 정도라면 코로나19 바이러스에서 코스믹 호러의 작가 H. P. 러브크래프트의 촉수 크리처들creatures, 크툴루, 쇼고스, 올드 원, 아자토스 등을 떠올리기란 그리 어렵지 않을 것이다.

이쯤에서 우리의 이야기는 현실에서 비유로 넘어가려는 유혹에 빠져들 수밖에 없다. 그러나 그 전에 우리는 자신의 점액질 단백질로 감염시킨 세포에서 촉수를 뻗어대며 다른 세포로의 복제와 증식을 끝없이 거듭하는 이 기이한 존재와 몇 달 이상 동거하고 있다는 사실 또한 덧붙여야겠다. 코로나19 바이러스는 기본적으로 다른 존재로 변이, 진화하거나 자가 회복을 꾀하는 생명체의 특질을 갖고 있지 않으며, 숙주를 매개로 자가 복제를 기계처럼 되풀이하는 비생명체라고 한다. 한마디로 코로나19 바이러스는 생명체이자 비생명체의 이상한

〈그림 1〉 나노현미경으로 확대한 코로나19 바이러스.

결합물이다. 그것은 그 자체로는 매우 불안정한 RNA 구조의 비생명적 기생체이지만, 생명체인 숙주를 매개로 존재하기에 또한 생명체로 기능한다.

우리가 경험하는 바이러스와의 이상한 동거 또는 '공생sym-biosis'은 인간 생명에 예외적인 비상사태일까, 생명의 핵심에 내재한 어떤 다른 것일까. 지금은 바이러스를 연구하는 우리 시대의 첨단 과학조차 코로나19 바이러스 앞에서 이렇게 말하는 것처럼 보인다. "가장 오래되고 가장 강력한 감정은 공포이며, 그중에서도 가장 오래되고 강력한 것이 바로 미지에 대한 공포다."[1]

1. H. P. 러브크래프트, 『공포 문학의 매혹』, 홍인수 옮김, 북스피어,

러브크래프트의 '코스믹 호러'에 대한 한국 SF 작가들의
다시 쓰기rewriting/rewrite 시리즈인 『Project LC. RC』의 여덟 권의
작품을 읽다가, 그리고 러브크래프트의 소설을 새로운 사유
의 촉매제로 간주하는 일군의 철학적·비평적 흐름을 따라가
다가 촉수 달린 코로나19 바이러스에 대한 여러 기사를 접하고
들었던 어지러운 상상과 생각을 앞서 적어봤다.[2] 일단 러브크
래프트의 촉수 괴물인 크툴루, 쇼고스, 올드원, 아자토스 등은
2020년 코로나19 바이러스의 출현과 더불어 놀랄 만큼 생생하
게 꿈틀거리며 되살아나는 강력한 문학적 비유처럼 보인다.
러브크래프트가 고안한 미지의 크리처에 대한 공포는 물론
한 가지 종류의 공포는 아니다. 그 공포의 크리처들은 러브크
래프트가 생애 내내 느끼고 체감하고 상상했을 무수한 공포들

· ·
　　2012, 9.
　2. 송경아, 『우모리 하늘신발』; 김성일, 『별들의 노래』; 은림 & 박성환,
　　『뿌리 없는 별들/공감의 산맥에서』; 홍지운, 『악의와 공포의 용은 익히
　　아는 자여라』; 최재훈, 『친구의 부름』; 이수현, 『외계 신장』; 김보영,
　　『역병의 바다』; 이서영, 『낮은 곳으로 임하소서』(알마, 2020). 시리즈물
　　가운데 러브크래프트 다시 쓰기에 가장 성공한 작품인 김보영의 『역병
　　의 바다』에 대해서는 복도훈, 「러브크래프트를 넘어서는 러브크래프
　　트」, 『크로스로드』, 2020, 8. 아울러 앞의 작품들에 대한 보다 자세한
　　분석과 평가로는 복도훈, 「감염과 변이—H. P. 러브크래프트의 소설과
　　『Project LC. RC』에 대하여」, 『대중서사연구』 58호, 대중서사학회,
　　2021.

을 놀라울 만큼 기이하고도 섬뜩하리만치 물질적인 형상으로 압축한 것들이다. 개인적으로 불행했던 작가의 생애, 러브크래프트가 살았던 시기의 대공황과 뉴딜 정책으로 인한 이민자들과 새로운 사상의 유입에 따른 불안과 공포, 그의 소설의 주요 무대로 청교도의 마녀사냥과 인디언 학살이 벌어졌던 뉴잉글랜드 지방에 내려오는 핏빛 괴담들. 이러한 질료들이 러브크래프트적 공포의 형상을 창조할 혼돈의 '원시수프'를 이루었을 것이다.

몇 년 전에 러브크래프트의 소설에 대한 글을 쓴 적이 있다. 그때 나는 러브크래프트의 크리처들이 고색창연한 과거의 유물에 가까운 괴물들이며, 그의 소설에 대한 인종차별적 혐의 두기가 러브크래프트 소설의 매력을 반감시키지는 못할 것이라고 썼다.[3] 지금은 어떤가? 내 생각은 부분적으로 틀렸고, 조금은 달라졌다. 러브크래프트의 크리처가 과거의 괴물이라는 표현은 교정을 필요로 하지만, 러브크래프트 소설의 인종·성차별적인 함의에 대해서는 조금은 다른 각도로 파고들 수 있을 것도 같다.

· ·
3. 복도훈, 「'존재할 수 없는 존재'를 탐사하는 흑마술 서사」, 『SF는 공상하지 않는다』, 은행나무, 2019.

2. 사변적 러브크래프트

그러나 러브크래프트 자신이 어떠한 단일한 이미지나 관념으로 환원되지 않는 작가라는 것을 강조하고 싶다. 나는 러브크래프트에 대한 두 페미니스트의 서로 다른 반응을 예로 들겠다. 우선 도나 해러웨이에게 러브크래프트는 명백한 인종주의자에다가 성차별주의 작가로, 인류세에 대한 대안으로 해러웨이가 쑬루세Chthulucene라는 신조어를 고안할 때, 그녀는 그것이 러브크래프트의 크툴루Cthulhu에서 온 것이 아니라고 분명히 못 박는다. 이에 비해 신랄한 풍자와 기지로 기존 SF 텍스트에 내재한 (성)차별적 요소들을 핀셋으로 콕콕 집어내는 페미니스트 SF 작가이자 비평가 조애나 러스에게 러브크래프트는 이상하다 싶을 정도로 매혹의 원천을 제공하는 작가로만 언급된다.[4]

그리고 나는 러브크래프트에 대한 글을 몇 년 만에 새로 준비하면서 크툴루가 부활하듯이 러브크래프트 소설이 새로운 사변철학의 토템으로 숭배되는 장면들을 목격했다. 우선

• •

4. 도나 해러웨이, 「촉수 사유: 인류세, 자본세, 쑬루세」, 『트러블과 함께하기』, 최유미 옮김, 마농지, 2021; 조애나 러스, 「공포소설의 매혹, 러브크래프트」, 『SF는 어떻게 여자들의 놀이터가 되었나』, 나현영 옮김, 포도밭출판사, 2020.

그에 대해 소묘해 보겠다.

세상에서 가장 다행한 일이 있다면, 인간이 스스로의 정신
세계를 완전히 알 수 없다는 것인지 모른다. 끝없는 암흑의
바다 한복판, 우리는 그중에서도 무지라는 평온한 외딴섬에서
살아가고 있다. 다만 우리가 무지에서 벗어나기 위해 더 멀리
항해해야 한다는 의미는 아니다. 과학이라는 전문 영역은
지금까지 온갖 왜곡과 남용을 일삼아왔으나 아직까지 인류에
게 오싹한 위험을 알린 적이 없다. 그러나 언젠가는 제각각이
었던 지식이 통합될 것이고, 그때라면 끔찍한 전망과 더불어
소름 끼치는 현실이 그대로 드러날 것이다. 아마 우리는 그
현실에 미쳐버리거나, 진실을 외면한 채 또 다른 암흑 속에서
평화와 안정을 구할지 모른다.[5]

인용한 「크툴루의 부름」의 첫 문단 주변을 배회하는 사변적
러브크래프트가 있다. 최근에 한창 부상하고 있는 일군의 철학
적 무리들은, 러브크래프트의 코스믹 호러에 등장하는 변종
인간들처럼, 새로운 철학의 토템인 러브크래프트 주위를 돌면

· ·

5. H. P. 러브크래프트, 「크툴루의 부름」, 『러브크래프트 전집』 1, 정진영
옮김, 황금가지, 2009, 135~136.

서 춤을 추고 기이한 세계 창조의 교리와 서사를 압축한 아랍 광인의 책 『네크로노미콘』의 흑마술 주문呪文을 자신들의 철학적 문구로 번역하기를 주저하지 않는다. 사변적 실재론, 객체지향존재론, 어두운 생기론, 철학의 호러 등으로 불리는 새로운 철학적 조류에게 러브크래프트의 크리처 크툴루는 더할 나위 없는 매혹적인 사변의 대상이다. 크툴루는 신 없는 절대자 또는 인간 이전의 선조적인 것에 대한 사유를 촉발하거나, 주체와 독립된 객체의 지위를 복원하도록 돕거나, 생동하는 어두운 유기체인 지구에 대한 새로운 지질 철학적 탐구를 허용하거나, 생명에 대한 인간주의적인 이해와 범주를 재고하도록 하거나, 언제나 인간에 대한 세계였던 세계와 무관한 세계를 탐구해온 호러 장르의 철학적 쌍둥이 역할을 맡는다.

그중에서도 객체지향존재론의 철학자 그레이엄 하먼의 표현이 꽤 인상적이다. 그는 러브크래프트를 기이한 실재론weird realism의 철학자로 소개한다. 하먼에게 크툴루는 황혼에 날아오르는 미네르바를, 가상의 대학 미스캐토닉은 하이데거의 라인강과 이스터강을, 러브크래프트는 하이데거의 횔덜린을 대신하는 새로운 철학의 주인공이다.[6] 하먼의 철학적 관심에서

* *

6. Graham Harman, "On the Horror of Phenomenology: Lovecraft and Husserl", *Collapse*, Volume IV, 2008, 6. 하먼은 이 논문을 토대로 러브크래프트에 대한 책을 썼다. Graham Harman, *Weird Realism:*

크툴루는 기이한 객체weird object이다. 하먼에게 객체는 객체를 이루는 요소의 총합으로도, 객체가 인간과 사회에 행하는 바로도 환원되지 않는다. 예를 들면 코로나19 바이러스라는 객체는 인간의 과학적 지식이 그것을 이루는 요소들의 총합을 구성한다고 해서 정체가 밝혀지지 않으며, 그것이 인간과 사회에 어떠한 영향을 행사하는지에 대한 정치 사회적 고찰의 대상으로 분석해도 말끔히 이해되지 않는다.[7] 그렇다면 미지의 것에 대한 공포라는 러브크래프트의 유명한 구절은 코로나19 바이러스라는 객체가 우리에게 주는 두려움의 측면에서 새롭게 이해될 필요가 있겠다. 객체는 실증적 과학의 분해와 조합으로도, 사회 정치적 담론 투쟁의 영역으로도 환원되지 않는 어둡고, 은밀하며, 불투명하고, 한마디로 기이한 존재다. 그렇다고 그것은 현상 너머 본체를 가리키는 형이상학적인 가상도 아니다. 하먼이라면 「크툴루의 부름」의 아래 문장들을 인용하면서 기

· ·

Lovecraft and Philosophy, Zero Books, 2012.

7. 하먼과는 철학적으로 다른 입장이긴 하지만 슬라보예 지젝의 『팬데믹 패닉』(강우성 옮김, 북하우스, 2020)은 이와 관련하여 가장 흥미로우면서도 균형 잡힌 분석일 것이다. 이 책에서 코로나19 바이러스는 맹목적인 자기 복제를 거듭하는 원시적 반(半)생명체로, 삶과 죽음, 생명과 비생명의 아포리아 그 자체인 객체이다. 동시에 그것은 사회적 거리두기에서 글로벌 자본주의에 이르는 전 지구적 질서를 교란하는 사회 정치적 객체이기도 하다.

이한 객체에 대한 논의를 계속 전개해 나갔을 것이다.

요한센은 미래파라는 예술 사조를 몰랐으나, 그 도시를 묘사하는 그의 글 자체가 미래파와 아주 흡사한 것이었다. 그의 묘사는 건축물의 분명한 구조가 아니라, 거대한 모서리와 돌의 표면에 대한 광범위한 인상에만 집중되어 있기 때문이다. 지구상의 것으로 보기에는 돌의 표면이 너무도 거대했고, 섬뜩한 이미지와 상형 문자들은 너무도 불경한 것이었다. 윌콕스는 꿈속의 건축물이 전통적 유클리드 기하학에서 벗어난 비정상적인 형태여서, 우리 세계와는 다른 영역과 차원을 떠올리게 하는 섬뜩한 느낌이었다고 말했다. 바다색에 물들고 왜곡된 극성의 안개를 뚫고 비치는 햇빛이 그들의 눈에 일그러져 보였다. 그리고 처음 봤을 때는 볼록했다가 다시 보면 오목해지는, 종잡을 수 없이 교묘한 돌의 모서리마다 비틀린 위협감과 긴장이 숨어 있었다.[8]

하먼이라면 크툴루가 기거하던 고대 도시 르리예에 대해 선원들이 쓴 공포의 탐험 수기에서 '미래파' '유클리드 기하학'이라는 표현에 주목할 것이다. 인용문에 따르면 르리예라는

··
8. H. P. 러브크래프트, 「크툴루의 부름」, 171.

해저 도시와, 도시의 주거자인 크툴루는 도대체 어떻게 생겼는 지를 알 수 없으며, 단일한 이미지나 형상으로 파악할 수 없다. 그것은 미래파, 러브크래프트가 살았던 당시의 예술 사조로는 큐비즘이나 비유클리드 기하학적 대상으로 묘사될 수밖에 없다. 물론 우리는 대략 알고 있다. 크툴루는 문어 머리 주변에 촉수가 달려 있으며, 비늘로 뒤덮인 고무 형질의 몸통에는 기다란 발톱과 날개가 달린 흉측한 괴물이라고. 『Project LC. RC』의 표지 그림을 장식하는 러브크래프트의 온갖 크리처들은 2차원적으로 단순화된 대상이다. 그것은 크툴루라는 객체의 비밀에 접근하지 않는다. 이렇게 말하는 게 가능할지 모르겠지만, 크툴루는 사차원에 거주하는 그레이트 올드원이 삼차원에 나타났을 때의, 입자와 파동이 어지럽게 간섭하는 산물 또는 입자와 파동으로 나누어지는 순간의 산물에 가깝다.

하먼의 분석은 철학적이기도 하지만 그보다 문학비평적이라는 측면에서 우리의 관심을 더욱 잡아끈다. 러브크래프트의 크리처와 서식지에 대한 큐비즘적이고 비유클리드적인, 또는 몽타주적인 형상화를 러브크래프트의 소설의 구조 자체에서도 얼마간 확인할 수도 있다. 겹겹의 액자식 구성, 가상의 책에 대한 단편적인 인용과 번역, 중단에 중단을 거듭하는 미로와 같은 탐험의 스토리, 한 인물의 중단된 증언에서 다른 인물의 증언으로 바통을 불연속적으로 이어 나가다가 갑자기 종결하는 글쓰기.

그렇다면 하먼이 기이한 리얼리즘이라고 이름 붙인 러브크래프트의 소설에서 '기이한 것'의 특징은 무엇인가. 무엇보다도 기이한 것은 프로이트의 운하임리히unheimlich(섬뜩함)처럼 공포와 낯섦 등의 성질이 인간의 내부로부터 온 것이 아님을 염두에 두어야 한다. 기이한 것은 철저하게 외부 세계의 무엇이 이 친숙한 세계에 균열과 난장을 일으키며 침입하는가의 여부와 관련이 있다.[9] 따라서 러브크래프트의 크리처에 대한 형상화만큼이나 그에 대해 느끼는 양가적 공포와 혐오의 정서를 순전히 주체 내적인 것으로 환원시키지 않도록 유의할 필요가 있다. 예를 들면 러브크래프트의 공포를 인종·성차별주의와 재빨리 등치시키는 것은 러브크래프트 소설의 기이함의 외부성을 내부적인 것으로 성급히 치환하는 일이다. 하먼의 개념을 빌리면, 그러한 치환은 객체의 기이함을 보다 상위의 담론적인 효과로 환원하는 것이다. 러브크래프트적 크리처의 외부성에 대한 고려는, 앞으로 살펴보겠지만, 러브크래프트 다시 쓰기에 걸린 중요한 내기이자 걸림돌이다.[10]

..

9. 마크 피셔, 『기이한 것과 으스스한 것』, 안현주 옮김, 구픽, 2019, 28.

10. 러브크래프트는 진정한 위어드 픽션에 대한 판별법을 제시했다. "독자에게 심원한 공포를 불러일으키는지, 미지의 장소 내지는 힘과

3. 매혹과 공포의 양가성

그럼에도 러브크래프트의 '코스믹 호러'에서 공포의 어떤 측면은 분명히 역사적이다. 특히 인종과 성, 사회주의 등에 대한 러브크래프트의 공포는 그의 수많은 소설에서 어렵지 않게 발견할 수 있다. 러브크래프트의 위어드 픽션의 후예들은 러브크래프트적인 코스믹 호러의 핵심을 보존하는 동시에 그의 작품에 내재된 차별적 요소를 극복하는 과제에 골몰했는데, 그 주요한 성과는 국내에 출판된 작품들에서도 어느 정도 일별할 수 있다. 가공의 도시 '뉴크로부존'을 무대로 한 차이나 미에빌의 SF 판타지 연작인『바스라그 연대기』, 환경 오염으로 생긴 기이한 X구역을 탐사하는 제프 벤더미어의 '서던 리치' 3부작인『소멸의 땅』,『경계 기관』,『빛의 세계』(영화로는 〈서던 리치〉) 그리고 특히 1920년대의 뉴욕 할렘을 무대로 한 빅터 라발의『블랙 톰의 발라드』등이 그러한 작품들이다. 앞서

접촉하는지, 우리가 아는 우주 가장 외곽에서 온 존재와 외계의 형상이 벽을 긁어대거나 검은 날개를 퍼덕이는 소리를 경외 어린 심정으로 듣는 듯한 묘한 자세가 느껴지는지를 확인하면 된다." H. P. 러브크래프트,『공포 문학의 매혹』, 15.

언급했지만, 한국의 SF 작가들 또한 러브크래프트 다시 쓰기에 도전했으니, 『Project LC. RC』의 타이틀 아래 출간된 여덟 권의 소설과 만화는 다양한 방식으로 '러브크래프트 안의 러브크래프트'를 극복하고자 한 작품들로 소개할 수 있다.

앞서 공생에 대해 잠시 언급했지만, 공생은 다만 두 생명체가 그저 사이좋게 이웃하고 동거하고 있는 현상을 지칭하지는 않는다. 그것은 숙주와 기생, 존재와 비존재, 적과 동지, 생명과 질병, 사랑과 혐오 등의 모순적 공존을 뜻한다. 그리고 공생의 비유를 참조해 나는 다시 쓰기를 다음과 같이 정의 내리고 싶다. 다시 쓰기는 기존의 작품(정전)에 대한 비판적 해석이자 창조라는 점을 다만 확인하고 자족하는 데서 그치는 수정주의적 교정이 아니라, 비평과 창작의 불길한 공생을 예감하고 서로를 의식하며 쉬이 화해시키지 않으려는 글쓰기라고. 그렇다면 러브크래프트의 소설에 내재된, 때로는 은밀하고 때로는 명시적인 인종·성차별주의 또한 그의 '미지의 것에 대한 공포'의 중추적인 요소임을 얼마간 인정해야 한다. 따라서 러브크래프트 다시 쓰기는 한층 더 어려운 과제일 수밖에 없다.

적어도 내가 읽은 러브크래프트적 공포의 핵심은 세 가지, 즉 인식, 정서, 재현에 있어 보인다. 첫째, 그것은 인간 존재가 이 지구 행성에서 플라톤이 말한 것처럼 이데아가 없는 '머리카락과 진흙, 먼지'만큼이나 보잘것없는 피조물에 불과함을 인식하게 만드는 인식론적·존재론적 공포다. 둘째, 그 공포는 다만 미지의 존재에 대한 혐오를 구성 성분으로 하는 것이 아니라 그 존재에 대한 당혹스러운 매혹에도 빠져드는, 혐오와 매혹이 공존하는 정서적 공포다. 셋째, 러브크래프트의 공포는 형이상학적이고 비가시적인 것이 아니라 물질주의적이며 형상적인 공포다. 그리고 이 세 가지 공포의 층위를 관통하는 것은 매혹이다.

러브크래프트의 소설들을 읽을 때 우리가 우선적으로 느끼는 감각은 공포나 혐오, 두려움이 아니다. 그것은 매혹이다. 공포와 혐오, 두려움 그리고 매혹까지, 소설의 화자나 주인공이 몸소 겪는 체험의 산물이다. 그들이 미지의 대상을 탐사하고 발굴하고 마주치고 묘사하는 일련의 서사적 과정이 독자에게 매혹을 선사하며 또 증대시킨다. 러브크래프트 소설에서 매혹은 텍스트를 읽는 독자와 텍스트를 구성하는 주인공의 층위에 다양하게 걸쳐 있다. 그렇다면 러브크래프트의 후세대 독자와 작가들이 지적하는 소설 속에 재현된 혐오의 정서와 재현은 다만 주인공이 미지의 대상에게 느끼는 공포의 차원에만 들러붙어 있는 것일까. 다른 말로 러브크래프트의 매혹에 혐오의 정서가 부착되지 않았다고 할 수 있을까. 만일 그렇다고 한다면 어찌해야 할 것인가.

여기서 러브크래프트를 읽는 후세대 독자와 작가의 태도가 나누어질 것도 같다. 적어도 러브크래프트 소설에서 인종·성차별적 요소가 없다고 강변할 독자와 작가는 그가 살았던 시대보다는 그리 많지는 않을 것이다. 그보다 그의 인종·성차별적 요소가 소설 미학의 핵심을 이루느냐 그에 부차적이냐 하는 문제를 두고 논의의 여지는 있을 것이다. 누군가는 러브크래프트의 소설을 매혹적임에도 불구하고 거절할 것이고, 다른 누군가는 러브크래프트 소설의 혐오적인 차원에도 불구하고 그를 읽어 낼 것이다. 사실 순전하게 누릴 즐거움, 기꺼이 빠져들 만한 매혹이란 슬프게도 별로 많지 않다. 전자는 러브크래프트 소설의 매혹이라고 불렸던 것의 정체가 차별적 혐오라고 생각하고 그를 거절할 것이며, 후자는 러브크래프트 소설의 혐오적이고도 차별적인 요소를 수정함으로써 러브크래프트를 비판적으로 계승하려고 할 것이다. 어느 쪽에서도 다시 쓰기는 가능할 것이다. 러브크래프트 소설의 매혹의 정체가 혐오임을 드러내거나, 러브크래프트 소설의 혐오를 다른 정서(매혹이나 공감)로 대체하고 상대화하거나. 그러나 둘 다 러브크래프트의 서사적 공학을 재배치하려는 시도 없이는 불가능할 것이고, 그러한 시도를 실행하는 작가의 재주와 공력에 따라 그 성공 여부는 나중에 갈릴 것이다.

우선 명확히 짚고 넘어가야 할 것은 다른 어느 작가보다 왜 러브크래프트가 다시 쓰기를 더욱 유도하는 작가인가라는 질문이다. 그의 작품이 매혹적이지만 차별적인 요소가 있기 때문에? 그것은 답이 되지 않는다. 매혹과 혐오가 동시에 텍스트에 내재하는 작가들은 한둘이 아니기 때문에. 그렇다면 그가 정전canon의 위치에 있는 작가이기에? 정전에 대한 다시 쓰기, 예를 들면 『로빈슨 크루소』에 대한 반식민주의적 다시 쓰기의 성공적인 사례로 미셸 투르니에의 『방드르디, 태평양의 끝』(1967)과 존 쿳시의 『포』(1986)가 있다. 그러나 모든 정전이 다시 쓰기를 반드시 요청하는 것도 아니다.

생각해 보면 러브크래프트만큼 그의 생전부터 다시 쓰기와 그 계열의 모방작, 합작 등을 위어드 픽션이라는 통칭으로 숱하게 이끌어 낸 작가도 달리 없다. 러브크래프트와 교류했던 로버트 E. 하워드, 클라크 애슈턴 스미스, 앨저넌 블랙우드, 아서 매켄 등의 코스믹 호러가 그 사례일 것이다. 그리고 지금도 러브크래프트의 코스믹 호러는 그의 우주적 무관심주의를 이어받은 토머스 리고티(『인간종에 대한 음모』), 이란의 정치적 현실과 우주적 사변을 연결 짓는 공포 작가이자 철학자인 레자 네가레스타니(『사이클로노피디아』)와 같은 중요한 후계자들을 낳고 있다.

하먼의 작업을 참조한 비평가 마크 피셔가 한 말이 중요한 단서가 될 것 같다. 그는 러브크래프트를 자신의 작품에 권위적인 지배를 행사하는 창조주가 아닌 "독립적인 존재들, 캐릭터들, 공식들의 창안자"로 간주한다.[11] 그 예로 러브크래프트가 고안한 『네크로노미콘』은 러브크래프트의 소설에서 부분적인 인용, 삭제된 여백 등으로만 존재하는 책이다. 러브크래프트의 소설 또한 『네크로노미콘』의 한 문장, 문단의 인용이자 그것의 창조적 변용인 셈이다. 그리하여 그의 소설은, 가상의 책과 책이 소장되어 있는 도서관을 제시함으로 인해, 독자들이 그 기이한 세계를 더욱더 실제인 것처럼 믿고 참여한다는 느낌을 부여한다. 『네크로노미콘』처럼 파편과 인용 등으로 인해 열린 틈은 그의 소설에 대한 다른 작가들의 창조적 개입과 함께 쓰기를 개방하고 유도하는 공간으로 기능하는 것이다. '저자의 죽음'(롤랑 바르트)에 진정 어울리는 작가는 어쩌면 러브크래프트일지도 모르겠다.

4. 다시 쓰기에 걸린 내기

우선 러브크래프트 소설의 인종차별주의에 대한 다시 쓰기의 사례를 잠깐 살펴보도록 하자. 빅터 라발의 『블랙 톰의

• •

11. 마크 피셔, 『기이한 것과 으스스한 것』, 37.

발라드』에는 '엇갈리는 심경으로 H. P. 러브크래프트에게 바친다'라는 작가의 말이 소설의 본문 앞에 실려 있다. 이 소설은 러브크래프트의 소설을 읽으면서 젊은 날을 보낸 흑인 작가가 '눈이 째진' 동양인, 흑인 부랑자, 아랍인 선원, 혼혈 이주민 등에 대한 러브크래프트의 인종차별주의가 노골적으로 드러난 「레드 훅의 공포」를 재치 있게 비틀면서 다시 쓴 작품이다.

『블랙 톰의 발라드』는 「레드 훅의 공포」에서 주인공으로 등장한 뉴욕의 형사 말론과 다른 형사에 의해 아버지가 살해된 흑인 소년 찰스 토머스 테스터가 훗날 백인 경찰 등에게 복수를 행하고 피에 젖은 기타로 미래의 공포를 연주하는 성숙한 청년 '블랙 톰'이 된다는 이야기다. 톰이 말론 형사에게 속삭인 "내가 언젠가 마귀 같은 네놈들 머리 위로 크툴루를 불러내 주마"[12]에서 엿보이는 것처럼, 크툴루는 백인 지배에 대한 복수의 괴물로 재전유된다(그러나 크툴루는 등장하지 않는다).

『블랙 톰의 발라드』는 1920년대 뉴욕 흑인들의 대항 문화적 특징(재즈, 슈프림 알파벳 등)에 대해 꽤 인상적으로 묘사하며, 아버지를 백인 경찰에게 잃은 소년이 느끼는 절망과 분노를 시종 담담한 필치로 그려낸다. 그러나 이 소설에는 러브크래프트적 공포의 기이한 대상에 대한 병적인 집착에서 오는 매혹의

· ·

12. 빅터 라발, 『블랙 톰의 발라드』, 이동현 옮김, 황금가지, 2019, 176.

요소가 결정적으로 빠져 있다. 「레드 훅의 공포」에서 이민자들의 수령인 네덜란드 출신의 노인 수뎀의 야간 흑마술 집회는 『블랙 톰의 발라드』에서 대항 문화적인 방식으로 재현되지만, 그것은 러브크래프트 소설에서 보이는 초현실적 광란과 입체파적(큐비즘적) 재현 방식보다는 아무래도 한 수 아래라는 생각이 든다. 원작 소설에서 이교도들의 원시적 집회에서 보이는 야생성은 빅터 라발의 작품에서는 조숙하고 차분하며 이지적인 주인공을 묘사하는 문체 바깥으로 밀려난다.

물론 이보다 더 안이한 방식의, 그리하여 가장 흔하게 수행되는 수정주의적 다시 쓰기도 있을 것이다. 나는 지금부터 다소 포괄적으로 『Project LC. RC』 시리즈가 시도한 러브크래프트 다시 쓰기의 가능성과 한계, 장단점에 관해 이야기해보고자 한다. 우선 러브크래프트에 대한 수정주의적 다시 쓰기 가운데 하나로, 러브크래프트 소설에 재현된 혐오의 정서를 다른 정서(공감이나 배려)로 단순히 대체하는 일을 서사적 과업으로 삼는 다시 쓰기의 사례를 잠시 살펴보자. 그러한 다시 쓰기는 러브크래프트 소설의 주인공을 다만 남성에서 여성, 소수자, 비백인으로 대체하는 것과 쌍을 이룬다. 그러나 이러한 다시 쓰기는 러브크래프트 소설이 독자에게 선사하는 매혹의 원천과 기꺼이 대면한 결과로 보이진 않는다. 이러한 수정주의적인 작품들을 읽을 때 흔히 체감되는 맥 빠짐과 활력 없음은 그

때문일 것이다.

러브크래프트적 공포의 매혹의 원천 대신에 그에게 없는 서사적 특징을 러브크래프트 다시 쓰기에 주입하는 경우도 있다. 러브크래프트의 어떤 소설에서도 유머 등을 만나기는 쉽지 않지만, 그것이 러브크래프트 소설의 결점은 아니다. 아기 공룡 둘리가 영구 동토층에서 깨어난 러브크래프트적 피조물일지도 모른다는 가정은 만화 〈신비아파트〉에 등장하는 촉수 괴물이야말로 러브크래프트적 공포의 한국판이라고 말하는 것과 다르지 않다. 러브크래프트에게 없는 것이 그에게 결여된 것은 아니리라.

세 번째 방법도 있다. 만일 러브크래프트를 특정한 역사적·지정학적 맥락에 새로이 위치시키거나 그가 창조한 서사적 시공간에 직접 개입하는 방식의 다시 쓰기는 어떠할까. 그렇지만 소설적 소재를 단순히 대체하거나 외적 요소를 주입하기보다는 얼핏 나아 보이는 서사적 개입의 시도 또한 러브크래프트 소설의 매혹적 원천에 대한 깊은 이해와 천착 없이는 그저 단순한 비틀기가 될 공산이 크다. 앞서도 말했지만, 러브크래프트 소설에서 많은 독자가 기꺼이 매혹될 준비가 된 대상은 당연히 무수히 많은 명칭과 형상으로 등장하는 그의 크리처들이다. 러브크래프트의 크리처들이 주는 매력은, 밀도 있게 묘사됨에도 불구하고 그것들의 정체를 딱히 특정한 정서나 의미로쉬이 환원할 수 없다는 데서 온다. 러브크래프트의 크리처들과 거주지에 대한 소설의 묘사는 하나의 단일한 이미지로 결코 환수되지 않는다. 마찬가지로 러브크래프트 소설의 공포도 다른 정서로 쉽사리 환원되지 않는 측면이 있다.

물론 한국적인 현실의 맥락, 예를 들면 젊은 노동자 여성이 자신의 몸과 직장, 친밀한 관계에서 일어나며 느끼는 공포를 혐오로 치환해 러브크래프트적 공포를 비트는 글쓰기도 가능할 것이다. 아니면 러브크래프트의 혐오스러운 동물적인 크리처 대신에 식물적인 크리처를 창조하는 것도 하나의 방법이겠다. 그러한 경우 관건은 공포나 혐오의 정서를 그에 상응하는 물질적인 이미지로 얼마만큼 밀도 있게 제시할 수 있는가 하는 것이며, 만일 이러한 시도가 성공적이라면 그것은 러브크래프트를 염두에 두면서도 그와는 상이한 고딕적인 공포의 서사를 새롭게 여는 작업이 될 것이다. 다시 쓰기에 필수적인 재맥락화의 성공 여부를 예단하기란 쉽지 않지만, 그 정도와 노력만큼은 평가할 수 있겠다.

5. 밤의 공포보다 긴 촉수

우리는 전 지구적 팬데믹, 중국과 일본의 대홍수에서 호주의 산불, 남북극의 영구 동토 층의 해빙 등에 이르는 일련의 기후 변화의 사건들, 우리의 시공간적 지각과 인식을 단번에 뛰어넘어서는 사건들의 소용돌이 속에 놓여 있음을 그 어느 때보다 실감하고 있다. 누군가 비관적으로 말한 것처럼, 이제 우리는 기후 변화에 대해 논의하지 않는다. 우리는 기후 변화 안에서 기후 변화를 이야기하는 중이다. 낭만주의에서 모더니즘 미학까지 높은 지위를 누린 칸트의 숭고는 무시무시한 허리케인과 화산 폭발에도 불구하고 그것을 바라보는 안전한 거리 덕분에 궁극적으로 우리 내면의 역량으로 직결될 수 있었다. 이제 기후 변화 속에서 칸트적 숭고의 조건이었던 안전한 거리는 소멸되었다. 그리고 우리는 마치 러브크래프트 소설의 공포에 들린 화자처럼, 시공간의 선험적 범주를 구부리고 난입하는 온갖 초객체들hyperobjects, 미세먼지와 플라스틱, 플루토늄의 빗방울, 팬데믹 속에서 살고 있다. 우리가 맞닥뜨릴 기후 실존적climate-existential 감정이 있다면, 그것은 숭고가 아니라 공포다. 그러나 그것은 우리의 상상과 감관을 마비시키는 공포가 아니며, 공격적인 혐오로 뒤바뀌는 공포도 아니다. 비록 그 공포는 우리를 한없이 위축시키고 한동안 무기력에 젖어 들도록 하겠지만, 동시에 인간종의 조건을 재고하고 다른 종과의 공생의 의미에 천착하도록 이끄는 감정일 수도 있다.

2020년에 닥친 팬데믹은 엄연히 기후 변화의 산물이다. 그것은 우리가 이 지구 행성에서 어느 곳에 서 있는 주체이자 객체인지를, 어떻게 다른 종을 멸종시키면서 저 홀로 외로운 종이 되었는지를, 또 어떠한 과거 및 미래와 기이한 연관을 맺을지를 돌이켜보게 만든다. 그리고 앞으로 어떠한 문학과 상상력이 필요한지를 요청하도록 한다.

러브크래프트의 소설을 읽는 밤이 있다. 그것은 이계異界로 변해버린 세계에 대한 공포를 향유한 다음 편히 잠들 수 있는 밤이 아니다. 역사는 깨어나고 싶은 악몽이라는 말은 여전히 진실이다. 그러나 크툴루에게서 뻗어 나오는 촉수들은 악몽으로 몸부림치는 밤보다 우리를 더 길고도 촘촘히 휘감을 것이다.

꼭두각시: "생육하지 말고 너희 이후로 땅을 고요하게 하라!"

토머스 리고티의 『인간종에 대한 음모: 공포라는 발명품』

1. "진화에서 발생한 비극적 착오"

미국의 케이블 텔레비전 방송사 HBO에서 상영한 화제작 〈트루 디텍티브〉 시즌 1(2014)은 미국의 남부 루이지애나주의 소도시 인근에서 일어난 여성 연쇄 살인과 아동 납치 사건을 수사하는 두 열혈 형사의 이야기다. 검은 연기가 끝없이 솟아오르는 공장 지대와 그 옆에 펼쳐진 으스스한 늪지, 허리케인으로 부서진 교회와 폐허가 된 마을, 값싼 마약이나 이동 천막 교회의 신앙에 기대어 사는 병들고 가난한 사람들, 그리고 어디론가 사라진 후 실종되거나 시체로 발견되는 창부와 아이들. 느와르 탐정 서사에 H. P. 러브크래프트의 공포소설 분위기를 담은 〈트루 디텍티브〉 시즌 1은 이 세상과 삶이 도무지 수습 불가능할 정도로 처음부터 잘못되었다는 음울한 비관주의를 바이러스처럼 발산한다. 그리고 드라마의 비관적인 리얼리티는 찌든 담배 연기처럼 비관과 냉소가 몸에 밴 주인공 형사의 독백에서 초현실적인 분위기마저 띠게 된다. "여긴 입속까지 텁텁해. 알루미늄과 재… 마치 심령계에 들어온 것 같은 냄새가 난단 말이야."(〈트루 디텍티브〉 1:1)

형사 러스트 콜(매튜 맥커너히 분)이 동료 형사 마티 하트(우디 해럴슨 분)에게 차 안에서 독백 조로 한 말이다. 함께 살인 사건을 맡은 괴짜 동료에게서 이런 말을 느닷없이, 또 거듭해서 듣게 된다면 어떨까. "내가 생각할 때 인간의 의식이란 건 말이야, 진화에서 발생한 비극적인 착오였어. 불필요한 지경까지 스스로를 의식하게 된 거 말이야. 자연이 자신으로부터 고립된 본성을 인간에게 심어주다니. 자연법칙에 의거해 볼 때 인간이란 결코 존재해서는 안 될 피조물인 셈이지."(〈트루 디텍티브〉 1:1) 이어지는 러스트 콜의 철학적인 대사는 몇몇 호기심 어린 철학자, 그리고 '황의黃衣를 입은 왕'이라는 공포의 엠블럼[1]을 이용한 살인 사건 모티프에 매혹된 공포물과 탐정물

1. 동명의 희곡 「황의를 입은 왕」을 읽는 독자가 서서히 미쳐 죽어간다는 이 소설은 러브크래프트의 크툴루 신화 창작에 영향을 미쳤다. 이 단편은 최근에 다시 번역되었다. 로버트 W. 체임버스, 『황의를 입은 왕』, 정진영 옮김, 아라한, 2023.

마니아 모두를 사로잡았다. 다만 철학자연(然)하는 괴짜 형사가 등장해서가 아니라, 그의 대사가 드라마의 침울한 분위기와 적실히 맞아 떨어졌던 것이다. 또 브라운 신부로 유명한 탐정소설가 G. K. 체스터턴을 잇고 있는 철학자 탐정이 오래간만에 등장한 게 아닌가.

〈그림 1〉 〈트루 디텍티브〉 1에 등장하는 황의의 옷 엠블렘

그런데 러스트 콜의 대사는 드라마의 제작자이자 작가, 프로듀서였던 닉 파졸라토가 지어낸 것이 아니라 어떤 책의 내용 일부를 저자와 출판사의 허락을 받지 않고 변형해 집어넣은 것이었으며, 소수의 애독자 그룹이 이 사실을 밝혀냈다. 문제의 이 책이 바로 '공포라는 발명품'이라는 부제를 담고 있고, 러브크래프트의 후예로 간주되는 미국의 공포소설가 토머스 리고

티의 철학에세이 『인간종에 대한 음모』(이하, 『음모』)이다. 『음모』는 에드거 앨런 포에서 러브크래프트에 이르는 초자연적 공포소설을 창작과 비평의 양 날개로 읽어내는 한편으로, 쇼펜하우어를 비롯하여 비관주의와 반출생주의 조상의 잊힌 무덤을 구울ghoul처럼 파헤치며, 인지 신경과학 이론, 공포관리 이론, 트랜스휴머니즘, 불교와 명상 등에 이르기까지 다양한 분야를 박식하게 종횡무진하는데, 그에 대한 논평은 흉내조차 낼 수 없는 심오한 독설과 아이러니로 가득하다.

그리고 무엇보다도 『음모』에는 지난 수십 년간 공포소설 작가로 언데드와 꼭두각시와 같은 유사 인간에 대한 음울하면서도 형이상학적인 탐구를 계속해온 작가의 문제의식이 녹아 있다. 리고티가 밝힌 것처럼, 『음모』는 리고티 자신이 오래전에 쓴 두 편의 소설에서 잉태되었다. 단편 「그 그림자, 그 어둠」에 등장하는 한 철학자는 「인간종에 대한 음모에 관한 연구」라는 논문을 끝내 쓰지 못한다. 작가의 첫 단편 「할리퀸의 마지막 축제」는, 『음모』의 반출생주의를 예고하듯이, 태어나지 않은 자들을 숭배하는 마을의 비밀 집회를 묘사했다. 오래전에 잠들었던 꼭두각시가 깨어나 드디어 살아 움직이듯이 허구가 현실로 서서히 걸어 나왔다고나 할까. 그리하여 『음모』는 "네 엄마 아빠 아니었으면 넌 태어나지 못했을 거니까"라는 친구의 말에서 비존재에 대한 질문을 던진 유년기의 일화로부터 출발해 비존재의 무덤으로 미리 들어가 관 뚜껑을 닫고 누워서 도대체 "무슨 삶이 이래"라는 투덜거림으로 끝나는 자전적인 사변 소설처럼 읽히기도 한다.

2. "우리 피부 속 해골"

보통 낙관주의와 비관주의는 컵에 절반 담긴 물로 비유된다. 낙관주의자와 달리 비관주의자는 물이 절반밖에 남지 않았다고 한탄한다. 그리고 사람들은 비관주의자의 부정보다 낙관주의자의 긍정을 우위에 둔다. 비관주의자는 세상과 자신에 대해 투덜대는 족속에 불과할 따름이다. 비관주의자에 대한 통상적인 견해는 대체로 여기서 멈춘다. 더 나아간다고 해도 물컵의 비유는 낙관주의와 비관주의를 세상에 대한 해석의 차이로 간주한다. 긍정 일변도의 세상에서 비관주의는 바로 그 이름으로 인해 비난받지만, 대체로는 세 가지 그럴듯한 이유로 비난받는다. 첫째, 비관주의는 자신이 부정하는 세상에 존재하면서 그런 주장을 한다는 이유로 비난받는다. "인간이 택할 수 있는 명예로운 선택이 있다면… 생식 과정을 중단하여, 손에 손을 잡고 멸종 과정으로 들어가 마지막 날 한밤중에 형제자매 모두 모여 자연의 불공정한 대우로부터 벗어나는 선택을 하는 거야."(〈트루 디텍티브〉 1:1) 러스트 콜이 말하자 마티 하트가 반문한다. "그렇다면 계속 누워 있다가 죽지. 아침엔 뭐 하러 기어 나온 건데?" 둘째, 비관주의는 낙관주의가 없으면 자신을 강변할 수가 없다. 낙관주의와 달리 긍정은 부정을 필요로 하지 않지만, 부정은 긍정에 기생한다는 것이다. 셋째, 비관주의는 세상을 세상에 대한 견해와 혼동한다. 백번을 양보하더라도 세상은 반쯤 남은 물과도 같아서 부정도 긍정도 할 수 없다면, 그걸 긍정하는 게 차라리 이롭지 않겠는가.

그런데 리고티는 낙관주의자를 향해 컵의 물이 반쯤이나 남아 있지 않느냐고 반문한다. 그리고 당신이 상상하는 최악은 아직 도래하지도 않았는데 벌써부터 탄식하면 곤란하지 않겠느냐고 비관주의자를 바라보면서 덧붙인다. 이렇게 낙관주의자와 비관주의자 모두를 불러 모은 다음, 이 물이 처음부터 삼중수소, 세슘과 스트론튬이 침전된 오염수였음을 하나씩 폭로한다. 인간의 의식은 생겨났을 때부터 경이로움이 아니라 공포였고, 공포에 대한 방어기제로 핵을 제조하는 문명을 만들었으며, 그 문명이란 얼마만큼 인간 삶과 세상을 돌이킬 수 없도록 엉망진창으로 만들어놨는지를, 그리하여 이 모든 원흉인 인간은 가능한 한 빨리 멸종되어야만 하고, 그럴 수 없더라도 "생육하지 말고 너희 이후로 땅이 고요케 하라"고 명령한다. 리고티는 때론 형이상학적인 우울을 담은 독백과 때론 아찔한 교수대 유머로 인간과 그가 만든 세상이 "악성으로 쓸모없는 Malignantly useless" 것임을 주장한다. 그것은 세상과 자신에 대한 있을 수 있는 하나의 견해가 아니라 독자에게 "불신을 유예해 달라고" 거듭 촉구하면서 분출되는 유일무이한 주장이다. 『음모』는, 일관되고도 집요하게, '살아있는 것은 괜찮은 일'이라는 벽돌로 쌓은 낙관주의적인 여리고성城을 무너뜨리는 데 비관주의의 음울한 나팔소리를 총동원한다.

『음모』는 자연스럽게 우주적 비관주의와 반출생주의의 금 자탑인 쇼펜하우어의 『의지와 표상으로서의 세계』를 연상시킨다. 쇼펜하우어의 책과 마찬가지로 『음모』 또한 비관주의에 대한 책인 동시에 비관적인 책이다. 삶을 긍정하는 온갖 종류의 책들의 홍수 속에서 비관주의에 대한 책도 드물지만 없지는 않다. 그것은 개론서로 소개될 수도 있고, 삶과 세계의 비극성에 대한 남다른 통찰력을 선보일 수도 있다. 비관주의는 때론 정신분석적이거나 페미니즘적이거나 마르크스주의적인 얼굴을 띨 수도 있다.[2] 어떤 비관주의는 신의 죽음 이후의 인간의 운명이나 향방과 관련된 세속적인 지혜와도 잘 어울린다. 그런 책들은 결말에 이르러 삶의 목표와 방향을 새롭게 설정하는

. .

2. 마르크스주의에서 세속적 지혜의 한 방편으로 비관주의를 옹호한 사례로는 테리 이글턴, 『낙관하지 않는 희망』, 김성균 옮김, 우물이있는 집, 2016.

쪽으로 선회하는 경우가 적지 않을 것이다. 그러나 비관주의에 대한 책이면서 비관적인 책은 드문 가운데서도 드물다. "모든 노력은 실패할 운명이고, 모든 계획은 불완전할 운명이며, 모든 사유는 사유하지 않을 운명이고, 모든 삶은 살지 못할 운명이다."[3] 이러한 비관주의는 비관주의의 나팔소리를 스스로 막아버리고, 막 쌓아 올린 사유의 탑을 허물어버리며, 올라간 지붕을 부수고 사다리에 매달린다. 그것은 자신이 발견한 것에 유레카 대신 비명을 지르는 비관주의이다.

쇼펜하우어는 칸트의 현상과 본체(물자체)를 각각 표상과 의지로 재해석하고 비판하면서 세계는 표상과 그 배후(너머)의 접근 불가능한 X로 잘라 나누어진 것이 아니라고 말했다. 쇼펜하우어는, 그 자신의 표현을 빌리면, '인간에 대한 세계'인 표상의 섬이 비인간적이고 맹목적이고 파괴적인 충동과 의지의 망망대해 위에서 얼마만큼 위태롭게 출렁이고 있는 것인지를 역설했다. 『인간종의 음모』는 러브크래프트의 공포소설에 대한 탁월한 비평이라고 해도 좋은 책이다. 쇼펜하우어처럼 러브크래프트도 단편 「크툴루의 부름」에서 우리의 잘난 체하는 과학과 우쭐대는 지식이 얼마만큼 무지의 거대한 대양 한가

● ●

3. Eugene Thacker, *Infinite Resignation: On Pessimism*, Repeater Books, 2018, 4.

운데의 배처럼 초라하게 떠다니고 있는지를, 그리고 대양의 밑바닥에는 인간의 탄생 이전부터 존재해 왔으며 표류하는 인간의 운명에 절대적으로 무심한 초차원적인 존재자가 여전히 거주하고 있는지를 상상했다. 이것이 인간이 발견한 공포이며, 이러한 공포는 인간의 의식이 자신과 세상을 향해 갑자기 비명을 지르면서 홀연히 마주하게 된 참담한 진실이다. 그러니까 과학을 발명하고, 문명을 일구고, 자연을 정복하고, 다른 피조물의 지배자로 군림하게 된 것은 자연의 돌연변이인 인간의 의식 덕택이지만, 그는 의식 때문에 자신을 둘러싼 세계가 얼마만큼 위협적이고, 파괴적이며, 또한 인간의 운명에 궁극적으로 무관심한 존재인지를 알게 되었다. 돌연변이적 진화의 결과인 인간의 의식은 공포를 발견했지만, 다시금 공포를 억누르기 위한 음모plot를 고안해 낸다(플롯의 다른 뜻이 음모임을 염두에 둔다면 인간이 고안한 최초의 서사는 공포 서사라고 할 수 있다). 의식이란 자신의 자아가 마치 허상처럼 달빛에 위태롭게 흔들거리는 끝없이 밑 빠진 우물이고, 그 아래로 한없이 낙하하는 공허이다. 철학자와 소설가가 발견한 것은 모두 공포였다.

인간과 인간의 의식은 자아 대신에 우물에 비친 "우리 피부 속 해골이 냉소하며 우리를 마주 보는" 공포로 가득 찬 상황에 직면하지 않기 위해 모종의 음모 또는 방어기제를 고안해 낸다.

의식의 이러한 이중구속적인 진실이 쇼펜하우어와 러브크래프트 못지않게 『음모』에 등장하는 지적 영웅인 페테르 베셀 삽페(1899~1990)가 「마지막 메시아」(1933)라는, 열 쪽도 채 되지 않는 에세이에서 밝혀낸 것이었다. 소포클레스는 그가 죽던 아흔 살에 쓴 비극 「콜로노스의 오이디푸스」에서 이렇게 말했다. "태어나지 않는 것이 더할 나위 없이 좋은 일이지만, 일단 태어났으면 되도록 빨리 왔던 곳으로 가는 것이 다음으로 가장 좋은 일이라오." 아흔 살까지 산 사람의 말치고는 다소 고약하게 들린다. 소포클레스보다 한 살 더 살다 간 노르웨이의 산악인이자 반출생주의 철학자인 삽페는 묵시록적인 우화 에세이 「마지막 메시아」에서 의식의 공포, 공포의 의식에 대항하는 의식의 네 가지 방어기제를 고안해냈다. 이에 대한 리고티의 풀이와 변주는 가히 경탄스러울 정도인데, 여기서는 삽페의 말을 직접 인용해보는 것도 괜찮을 듯하다.

고립isolation: "모든 혼란스럽고 파괴적인 생각과 느낌을 의식에서 완전히 자의적으로 배제하기"

고착anchoring: "의식의 유동적인 틈새에 어떤 지점을 고정시키거나 그 주위에 벽을 쌓기"

산만함distraction: "끝없이 다양한 인상에 매료되어 그 임계치에 대한 주의력을 제한하기"

승화sublimation: "문학적 또는 예술적 재능을 통해 삶의 고통을 가치 있는 경험으로 전환시키기".[4]

공포에 대항한 의식의 네 가지 방어기제를 이해하기란 별로 어렵지 않다. 고립은 포식자로부터 도망치다가 모래에 머리를 묻는 타조를 상상해 보면 좋겠고, 이런 행위를 가장 상징적으로 나타내는 말은 이것이다. '살아있는 것은 괜찮은 일이다'. 고착은 가족, 직장, 국가, 민족, 무슨 무슨 주의 등 인간이 공포에 대항해 스스로 발명해 낸 허구에 몰두하는 것이다. 산만함은 얼핏 고착과는 정반대인 것처럼 보인다. 산만함은 의식 속으로 공포가 들어오지 않도록 시간을 죽일 수 있는 모든 소일거리, 특히 스포츠, 오락, SNS(삽페의 시대에는 라디오 청취)를 최대한 열심히 하는 것이다. 그렇지만

• •

4. Peter Wessel Zapffe, "The Last Messiah", trans. Gisle R. Tangenes, *Philosophy Now*, 2004. 3/4. 온라인 주소: https://philosophynow.org/issues/45/The_Last_Messiah. 「마지막 메시아」의 첫 번째 번역본에서 anchoring에 해당하는 어휘는 attachment(애착)이며, distraction에 해당하는 어휘는 거의 비슷한 의미의 diversion(전환, 산만함, 오락)이다. Peter Wessel Zapffe, "The Last Messiah"("Den sidste Messias"), trans by Sigmund KvalØy with Peter Reed, *Wisdom in the Open Air*, Edited by Peter Reed & David Rothenberg, University of Minnesota Press, 1993. 온라인 주소: https://openairphilosophy.org/wp-content/uploads/2019/06/OAP_Zapffe_Last_Messiah.pdf.

고착과 산만함은 공포를 몰아내기 위해 서로 다른 방향으로 움직이는 의식의 벡터 운동이다. 내 생각에 『음모』에서 가장 문제적인 것은 승화로, 삽페와 리고티 자신이 꼬아 말한 것처럼 「마지막 메시아」, 『음모』와 같은 글을 쓰는 일이다. 승화와 관련해서 『음모』는 리고티 특유의 블랙 유머를 선보이는데, 그것은 비관주의자가 매번 투덜대고, 한숨짓고, 우울하기만 할 뿐, 한 치의 유머 감각도 매력도 없는 존재라는 선입견을 씻고도 남을 만하다.

3. "생육하지 말고 너희 이후로 땅이 고요케 하라"

리고티는 의식으로 공포를 억제하거나 전치시키는 인간 의식의 전략을 "좀비화"로 일컫는다. 왜 좀비인가. 좀비는 의식 없는 존재로 그려지는 언데드이지만, 어떤 면에서 우리는 좀비를 닮았다. 왜냐하면 의식은 공포를 억누르거나 대체하는 방어기제를 작동시키면서 스스로를 좀비처럼 의식 없는 존재로 부단히 만들려고 노력하기 때문이다. 좀비에게서, 순간, 우리 자신과 으스스하게 닮은꼴을 보고 경악하는 이유이다. 또한 리고티에 따르면 인간은 자신의 뒤에서 줄을 잡아당기는 인형사 없이 세상의 무대에서 배역을 맡은 꼭두각시이기도 하다.

분명 내 몸에는 줄이 붙어 있지 않고 인형사도 없지만, 그리고 잡아당기는 줄도 인형사도 없다는 것을 끊임없이 확인하지만, 그렇지 않을 수도 있다는 음모에의 의식을 결코 떨쳐버릴 수 없다. 음모는 공포를 억누르는 의식이지만 의식을 짓누르는 공포이기도 하다. 좀비이자 꼭두각시인 인간은 태어나서 죽기 전까지 의식과 공포의 악순환을 도무지 어떻게 할 도리가 없다.

보라, 이 육체를.
금방 주저앉을 듯 덜렁거리는 수족의,
화려한 꼭두각시, 불쌍한 장난감을.
머릿속은 거짓된 상상으로 가득 찬,
병들어 고통받는 존재를.

『음모』의 제사題辭로 쓰인 『법구경』의 구절이 많은 것을 말해준다. 공포를 억누르는 의식은 "무언가 할 일이 있고, 어딘가 갈 곳이 있고, 무언가 될 것이 있으며, 누군가 알아야 할 사람이 있는 듯 여기도록 만든다." 의식은 고양되고 상승한다. 그러나 의식을 집어삼키는 공포로 인해 의식은 우울로 곤두박질친다. "해야 할 일이 없다. 가야 할 곳이 없다. 되어야 할 것이 없다. 알아야 할 사람이 없다."

그런데 리고티에 따르면 삶과 세상의 비극성을 인지했음에도 불구하고 어떤 작가들의 '승화' 작업은 어떻게든 살아 있음에 의의를 부여하려는 쪽으로 전향한다. "'어두운 전망'을 전달한 다고 홍보되는 많은 책이 빈번하게 마지막 쪽이나 문단에서 배신하며 입장을 바꿔, 긍정이라는 따뜻한 욕조 안에서 축 늘어진 채 끝나는" 저자와 책에 대한 리고티의 블랙 유머는 『음모』를 읽는 쏠쏠한 재미 가운데 하나이다. 방금 인용한 문장은 삽페와 비슷한 통찰을 했음에도 불구하고 종교로 숨어 든 『참회록』의 저자 톨스토이에 대한 비아냥거림이다. 공포로 의 추락과 의식으로의 상승이라는 비극적 수난이라면 카뮈의 시시포스만 한 영웅도 없겠다. 그런데 리고티는 뭐라 말하는가. "시시포스가 행복하다고 상상해야 한다"는 카뮈의 "집요함은 역겨운 만큼 비실용적"이란다. 또한 이 끔찍한 생을 차라리 긍정하라고 설파하는 니체는 "죽음에 이르는 구불구불한 길을 사도마조히즘적으로 즐겁게 질주하는 변태적 비관론자"가 되 시겠다. 죽음을 의식하는 데서 오는 공포는 아무것도 아니라고 하면서 요로결석으로 고통받았던 에피쿠로스의 최후에 대해 서는 뭐라 대꾸하는가. "모든 것을 고려할 때, 한 사람의 비석에 새길만 한 가장 행복한 비문은 이것이다. '그는 무엇에 부딪혔는 지도 모른 채 죽었다.'" 내가 좋아하는 작가들을 비평의 분쇄기 에 몽땅 집어넣는 것 같아 다소 아쩔하다. 하지만 산소호흡기로 연명하고 오늘내일하면서도 '살아 있는 것은 괜찮은 일이다'라고 중얼거리기는 다소 어렵게 되었다.

누군가는 『음모』의 저자를 인간 멸종을 앞당기려는 전무후무한 우주적 테러범으로 간주하고 그를 따르는 컬트 집단을 기소할지도 모르겠다. 실제로 이 책은 1/3에 이르면 우리가 "악성으로 쓸모없는 세상"에 살고 있다고 하며, 절반을 넘어가면 그런 세상에 사는 우리를 "악성으로 쓸모없는 존재"로 여기고, 마지막에는 "삶을 악성으로 쓸모없는 것"이라거나 "작은 가래 한 방울"인 인간을 "뱉어낸" "거대한 폐"와 같은 자연마저도 "악성으로 쓸모없는" 것으로 간주한다. 저자의 강조가 들어간 '악성으로 쓸모없는'은 『음모』에서 모두 일곱 번 반복되며, 각각 세상과 존재, 삶과 자연, 한마디로 모든 것을 수식한다. 다 쓸어버리자는 얘기처럼 들린다. 아니다. 리고티의 결론은 이것이다. '악성으로 쓸모없는' 존재여, 생육하지 않는 것이 최선이니. 반출생주의자 에밀 시오랑도 말한 적이 있다. "아버지가 되는 죄를 빼고 모든 죄를 저질렀다."[5]

그런데 공포에 대한 첫 번째 대응인 '좀비화'는 실패하는 게 마땅하다 하더라도, 두 번째 대응으로 삽페가 「마지막 메시아」의 결미에서 '생육하지 말고 너희 이후로 땅이 고요케 하라'고 내놓은 정언명령은 그 실현 가능성은 차치하고서라도 오해

• •

5. 에밀 시오랑, 『태어났음의 불편함』, 김정란 옮김, 현암사, 2020, 14.

되거나 오용될 소지는 없을까. 마치 집단 자살을 기원하는 사이비 교주의 악지악각惡知惡覺으로 들린다는 낙관주의 이웃의 계속되는 항의 때문이다.『음모』가 비관주의의 활화산에서 용솟음하는 마그마라면,『음모』에서도 중요하게 언급되는『태어나지 않는 것이 낫다』[6]는 분석 철학으로 정교하게 다듬어진 비정한 다이아몬드이다. 저자인 데이비드 베너타는 모든 지각 있는sentient 존재, 중생은 태어나지 않는 것이 낫다는 자신의 견해를 인간 혐오적인 것이 아니라 인류애적이라고 말한다. 어째서 그런가. 리고티 또한 비존재에 대한 찬양을 "인간에 대한 인간의 비인간성"에 의거한 인간 혐오로 오인하는 일은 실수라고, 그러한 인간 혐오적인 실행을 특정한 누군가가 위임하는 일 또한 실수라고 말한다. 그것은 '인간에 대한 인간의 인간성'으로 살아 있음을 찬양하는 일이 실수인 것만큼이나 실수이다.[7] 반출생주의자는 말한다. 현재의 상황은 최악이다.

• •

6. 데이비드 베너타,『태어나지 않는 것이 낫다: 존재하게 되는 것의 해악』, 이한 옮김, 서광사, 2019.

7. 『음모』에도 등장하는 신경철학자 토머스 메칭거의 사고 실험인 '자비로운 인공적 반출생주의' 시나리오는 삽페와 비슷하게 인류의 "존재 편향"을 숙고한 끝에 인류의 멸종을 결단하는 가상의 인공지능을 상상한다. Thomas Metzinger, "Benevolent Artificial Anti-Natalism(BAAN)", 2017. https://www.edge.org/conversation/thomas_metzinger-benevolent-artificial-anti-natalism-baan. 베너타와 리고티가 고집하는 것과는 다르

그러나 시간이 걸리더라도 인구가 줄어들어 마침내 영(0)이 되는 것이 가능하면 언제까지나 최악인 것은 아니지 않겠는가. 참으로 낙관적으로 들린다. 물론 누군가에게는 인류애적이든 반인간 혐오적이든 존재에 대한 악의적인 농담처럼 들릴지도 모르겠다.

**

두 권의 기서奇書를 비교하면서 노트로 정리하다 보니 공교롭게도 모두 아담과 이브가 등장하고 있어서 글을 마치기 전에 인용해 보고 싶다. 먼저 베너타가 말한다. "아담과 이브의 에덴적 삶에 아무런 사람들도 더해지지 않았다면 정말로 더 나았을 것이다."(『태어나지 않는 것이 낫다』) 뒤처질세라 리고티도 말한다. "새 아담과 이브도 존재의 고기 분쇄기에 들어갈 준비를

··

게 반출생주의를 수행적으로 위임받거나 대리할 존재가 반드시 인간이어야 할 필요는 없을지도 모른다. 김영하의 SF 장편 『작별인사』(복복서가, 2022)는 이러한 아이디어를 소설에 등장하는 자비로운 인공지능 '달마'로 구체화했다. 이에 대해서는 복도훈, 「From Apocalypse to Extinction: Korean Science Fiction and Extinction Discourse in the 2020(종말에서 멸종으로: 2020년대 한국 SF와 멸종 담론)」, *International Journal of Diaspora & Cultural Criticism*, Vol.13, No.2, 건국대학교 아시아·디아스포라연구소, 2023.

하고 있을 뿐이다."(『음모』) 아담과 이브에 대해 같은 말을 하는데도 전자는 으스스한 소망처럼 들리고 후자는 우스꽝스러운 절망처럼 들린다. 당신에겐 어떻게 들리는가. 그럼에도 리고티의 저주의 복음이 들려주는 분명하고도 일관된 삶의 진실이 하나 있다면 그것은 어쩌면 이것이지 않을까. 존재의 첫걸음마는 다음과 같이 항변하는 일에서 시작해야 한다는 것.

"우리는 여기서 난 존재가 아니다."(『음모』)

석유: 『사이클로노피디아』와 H. P. 러브크래프트

레자 네가레스타니의『사이클로노피디아: 작자 미상의 자료들을 엮음』

1. 구멍학: 『사이클로노피디아』는 어떤 책인가?

끊임없이 허리를 구부리고 웅크린 채 네 손발로 해충과 하이에나의 울음소리 가득한 도굴된 중동의 먼지 무덤과 지하 동굴, 피에 젖은 석유 파이프라인의 텅 빈 통로를 기어다니면서 읽어 내려간(하강한) 레자 네가레스타니의 철학적 사변 소설 speculative fiction 『사이클로노피디아: 작자미상의 자료들을 엮음』는 다음 대목에서 갑자기 끝난다. "이 지점에서 고암석 학자이자 한때 테헤란대학교의 저명한 고고학 교수였던 하미드 파르사니 박사의 글은 읽을 수 없는 것으로 변한다. 마치 그가 모든 단어들을 기이하게 변조하여, 어쩌면 직접 고안한 룬 문자나 암호문으로 변환해서 문자들을 일부러 뒤섞은 것처럼, 글은 중동의 건조한 바람과 기름진 축축함과 뒤섞을 때만 해독 가능한 먼지 얼룩으로 변한다."[1] 책은 더는 읽을 수 없는 것으로 변덕을 부리면서 이내 닫혀버리는 것 같다. 그보다는, 제목에서 상상할 수 있는 것처럼, 백과사전의 낱장들은 소용돌이의 가장자리로 떨어지자마자 마구 휘저어지면서 종이와 글자로 각각 분해되어 아득한 심연으로 사라지는 것 같다. 그럼에도 파르사니 박사의 원고와 그에 대한 주석 읽기를 일방적으로 중단하는 것 같은 서술자의 목소리는 오히려 도드라지고 있다. 이 익명의 목소리는 『사이클로노피디아』를 겨우 다 읽어 내려간 독자를 강제하고, 선택한다. 독자인 당신이 갖춰야 할 것은 중동의 건조한 바람과 기름진 축축함이다. 당신은 그것들을 구할 수 있는가. 그러면 구해보라. 파르사니 박사의 글을, 그것

---

1. 레자 네가레스타니, 『사이클로노피디아: 작자미상의 자료들을 엮음』, 윤원화 옮김, 미디어버스, 2021, 324. 앞으로 이 책을 인용할 경우 본문에 쪽수를 표시한다. 이러한 중단을 포함해 소설의 구성방식은 『사이클로노피디아』에서 중요하게 언급되는 마이클 크라이튼의 소설 『시체를 먹는 사람들』(노영숙 옮김, 큰나무, 1994; 1976, 영화로는 존 맥티어넌 감독, 〈13번째 전사〉, 1999)과 얼마간 닮아 있다. 『시체를 먹는 사람들』 또한 바이킹들과의 체험담을 기술한 아랍 시인 이븐 파들란의 모험기(서기 922년 간행)를 번역한 주석본에 의거하고 있다. 물론 저자와 모험기 모두 허구이다. 『시체를 먹는 사람들』의 구성은, 곧 살펴보겠지만, 러브크래프트가 자신의 소설에서 압둘 알하즈레드의 흑마술서 『네크로노미콘』을 활용하는 방식과도 관련이 깊다.

을 편집하고 해독한 네가레스타니와, 현실을 만들어내는 자기 충족적이면서도 예언적인 허구의 글쓰기를 뜻하는 하이퍼스티션hyperstition을 실행하는 그의 동료들을, 이 책의 원고를 발견한 크리스틴 앨번슨에게 파르사니 박사의 원고 뭉치와 그에 대한 주석과 독해를 남긴 수수께끼의 인물 2(그는 저자 네가레스타니인가? 또 다른 인물인가?)의 행방을 추적하라. 그런데 어디서부터 이 책을 다시 읽어야 할까.

『사이클로노피디아』는 "서사적 짜임과 건전한 구조가 있는 텍스트"(107)가 아니다. 이 책은 『텍스트의 즐거움』에서 롤랑 바르트가 거미학hyphologie2으로 정의한 텍스트론, 곧 한 마리의 거미가 거미줄을 만드는 분비액을 토해내면서 그 안으로 해체되어 사라지는 텍스트론의 견지에서 읽을 수 있는 작품이 아니다. 물론 '저자의 죽음'은 네가레스타니가 바르트와 얼마간 공유할 수도 있으리라. 그러나 『사이클로노피디아』는 저자-거미가 그 안으로 사라지는 직물texte이라기보다는 도처에 구멍이 뚫리고 파헤쳐지다가 만 무덤과 텅 빔을 발견하는 구멍학troulogie의 산물로, 독자는 이 책의 밑도 끝도 없는 "구멍 난 구조, 타락한 구성체, 설정 구멍"(107)을 정말로 인내심 있게 따라가야 한다. 그런데 도대체 구멍 난 구조는 무엇이며, 타락한 구성체와

· ·

2. 롤랑 바르트, 『텍스트의 즐거움』, 김희영 옮김, 동문선, 1997, 111.

설정 구멍은 또 무엇인가.

『사이클로노피디아』는 네가레스타니(그는 과연 『사이클로노피디아』의 저자author인가)의 말을 빌리면, 흙더미를 파헤치고, 침입하고, 뚫고 들어가야 하는 '은닉된 글쓰기hidden writing'로 간주해야 한다. 그리하여 독자는 건조하고도 축축한 먼지 안개의 형상으로 나타나며 대낮에도 사람을 잡아먹는다는 중동의 악마들과 만나야 한다. 그런데 이 책은 도대체 무엇인가? 어떤 이야기와 사변을 전개하고 있는가. 모든 것들을 편집증과 음모론의 신화적·원소적 구성 요소들로 재조직하고 초 코드화하는,[3] 인간 이전에 존재했으며 인간 이후에도 존재할 석유와 태양에 대한 고도의 정밀한 사변을 전개하는 철학인가. 두 세기에 걸쳐 중동의 석유 정치를 둘러싸고 델타포스와 지하드 전쟁 기계 간에 벌어지고 있는 피비린내 나는 전 지구적 내전, 변종 전쟁 기계와 다중 정치에 대한 역사 서술인가. 이 책에서 태양과 그것을 숭배하는 일신교 신화를 둘러싼 우주론과 석유를 둘러싼 지구 행성적 음모의 역사는 어떻게 서로 충돌하고 배반하며 또 은밀하게 스며드는가. 아마도 이런 물음은 이 책과 더불어 계속될 수밖에 없을 것이다.

나는 다만 『사이클로노피디아』의 서사적 모체 일부분을 제

3. 레비 R. 브라이언트, 『존재의 지도』, 김효진 옮김, 갈무리, 2020, 309~313.

공하고, 단단한 대지로 간주된 지구 행성의 숨겨진 다공적인 비밀을 파헤치며, 인류와 문명이 우주의 외부적 힘들에 의해 "새로운 지구를 위한 새로운 식량"(294), 순전한 "도살장"(297)에 지나지 않았음을 드러내는 H. P. 러브크래프트의 코스믹 호러cosmic horror를 창조적으로 활용한 부분에 초점을 맞춰 그것들을 다시 서술할 수 있을 뿐이다.

2. 네크로노미콘

러브크래프트 소설의 독자라면 『사이클로노피디아』의 '이종 시학異種詩學'을 구성하는 수많은 왜곡된 자료들, 누락된 페이지들, 저자와 원본의 진품성이 불분명한 다이어그램과 단상, 암호인지 그에 대한 해독인지 의심스러운 주석, 가필과 여백들로 채워져 있는 가상의 책들, 구체적으로는 파르사니 박사의 『고대 페르시아의 훼손』 등과 같은 저서와 논문에서 러브크래프트의 가상의 책, 정확히는 서기 700년경에 아랍의 광인이자 시인인 압둘 알하즈레드가 집필했다고 알려진 『네크로노미콘』을 어렵지 않게 떠올릴 것이다. 지옥 불로 떨어지는 신성 모독을 무릅쓰고 서구의 한 신학자가 라틴어로 번역한 『네크로노미콘』의 원제는 악마의 울부짖음을 암시하는, 한밤의 곤충들이 내는 소리라는 뜻의 '알 아지프'이다. 압둘 알하즈레드는 738년에 죽었는데, 말년을 보낸 다마스쿠스의 어느 "백주 대낮에 겁에 질린 군중들이 보는 가운데 눈에 보이지 않는 괴물에 의해 끔찍하게 잡아먹혔다고 한다."[4] 그는 외계에서 지구로 온 태곳적의 촉수 괴물 '요그-소토스'와 '크툴루'를 숭배하는 냉담한 이슬람교도로 소개되지만, 『사이클로노피디아』에서는 사랑의 열병을 앓아 미쳐버린 존재로 그려진다.

러브크래프트의 소설은, 한마디로 말하면, 한 이슬람교도의 흑마술서 『네크로노미콘』에 대한 방대한 난외 주석이라고 해도 무방하다. 물론 러브크래프트의 소설 전부를 뒤져 『네크로노미콘』에서 인용한 문장들을 재구성하더라도 그것은 단편적인 인용구 더미일 뿐이다. 그러나 애석해할 필요는 없다. 오히려 『네크로노미콘』은 러브크래프트의 단편 「축제」에서 묘사되는 것처럼, 동지제冬至祭를 거행하는 무리들이 그 저주받은 책 앞에서 "경의를 표하며 땅에 엎드려 머리를 조아"리는 숭배 의식,[5] 『네크로노미콘』을 부분적으로 읽은 작중인물들의 믿을 수 없는 증언, 학식 있는 자들의 연구와 모험심 가득한 자들의 탐험,

• •

4. H. P. 러브크래프트, 「네크로노미콘의 역사」, 『러브크래프트 전집』 1, 정진영 옮김, 황금가지, 2009, 207.

5. H. P. 러브크래프트, 「축제」, 『러브크래프트 전집』 4, 정진영 옮김, 황금가지, 2012, 353.

그 비밀스러운 책에 대한 전승 속에서 강렬한 전설로 존재할 수 있게 된다. 모두가 그 책의 실재성에 집단적으로 참여하게 된다. 크툴루는 야훼와 달리 그를 경배하는 아브라함 앞에 갑자기 모습을 드러내는 존재가 아니다. 오히려 인간이 오래 잠들어 있던 크툴루를 깨우는 것이다. 물론 이러한 설명은 러브크래프트와 호르헤 루이스 보르헤스, 움베르토 에코의 독자에게는 별로 놀랍지 않을지도 모른다. 그런데 정말 그러한가.

당대의 러브크래프트 독자라면 가상의 미스캐토닉대학과 하버드대학의 도서관에 각각 한 권씩 남아 있다는 『네크로노미콘』은 존재하지만 아직은 발견되지 않은 책이었으리라. 『네크로노미콘』의 극히 일부를 보여주는 것만으로도 그것은 사실적인 효과를 자아내어 독자는 마치 그 책이 실제인 것처럼 믿고 그 존재의 행방 여부에 몰두하는 것이다.[6] 바르트식으로 말하면, 『네크로노미콘』의 인용구 파편과 여백은 텍스트를 '쓰여지는 텍스트'로 만든다. 가장 폐쇄적인 책이 가장 개방적인 책으로 변한다. 『사이클로노피디아』에 등장하는 파르사니 박사의 원고 뭉치, 다이어그램, 암호, 단상, 난외 주석, 여백, 그리고 그에

●●

6. 마크 피셔, 『기이한 것과 으스스한 것』, 안현주 옮김, 구픽, 2019, 36.

대한 하이퍼스티션 그룹의 해석학적 장치는 『네크로노미콘』으로 동시대의 작가와 독자의 집단적 참여를 가능하게 한 러브크래프트 소설의 개방적 힘을 창조적으로 계승한 것이다. 그렇다면 독자는 『네크로노미콘』 앞에 무릎 꿇고 그것을 경배하는 맹목적인 무리만큼이나 또는 그 이상으로, 병적인 논리와 사변, 분열적인 십진법, 악트의 십자가와 같은 신성모독적인 다이어그램 등을 포함하여 『사이클로노피디아』의 이른바 "나병 환자의 창조성"(38)의 산물을 해독할 준비가 얼마만큼 되어 있는 것일까.

이러한 창조성의 한 사례로 중동 신화의 악마적인 존재인 파주주pazuzu에 대한 네가레스타니의 다이어그램을 잠시 살펴보자. 이 다이어그램은 메소포타미아 신화에서 길가메시가 처치했다고 알려진 숲의 수호자 훔바바와는 형제지간인 파주주에 대한 잘 알려진 일반적 주해인가, 아니면 네가레스타니의 하이퍼스티션적인 글쓰기로 색다르게 재창조된, 역사와 신화, 먼지와 바람, 해충과 역병, 건조함과 축축함, 악에 맞서는 악이라는 중동의 정치 군사적 특징을 함축한 전혀 다른 존재자가 되는가. 일반적으로 파주주는 죽은 자의 땅에서 불어오는 서남풍을 주관하며, 건기에는 바람으로 기근을, 우기에는 폭우와 메뚜기 떼를 몰고 와 피해를 주는 악신惡神이다. 하지만 사람들은 파주주에게 제사를 빌면서 산모와 갓난아이를 죽이는 라마

살이 거의 없고 정체를 식별하기 어려운 머리: 광견병 걸린 개와, 자칼, 하이에나의 변신 과정을 도해하는 다이어그램이다.

앙상한 토르소와 그것을 떠받치는 앙상한 다리: 여위어가는 몸체는 거대한 메뚜기 떼를 비롯한 각종 역병의 조짐들을 수반하는 중동의 주기적인 사막성 기근을 서술한다.

오른손을 위로 올리고 왼손을 아래로 내리는 것은 전염병의 쇄도와 그 반작용의 모델을 나타낸다. 그것은 해충의 집행자를 표시하는 인장이다.

이중으로 갈라진 턱수염: 악에 맞서는 악의 접힘 속으로 끌어들이면서 액막이의 성격을 부여한다. 그것은 역병을 퍼트리는 동시에 특정한 질병을 치료한다.

두 개의 다리가 아니라 네 개의 날개 네 개의 날개 덕에 역병의 입자를 목적지까지 지체없이 전달하고 언제나 시간을 엄수하는 완벽한 운송체가 된다.

뱀 모양의 음경: 해충을 수정시키는 기계. 파주주는 건조한 질병들이 진격하는 환각적 공간을 확장하기 위해 해충의 포자들로 강화된 숨결로 울부짖는다.

파주주는 수메르와 아시리아에서 전염병을 가져오는 악마로, 먼지의 주술적 첩보원이며 고대 메소포타미아에서 지구행성적 먼지주의를 열렬하게 추종한 광신자이다.

〈그림 1〉 파주주에 대한 레자 네가스타니의 다이어그램

투슈와 같은 악마를 처치해 주기를 바랐다. 악으로 악을 물리치는 신이다.

3. 흙더미 호러

"과연 '흙더미'를 언급하지 않는 펄프 호러 소설들이 진정으로 그 장르에 속한다고 할 수 있을지 매우 의문스럽다."(344) 흙더미mound는 갑자기 파헤쳐진 사막의 무덤, 지구로 틈입하는 구멍 주변의 잔여물, 먼지와 바람과 기름과 박테리아가 뒤섞여 화학 작용이나 빛과 실체의 반응이 활발하게 일어나는 표면의 잔류물이다. 흙더미에서 죽은 동물과 인간의 부패와 함께 미생물의 활발한 생명 작용이 동시에 진행되며, 거기서 들끓는 벌레들과 곰팡이들은 지하로 하강하는 동굴, 무덤 등 지저 세계의 진정한 수문장이다. 파헤치다 만 흙더미가 쌓여 있는 표면은 단순히 심층으로 하강하는 입구가 아니다. 그것은 심층의 온갖 비밀을 간직하고 있다. 러브크래프트의 소설에서 크툴루는 보통 문어, 용, 인간의 모습을 어설프게 합성한 외계 존재, 또는 '거대한 외부'를 상상하게 하는 우주적인 존재로 간주된다. 그러나 『사이클로노피디아』에서 크툴루는 지저 세계의 비밀을 열어젖히기 위해 은밀하게 움직이는 흙더미, 진흙 속을 기어다니는 벌레나 곰팡이와 사실상 같은 기능을 수행하는 크리처로 등장한다.

「크툴루의 부름」에서 인류가 생겨나기 이전의 바다 밑 지하 도시 르리예에 잠든 고대의 존재를 지키는 문지기인 거대한

크툴루가 소용돌이로 움직일 때의, 굉음과 악취를 동반하며
원소적인 분해와 결합을 자유자재로 수행하는 녹색 덩어리
점액성 물질인 진흙더미는 '천 개의 무덤'을 열어젖힌다.

　　괴물은 악마의 갤리온선처럼 더러운 포말을 일으키며 높이
　　솟구쳐 있었다. 촉수를 요동치면서 흉측한 문어 머리가 견고한
　　앨러트호의 앞쪽 돛대 가까이 솟구쳤지만, 요한센은 거침없이
　　배를 몰았다. 팽팽해진 부레가 터지는 소리가 들려오더니,
　　개복치를 갈라놓은 것처럼 진흙질의 더러운 물질과 천 개의
　　무덤이 열려진 듯한 악취, 어떤 연대기 작가도 기록하지 못할
　　굉음이 이어졌다. 배는 삽시간에 시큼한 악취로 더럽혀졌고,
　　녹색 덩어리로 뒤덮었다. 이윽고 선미 쪽에서 맹렬하게 부글거
　　리는 소용돌이만 남게 되었다. 그러나 맙소사! 바로 그곳에서
　　찢겨져 흩어졌던 별의 자손이 증오스러운 원래의 모습으로
　　다시 결합되고 있었다.[7]

　　그러면 러브크래프트의 코스믹 호러, 크툴루의 역할은 무엇
인가. 네가레스타니의 말을 빌리면 크툴루와 같은 우주 기계는
지구의 다른 비밀, 곧 단단한 대지, 방주(후설), 고향Heimat(하이

<hr />

7. H. P. 러브크래프트, 「크툴루의 부름」, 『러브크래프트 전집』 1, 174~175.

데거)으로서의 지구가 실제로는 구멍들, 그 공백으로 들어갔다가 기어 나오면서 지반을 침식하는 벌레들, 딘 R. 쿤츠의 호러 소설 『허깨비들』[8]에 등장해 인간을 삼켜버리는 초지성적인 액상체로 지하에서 생성되는 악마의 물질, 화석화된 유기물의 시체 또는 지구의 최초 목격자이자 마지막 증언자 박테리아의 산물인 석유로 가득 차 출렁이고 있는 다공 역학적인 공간임을 드러낸다. 이러한 이야기가 다소 추상적으로 들린다면, 지구의 역지반화ungrounding를 수행하는 러브크래프트의 다공성 리얼리즘이 코로나19 바이러스 팬데믹이 장기화되는 우리의 현실, 정확히는 비말을 통해 감염 가능한 우리의 신체(와 정신)에 대해 시사해 주는 것을 상기시키고 싶다. 예를 들어 바이러스 감염은 호러 생물학의 견지에서 어떻게 이해해야 할까. 우리는 80~120nm 크기의 무無라고 해도 좋을 코로나19 바이러스를 직접 인지하지 못한다. 그것은 침, 접촉, 호흡 등에 의해 물건에 묻어 있거나 공중에 분산된 비말의 형태로 상상되고 체감된다. 감염의 수단과 경로를 통해 생명체가 아닌 RNA 단백질로 알려진 코로나19 바이러스는 체내 세포를 납치하는 데 성공하여 그것을 감염시킨 뒤에 마치 생명체처럼 활동하기 시작한다. 그것은 감염된 인간의 신체를 고통과 죽음 쪽으로 몰아가지만,

• •

8. 한국어 번역본으로는 딘 R. 쿤츠, 『팬텀』, 정대원 옮김, 한나라, 1993.

그 자체로는 생명의 갑작스러운 팽창이자 유례없는 과잉이 된다. 그리하여 바이러스의 "감염은 죽음도 삶(생명)도 아닌 상태로 장기화되는 삶, 결코 완전히 죽지는 않는 상태, 산 죽음이 아니라 죽은 삶의 죽지 않음이 된다."[9]

러브크래프트의 소설의 크리처에게 인간 신체와 정신 또한 우주적 도살장에 내걸린 고기이거나 납치가 용이한 숙주이다. 「시간의 그림자」[10]에서 러브크래프트의 크리처로 별도의 생식 기관이 없이 신체 말단에 붙어 있는 씨와 포자로 번식하는 그레이트 종족은 인간 신체와 정신을 납치하여 실체로서의 인간을 분해하며, 그를 다른 존재로 변이시킨다. 그의 소설에서 인간은 감염으로 외래적인 것의 침투가 용이하게 개방된 다공성 존재가 되며, 감염의 숙주가 되어 다른 인간 신체에 변이(러브크래프트의 소설에서는 논란 많은 인종적 퇴화)를 일으킬 수 있는 가소성 생명체가 된다. 러브크래프트의 호러 생물학은

• •
9. Ben Woodard, *Slime Dynamics: Generation, Mutation, and the Creep of Life*, Zero Books, 2012, 17. 완전히 죽지는 않는 상태로 장기화되는 삶이라는 바이러스적인 감염의 상태는 『사이클로노피디아』에서 "죽음과 달리 생존의 바깥이 아니라 그 기저에 영속하면서 죽음과 절대적 소멸을 한없이 유예"하며, "존재를 일소하거나 종결하는 것이 아니라 계속 살아 있게 하"는 부패의 과정(271)과 닮았다.
10. H. P. 러브크래프트, 「시간의 그림자」, 『러브크래프트 전집』 2, 정진영 옮김, 황금가지, 2009.

실체와 주체로서 굳건했던 인간 지위가 바이러스 숙주와 인간–바이러스 매개로 환원되는 양상을 극화한다. 그런데 여기서 우주적 납치로부터 살아남는 것, 즉 인간주의적인 생존은 바이러스로 인한 과잉의 비인간적인 생명과 분리된다. 생존과 생명 사이의 느슨한 연관의 관념은 해체된다.

일반적으로 우리는 생명이 생존을 가능하게 한다고 믿는다. 그러나 생명이 삶의 원천이라면 우리는 왜 애써 생존해야 하는가? 생명이 삶의 원천이라면 왜 생존주의적 규제나 책정 같은 삶의 행위가 필요한가? 무엇이 생존을 가능하게 하는가, 생명이 이미 삶의 원천인데 왜 생존할 필요가 발생하는가? 일단 생명의 윤리가 생존의 윤리에 외재적이라는 것, 전염병처럼 번성하는 생명의 압도적 현존에 저항하는 행위가 바로 생존이라는 것을 깨달으면, 친–생명적인 것은 본질적으로 반–생존적임을 알게 된다. 그러나 살아 있는 존재에 대한 생명의 외재성을 심각하게 고려하면, 안타깝게도 생존은 원래부터 불가능한 것으로 밝혀진다.(309)

네가레스타니의 놀라울 정도의 독창적인 성찰을 잠시 빌리면, 코로나19 바이러스 팬데믹은 생존과 생명 사이의 일견 친숙하고도 느슨해 보이는 연대와 관계를 해체한다. 우리는 지금 바이러스로부터 안전하게 살아남으려고, 생존하려고 분투하고 있지만, 바이러스는 생명의 과대 팽창으로 오히려 인간적 생존을 위협하고 있다. 누군가는 바이러스와 인간의 오랜 공진화를 언급하며 둘의 공생의 불가피한 숙명에 대해 이야기하며, 다른 누군가는 도처에서 생명의 연결망을 찬양하는 데 여념이 없다. 인류세를 세워 두고 편을 나눠 한편에서는 (인간) 종의 생존 또는 멸종을 묵시록적으로 경고하고, 다른 편은 앞으로도 계속되어야 하는 생명의 공존과 공생을 장려하고 있다. 참으로 기이하지 않은가.

4. 크툴루적 윤리: 쑬루Chthulu에서 크툴루Cthulhu로

도나 해러웨이에게는 다소 미안한 이야기가 되겠지만, 러브크래프트의 인종차별주의와 성차별주의의 편집증적인 화신이자 백인 이성애자 남성이 그 앞에서 무릎 꿇는 남근적인 촉수 괴물 크툴루를 부드러운 만짐의 사유를 촉발하고 지하 생명체의 연결망을 조직하는 다정한 거미 쑬루Chthulu로 서둘러 대체하기보다는[11] 여전히 사유해야 할 것들이 크툴루에게 조금 더

. .

11. 도나 해러웨이, 「촉수 사유: 인류세, 자본세, 쑬루세」, 『트러블과

남아 있음을 강조하고 싶다. 물론 러브크래프트의 우주적 무관심주의와 편집증적 인종주의가 긴밀하게 연결되어 있으며, 어느 한쪽을 무시할 수 없을 정도로 서로에게 이중 구속으로 작용한다는 미셸 우엘벡의 예리한 지적[12]은 충분히 숙고해야 마땅하다.

네가레스타니는 우엘벡의 문제의식을 이어받아 질문을 던진다. "러브크래프트의 소설에 생생하게 그려진 고대의 물신 숭배적 편집증은 그저 소박한 편집증과 인종주의라는 한 면이 전부일까, 아니면 자기를 열어젖히고 외부적인 것과 커뮤니케이션하기 위한 궁극의 다중 정치적 장치로 재발명하는 또 다른 면을 지닌—다시 말해 분열 전략적인 양날의 검일까?"(316) 무슨 말인가? 러브크래프트 소설의 인종차별주의가 그의 소설과 사유에 대한 간단한 기각이나 대체로 이어지는 추세가 더해가는 분위기에서 그의 소설 속의 암흑의 핵심으로 들어가는 드문 작업은 더욱 소중해 보인다. 러브크래프트의 문화적인 순수 아리아주의는 「인스머스의 그림자」와 같은 악명 높은 소설에서 이민자들이 들어오는 항구가 있는 인스머스 마을에서 일어나는 집단적 혼혈과 그로 인한 생물학적 퇴화(양서류

··

함께하기』, 최유미 옮김, 마농지, 2021, 58~69, 240~241.
12. 미셸 우엘벡, 『러브크래프트: 세상에 맞서, 삶에 맞서』, 이채영 옮김, 필로소픽, 2021, 3장.

인간)에 대한 극단적일 정도의 편집증적인 공포로 표현된다. 러브크래프트는 그것을 유행병적인 전염에 비유한다. "전염성이 강한 광증의 원인균들이 인스머스 구석구석에 잠복해 있었던 것은 아닐까?"[13] 이러한 공포는, 전적으로 외부적인 생명성, 러브크래프트의 소설에서는 비문명적 생명력과 놀라운 활기로 삶을 즐기는 '검둥이' 등을 삶의 환경에서 차폐하려는 피해자 생존주의의 발로로 나타난다.

그렇다면 폐쇄적이고 희생주의적인 자기를 무차별으로 개방시켜버리는 외부적인 것은 무엇이며, 그를 통한 분열증적 다중 정치의 설정은 무엇인가. 이 부분은 『사이클로노피디아』에서 가장 난해할뿐더러, 가장 핵심적인 것으로 보이는데, 나는 다만 외부적인 것(또는 '크툴루적 윤리')에 대한 불충분한 요약에 집중할 수밖에 없을 것 같다. 『사이클로노피디아』의 서사와 플롯(설정 구멍plot hole)을 이루고, 델타포스와 지하드가 무한 전쟁을 벌이는 중동 정치, 중동의 만신전을 구성하고 해체하는 물질적 원소론(먼지주의와 부패에 대한 성찰), 지구와 생명체의 생사여탈을 주관하는 태양의 주권에 대항하는 지구 행성적 다중 반란에 악마의 물질이 잠류潛流한다는 것은

13. H. P. 러브크래프트, 「인스머스의 그림자」, 『러브크래프트 전집』 1, 356.

얼마간 짐작되었다. 그것은 석유이다. 석유는 행성적 전염병으로 자신의 숙주, 중독자인 자본주의를 발명한 악마의 물질이다. 이를 달리 표현하면 "인간은 석유를 발견하지 못했지만, 석유는 인간을 찾아냈다."[14] 파르사니가 말했듯이 "내 글의 결론은 석유에 잠겨 있다"(80)면, 『사이클로노피디아』도 그러할 것이다.

〈그림 2〉 셈 맨더스 감독, 〈자헤드〉(2005) 스틸 컷

그러나 『사이클로노피디아』는 서구 자본주의라는 악과 그 악에 대항하는 악인 지하드 전쟁 기계 사이를 악무한으로 순환

14. Eugene Thacker, "Black Infinity; or, Oil Discovers Humans", Edited by Ed Keller, Nicola Masciandaro, & Eugene Thacker, *Leper Creativity: Cyclonopedia Symposium*, punctum books, 2012, 175에서 인용된 프리츠 라이버의 단편 「검은 곤돌라 사공」의 한 구절.

하는 석유 편집증과 음모론을 다만 두텁고도 정밀하게 기술하는 것으로 그치고 마는 사변적 이야기가 아니다. 글을 시작하면서도 언급했지만, 이 책은 갑작스러운 중단으로 종결을 유예하는데, 그러면서 어떤 외부성을 우리에게 사유하도록 강제하는 것 같다. 물론 나는 글을 끝내면서 외부적인 것, 즉 러브크래프트의 우주적 무관심주의의 근본적 외부성, "우리(비인간의 인간주의)를 위해 존재하는 것이 아니며, 우리(비인간의 염세주의)에게 맞서는 것도 아닌"[15] 비인간적인 것에 자신을 내맡겨 전혀 다른 무엇이 되는 과정을 강조할 수 있을 것이다. 또는 "인간의 입장이나 역량이 아니라 멀리 저편의 철저한 외부자의 관점에서 '다음에는 무슨 일이 벌어질지?'라고 질문하는" 크툴루적 윤리를 언급할 수 있을 것이다(343). 그런데 이러한 요약은 내게 그리 만족스럽지 않다.

다만 『사이클로노피디아』의 마지막 대목, 파르사니의 노트가 더는 읽기 불가능하게 닫혀버리기 직전에 여자 마법사를 돈호법으로 부르면서 "사랑의 깊은 심연"(323)을 언급하는 부분은 심상찮다. 이 끔찍한 흑마술서의 결론도 결국은 사랑인가라고 묻는다면, 우리는 『사이클로노피디아』가 말하는 사랑은 전혀 독특하다고 변호할 수밖에 없겠다. 네가레스타니–파르사

. .

15. Eugene Thacker, "Black Infinity; or, Oil Discovers Humans", 179.

니에 따르면, 연인들은 서로에 대한 사랑의 개방성을 통해 외부와 환경에 대한 폐쇄성을 역설적으로 강화한다. 외부 환경의 무자비하고도 사정없는 공격에 깊숙이 노출되면서. 그러나 연인들이 "서로를 보호하려고 더욱 깊이 뒤얽히며 엄청난 열광 속에서"(324) 생존하려는 열망이 강해지면 강해질수록, 추방된 연인들의 뒤얽힌 나선의 감염체는 외부를 향하게 된다. 안으로 파고드는 연인들의 바깥을 향한 몸짓은 병적으로 순수주의적인 폐쇄성을 외부의 힘으로 근절하려는 러브크래프트의 절박한 마조히즘과 가느다랗게 연결되어 있다. 러브크래프트는 섹스와 돈에 대한 이야기를 쓰지 않았다고 우엘벡은 말했다. 『사이클로노피디아』는 러브크래프트를 러브-크래프트love-craft로 분절하려고 한다. 그러나 그것은 항간에서 그렇게 하듯이 러브크래프트적인 공포를 공감 능력 따위로 대체하는 것과는 전혀 관련이 없다. 그렇다면 이번에는 우리가 『사이클로노피디아』를 감염된 연인들의 책으로 처음부터 다시 읽어야 할 것이다. "여자 마법사여, 우리의 전염병을 합치고 사랑을 나눠요. 텔-이브라힘의 황폐한 토양 아래 … 결코 잠들지 않는 것이 … ''(324)

빛: X구역을 살아가기

알렉스 가랜드의 〈서던 리치: 소멸의 땅〉(2018)

1. 구역의 계보

영화가 시작되면 당신은 형형색색의 강렬한 빛을 뿜어내면서 활발하게 움직이는 세포가 이내 우주에서 온 빛으로 거대하게 변해 대기권에 접어든 불타는 운석처럼 지구로 향하는 장면을 볼 것이다. 우주에서 온 빛은 해안의 등대 하단 부근에 떨어진다. 빛은 마치 지성 생명체인 양 등대를 서서히 감싸 안는다. 영화는 우주에서 온 빛이 등대를 휘감기 직전에 희미한 빛으로 반짝이면서 느리게 회전하는 정체 모를 괴생명체의 촉수 같은 신체 일부를 잠깐 보여준다. 방금 묘사한 영화의 오프닝 시퀀스는 분자적인 단위의 세포의 움직임과 거시적인 단위의 빛의 움직임을 나란히 현상한다. 그리고 카메라는 붉고

푸른 거대한 색채가 대지에서 솟아오르면서 희미한 경계를 표시하는 구역으로 향한다.

알렉스 가랜드 감독의 〈서던 리치: 소멸의 땅〉(파라마운트 픽쳐스, 2018, 이하 〈서던 리치〉)은 제프 벤더미어의 '서던 리치 3부작' SF인 『소멸의 땅』, 『경계 기관』, 『빛의 세계』(2014)¹ 가운데 『소멸의 땅』을 상당 부분 각색한 영화이다. 소설과 영화에서 '쉬머shimmer(희미한 빛)'로 불리는 'X구역X–Area'은 초자연적인 사건이 벌어지는 장소, 경계, 던전dungeon(미궁)에 대한 SF와 판타지의 상상력에 빚졌을 뿐만 아니라 그것의 가장 진화된 형태이다. 누군가는 안드레이 타르코프스키의 영화 〈잠입자Stalker〉(1979)와 원작 아르카디·보리스 스트루가 츠키 형제의 SF 『노변의 피크닉』(1974)에 등장하는 '구역'을 틀림없이 연상했을 것이다. 정체를 도무지 알 수 없는, 아마도 외계 존재가 남기고 떠난 낯선 금속 조각과 부품이 여기저기 널려 있고, 폐허의 늪지 주변으로 돌연변이가 된 동식물이 살아 있으며, 만일 그곳에 들어갔다가는 알 수 없는 육체적 증상을 호소하거나 기억의 착란을 일으키고 환각과 환청에 시달리면서 그렇게 서서히 미쳐가는 사람들이 드나드는 '구

· ·

1. 한국어판으로는 제프 밴더미어, 『소멸의 땅(Annihilation)』, 『경계 기관 (Authority)』, 『빛의 세계(Acceptance)』, 정대단 옮김, 황금가지, 2017.

역'.

　그런데 '구역'에 대한 스트루가츠키 형제와 타르코프스키의 SF적 상상력은 거기에 머물지 않고 역사와 만나게 된다. 소비에트 예술가들의 상상력이 1991년 우크라이나 체르노빌 원자력발전소 사고로 인해 생겨난 생태적 재난의 현실과 예기치 않게 결합했던 것이다. 정확히는 핵발전소 사고로 인해 생긴 텅 빈 도시와 폐허의 풍경이 〈스토커〉와 『노변의 피크닉』에서 묘사한 황량한 구역과 놀라울 정도로 닮아 있었던 것. 우크라이나 게임회사 GSC 게임월드가 만든 〈스토커 1·2〉(2007; 2024 출시 예정)는 〈잠입자〉와 『노변의 피크닉』 그리고 체르노빌 사고를 결합해 구역의 상상력을 극대화하고 대중화시킨 게임이다. 유튜브에서 접할 수 있는 〈스토커 2〉의 트레일러는 핵발전소 사고로 생겨난 이상 현상을 상징하는 신비로운 물질인 아티팩트artifact가 시공간을 왜곡하고 다른 물질에 변형을 가져오는 등 기이하고도 으스스하게 만들어진 구역을 보여준다. 〈서던 리치〉의 X구역 쉬머는 구역에 대한 이러한 상상의 계보 속에 중요하게 위치 지어야 마땅하다. 그렇다면 우리 시대의 X구역은 무엇일까. 그것은 전 지구적인 생태적 재난을 압축한 장소이어야 하지 않을까.

2. 테라 인코그니타terra incognita

〈서던 리치〉는, 원작 소설도 그렇지만, 인물들이 사건을 만들어 나가면서, 그리고 인물들 간의 갈등과 심리적 움직임에 따라 X구역을 답파하는 방식으로 스토리가 진행되는 영화가 아니다. 반대로 영화는 신비롭고도 비합리적인 사건들이 일어나는 공간 속으로 인물들이 휘말리면서 겪게 되는 모험으로 이루어져 있다. 말하자면 〈서던 리치〉는 근대 리얼리즘 소설(영화)처럼 스토리가 공간을 열어젖히는 것이 아니라 고대 서사시 『오디세이아』와 이를 참조한 컴퓨터 게임 〈메트로 2033〉(2010)처럼 공간적 움직임에 의해 스토리가 형성되는 영화인 것이다.[2] 실제로 〈서던 리치〉는 연구소–X구역–구역 내의 군사시설–해안의 등대로 이어지는 주요 공간적 경로를 중심으로 스토리가 전개된다. 사소한 것처럼 보이지만 중요하게 지적할 필요가 있는 차이다.

〈서던 리치〉는 주인공 생물학자(리나), 심리학자(벤트리스), 지질학자(셰퍼드), 물리학자(조시), 응급대원(애니아) 등 다섯 명의 탐사대가 X구역으로 들어갔다가 갖가지 기이한 일들을

• •

2. 레프 마노비치, 『뉴미디어의 언어』, 서정신 옮김, 커뮤니케이션북스, 2014, 316.

겪고, 생물학자 리나 홀로 X구역에서 되돌아 나와 거기에서 벌어진 도무지 믿기 힘든 사건들을 연구소의 다른 이들에게 증언하는 방식으로 스토리가 진행되는 영화다. 영화의 사건들은 X구역에서 일어나는 것이 아니라 X구역 때문에 일어난다. 물론 〈서던 리치〉에는 탐사대원들이 겪는 일련의 심리적 곤경과 저마다의 사연(상처)이 제시되어 있고, 그로 인해 X구역 탐사에 자원하는 것으로 되어 있다. 리나의 경우, X구역에서 돌아왔으나 외계 존재처럼 느껴지는 남편 케인이 그렇게 된 이유에 대한 물음, 그녀가 재직하는 대학의 동료 교수와의 불륜으로 인한 죄책감이 더해져 탐사에 자원한 것으로 되어 있다. 또한 X구역에서 겪는 사건들로 인해 탐사대원들 사이에서 돌이킬 수 없는 내분이 일어나기도 한다. 그렇지만 이 모든 사건과 갈등 또한 X구역으로 인해 일어난 것이다.

물론 X구역(쉬머)과 같은 위상학적인 시공간이 생겨난 이유를 두고 밴더미어의 소설과 가랜드의 영화는 각기 다른 원인을 제시한다. 소설에서는 "인간이라는 존재가 세상을 너무 많이 바꿔 놓은"[3] 결과로 인한 환경 재앙으로 추정되며, 영화에서는 끝내 정체를 파악할 수 없는 외계 존재가 원인으로 지목된다. 나는 X구역 곧 쉬머의 정체를 인류세anthropocene의 재난과 관련지

• •

3. 제프 밴더미어, 『빛의 세계』, 316.

어 생각해 볼 예정이다. 그것은 비단 작가가 딥워터 허라이즌 기름 유출 사고(2010)에 대한 분노와 슬픔에서 서던 리치 삼부작을 집필했으며, 나아가 삼부작의 핵심에 '지구온난화라는 현재의 곤경에 대한 강렬한 인식'이 담겨 있다고 말했기 때문만은 아니다. X구역은 인류세라는 미지의 땅terra incognita에 발을 들여놓는 인간의 미래와 향방에 대한 은유적인 장소로 이해할 때 그 의미가 온전히 드러날 것으로 생각한다. 원작 소설과 영화가 다르게 제시한 각각의 원인은 병렬적이기보다는 전자의 흔적이 후자에게 포개진 형태로 이해하는 편이 좋다. 우리는 지금 인간이 만든 존재자들, 방사성 폐기물, 미세 플라스틱, 온실가스 등이 지구를 뒤덮고 남을 정도로 거의 초월적인 실체, '새로운 불멸자'가 된 시간을 살아가고 있다. 〈서던 리치〉의 오프닝 시퀀스가 잘 보여주었듯이, 가장 미시적이고도 분자적인 수준의 인간 활동이 가장 편재적이고도 초월적인 실체의 외적 침입의 형태로 현상하는 시간을 맞이한 것이다.

대기 화학자 파울 크뤼천은 「인류의 지질학」에서 18세기 중반부터 대량으로 사용하기 시작한 화석 연료에 힘입은 인간 활동의 온갖 결과물이 새로운 지질 시대인 인류세를 열어젖혔다고 말한다. 지난 2세기 동안 화석 연료뿐만 아니라 동물 폐기물 연료, 이산화탄소와 메탄의 증가, 해수면 상승, 산성비, 광화학스모그, 프레온 가스로 인한 오존층 파괴 등 "인간이 지질학적 힘이 된 시간" 속에서 인류는 자신이 만들어 놓았으나 제대로 알 수 없는 미래라는 "미지의 땅terra incognita에 발을 들여놓고 있다."[4]

그렇다면 〈서던 리치〉의 X구역, 인류세의 미지의 땅을 구체적으로 어떻게 이해하면 좋을까. X구역은, 그곳을 탐사하기 위해 만들어진 서던 리치 연구소의 망루에서 보면, 거대한 아지랑이 같은 빛이 대지에서 솟아 올라와 하늘과 땅, 숲과 해변의 배경을 둘러싸고 있는 수수께끼 같은 삼차원의 시공간이다. 그러나 탐사대가 X구역으로 들어가게 되면, 그곳은 전혀 다른 차원의 시공간이 된다. 나는 방금 '다른 차원의 시공간'이라고 썼지만, 시공간을 구부러지게 한 무엇(X)이 거기에 있다고 썼어야 했다.

보통 리얼리즘 예술에서 삼차원의 시공간, 곧 배경background은 주인공의 트라우마, 성격, 비전 등과 징후적으로 연관될 때 문제적인 전경foreground로 변한다. 하지만 그 연관이 느슨해지면 전경은 배경으로 되돌아간다. 제아무리 들썩이고 난장을 벌여도 3차원의 시공간은 좀처럼 끄덕하지 않는다. 그러나 〈서던 리치〉 삼부작과 영화에서 배경은 전경이 되었다가 배경

• •

    4. Paul J. Crutzen, "Geology of mankind", Nature, vol. 415, Jan, 2002, 23. 원문은 온라인으로 읽을 수 있다. https://www.nature.com/articles/415023a

으로 다시 되돌아가지 않는다. 말하자면 배경과 전경의 구분 자체가 폐지되는 것이다. 리얼리즘 소설이든 판타지든 배경과 전경 사이에는 가시적이거나 비가시적인 경계가 으레 있기 마련이다. 문턱이나 토끼굴과 같은. 경계는 배경이 전경으로 바뀌는 (비)가시적인 문턱이든, 배경이 또 다른 배경, 즉 전경으로 뒤바뀌는 앨리스의 토끼굴이든, 그 기능이 얼마간 한정되어 있게 마련이다. 그렇지만 경계 그 자체가 움직이면 어떻게 될까? 경계가 경계를 넘어서 기존의 시공간을 잠식하면 어떻게 되는 걸까. 보통 경계는 공간과 공간을 매개하는 제3의 공간으로 간주된다. 그러나 어떠한 SF적인 상상은 경계의 의미를 송두리째 뒤바꿔버린다. 경계는 제3의 매개 공간 같은 것이 아니다. 경계는 그 자체로 기이한 사물 X, 객체object이다.

3. 기이하고도 으스스한[5] 객체

조금씩, 점점 더 불길하게, 그러면서도 명확하게 경계를 넓혀

• •

5. 여기서 '기이한(weird)'과 '으스스한(eerie)'은 '외부적인 것의 침입'에 의해 일어나는 호러적인 미적 체험과 관련이 깊은 어휘들이다. 둘의 공통점과 차이에 대해서는 마크 피셔, 『기이한 것과 으스스한 것』, 안현주 옮김, 구픽, 2019.

가는 X구역은 그곳에서 인물들에게 일어나는 사건으로도 흥미를 자아내는 곳이지만, 인물들과 무관하게 전개되는 가히 놀랄만한 생태적 경관으로도 관객을 잡아 이끄는 장소다. 〈서던리치〉 3부작에 대한 '기이한 소로weird Thoreau'라는 평가를 참조하면,[6] 영화의 X구역은 인류세 월든으로 바꿔 불러도 무방하다. 그러나 〈서던 리치〉의 월든은 150여 년 전 그곳에서 오두막을 짓고 자급자족하는 자연인으로 생태계를 관찰하면서 살아가던 소로가 체험했던 것과는 다르게 공포와 아름다움, 불길함과 황홀함이 어지럽게 뒤섞인 곳이다. 분명 같은 종이지만 서로 다른 가지에서 자라난 것으로 추정되는 화려한 돌연변이 꽃들, 뿔이 꽃핀 나뭇가지인 사슴, 유전자 변형이 일어난 이빨들을 가진 악어, 식물 인간이라고 해야 할지 인간 식물로 불러야 할지 알 수 없게도 인간 신체의 유전자로 자라난 꽃나무들. 그런데 X구역의 생태계는 버려진 군사시설의 수영장에서 탐사대원들이 마주한 끔찍한 존재로 인해 더는 풍경이 되길 멈춘다. 하체는 수영장 바닥에 주저앉아 있고 상체는 그보다 한참 위의

6. 〈서던 리치〉는, 원작과 마찬가지로, 멀리는 H. P. 러브크래프트, 가까이는 차이나 미에빌과 밴더미어 등의 (뉴)위어드 픽션의 장르사적 맥락에 위치해 있다. 〈서던 리치〉는 러브크래프트의 「우주에서 온 색채」(1927)처럼 농장에 떨어져 광채를 내는 정체 모를 운석이 순박한 장삼이사 가족과 가축, 동식물의 생태계 등을 파괴하거나 변형시키고 왔던 곳으로 홀연히 되돌아간다는 모티프와 깊은 연관이 있다.

벽에 붙어 있는 채로 아래턱과 두개골은 서로 엇나가 있는 데다가 무언가가 잡아당겨 늘인 것 같은 몸체에는 쉬머의 색채를 닮은 곰팡이 균사체가 퍼져 있는 시신.

〈서던 리치〉는 몽타주와 큐비즘 전시물로 가득한 인류세 미술관이라고 해도 좋을 X구역의 심연으로 탐사대원들의 발걸음이 옮겨지면 옮겨질수록 배경 아닌 전경으로서의 X구역을 점층적으로 강렬히 드러낸다. 지금 우리는 탐사대원들을 따라 인간과 무관하게 움직이는 세계로 들어섰다. 그 세계는 인간 없는 세계이며, 도대체 누가/무엇이 그것을 그렇게 만들었는지 도무지 알 수 없는, 창조주 없는 피조물의 세계이다. 또한 그 세계는 기존의 언어와 기호 체계로는 도무지 명명 불가능한 이름 없는 사물의 세계이다. 그 세계는 또한 인간이 의미를 부여한 자연, 인간의 자연, 인간/자연의 경계를 지우는 자연 없는 자연이다. X구역은 아담이 야훼의 피조물들에게 저마다의 이름을 붙여주던 코스모스적인 에덴이 아니다. 그리고 〈서던 리치〉는 쓰인 적이 없는 창세기, '새 하늘과 새 땅'으로도 결코 되돌아갈 수 없는 요한계시록이다.

인간 없는 세계, 창조주 없는 피조물, 이름 없는 사물, 자연 없는 자연을 가능하게 만든 X구역의 최종 심급은 경계를 확장하는 경계, 경계를 없애는 경계, 요컨대 경계 없는 경계라고 할 수 있다. 〈서던 리치〉의 경계 없는 경계는, 또한, 서던 리치

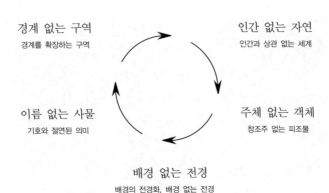

경계 없는 구역
경계를 확장하는 구역

인간 없는 자연
인간과 상관 없는 세계

이름 없는 사물
기호와 절연된 의미

주체 없는 객체
창조주 없는 피조물

배경 없는 전경
배경의 전경화, 배경 없는 전경

〈표 1〉〈서던 리치〉의 세계

연구소와 X구역의 경계, 탐사대원 및 부부 공동체의 경계, 인간과 비인간의 경계, 신체와 정신의 경계로 스며들면서 결국에는 그것들을 무화시키고 마는 경계로 수면 위의 파동을 계속 그려 나간다. 이쯤에서 이러한 질문을 해볼 수도 있겠다. X구역은 인간이 과연 살 만한 곳일까. 살 수 있는 곳일까. X구역은 결국 인간이 숨 쉬고 살아갈 수는 없는 곳일까.

X구역에는 거대한 나무 그늘 사이로 희미한 빛shimmer이 내리는 빈터가 많이 등장한다. 숲속의 산책자이자 시골 농부 연했던 마르틴 하이데거는 존재자들이 속삭이듯이 인간에게 무언의 말을 걸어오고 현존재Da-sein(터-있음)가 존재의 집인 언어로 존재자들에게 응답하는 숲속의 빈터lichtung를 명상하곤 했다. X구역의 빈터는 어떨까. 그렇지만 그곳은 존재자가 말을

〈그림 1〉 알렉스 가랜드, 〈소멸〉(2018)에서 쉬머로 가득한 X구역으로 들어가는 대원들

걷지 않으며 존재자를 명명할 언어 또한 잃어버린 빈터다. 거기서 현존재 인간은 터-없는, 정처 없는 존재가 된다. 그렇지만 X구역은 인간을 제외한 존재자들은 그럭저럭 잘살고 있지 않은가. 유전자 구조가 같으나 서로 다른 종의 꽃들, 몸이 물처럼 투명한 물고기들, 꽃 나뭇가지 뿔을 단 사슴, 꽃과 이빨이 잇몸에서 공생하는 악어, 인간 식물 또는 식물 인간, 곰팡이 균사체로 부패가 진행되고 있는, 식물이라고도 동물이라고도 말하기 어려운 인간의 시체까지. 게다가 일부분 시체 형상을 한 존재도 X구역에서는 살아 움직인다. 〈서던 리치〉에서 가장 무시무시한 시퀀스는, 영화를 본 관객이라면 누구나 지목하는 장면으로, 서로 간의 의심에서 비롯된 분란 끝에 애니아에 의해 결박된 등장인물들 곁에서 숨을 내뿜으며 "도와주세요"라고 말하는

곰의 출현과 퇴장이다. 죽은 이(셰퍼드)의 성대를 물어뜯어 먹어서인지, 성대에서 나온 마지막 비명을 흡수한 것인지 도무지 알 수 없는 방식으로 '말하는' 변종 곰의 얼굴 절반은 뼈로, 나머지 절반은 썩은 거죽으로 이루어져 있고, 움푹 팬 눈두덩이에는 도대체 눈이라곤 없는 괴물이다.

그런데 〈서던 리치〉에 등장하는 상상의 존재자들은 전적으로 허구의 산물에 불과한 것일까. X구역의 생태계, 자연 없는 자연은 전례 없는 것일까. 그렇지는 않다. X구역의 피조물들은 이미 체르노빌과 후쿠시마 이후의 생태와 자연의 흔적이 상상적으로 굴절된 것들이다. X구역의 비인간 존재자는 인간이 떠나버린 체르노빌과 후쿠시마 숲속 빈터에 살고 있는 온갖 변이 동식물들에서 얼마간 보았던 것이다. 그리고 이 피조물들이야말로 X구역의 경계를 육화한 존재자들이다. 마치 신플라톤적인 일자—者의 빛shimmer에 의해 축복인지 저주인지 알 수 없는 생명 형태로 무한히 분기되는 피조물들.

나는 3장에 들어서기 직전에 X구역의 경계를 사물 X, 기이한 객체라고 불렀다. 왜 경계를 사물로, 객체로 불렀을까. 어린 시절에 체르노빌 피폭을 겪은 식물 철학자 마이클 마더가 당시를 돌이키면서 쓴 으스스한 문장이 여기서 잠시 도움을 줄 것이다. 체르노빌 방사능 빛이라는 일자에 의해 "사물들은 가장 맑고 투명하고 평범할 때조차 완전히 불분명했으며, 우리 자신의 명료함과 절대적인 투명성에 의해 어둠으로 밀려나 버렸다."[7] 인간과 비인간의 위계와 분할, 요컨대 경계는 전도된다. 방사능 빛에 의해 인간은 마치 식물처럼 전적인 외부성으로, 그 자신의 타자로 전면 노출되었으며, 인간 바깥의 존재는 인간이 만든 방사능 빛의 투명성에 의해 어둠으로 밀려나 수수께끼 같은 사물이 되었다.

최근의 객체지향존재론, 사변적 실재론, 신유물론으로 명명되는 사유의 신참들은 인식 주관의 활동과 상관없이 존재하는 사물(객체)의 실재성에 주목한다. 어떻게 보면 그러한 사유의 운동은 최소한 체르노빌 이후의 사물, 인간이 만들었지만 인간보다 더 오랫동안 존속할 불멸의 존재자를 응시하려고 한다. 예를 들어 24,000년의 반감기를 갖고 있는 플루토늄 같은 객체를 보라. 그것은 '인간의 세계world-for-us'를 빠져나간다. 객체는 자신의 속성이나 다른 객체와의 관계로 환원되지 않는다. 객체는 우리가 아는 것보다 비밀스러운 그림자, 수수께끼를 품고 있는 기이하고도 으스스한 대상이다. 우리는 객체, 그중에서도 인간적 규모를 초과하는 초객체hyperobject와 맞닥뜨림으로써 그것의 특징 몇 가지를 알게 된다. 첫째, 정체 모를 외래적 존재가

• •

7. Michael Marder with artworks by Anaïs Tondeur, *The Chernobyl Herbarium*, Open Humanities Press, 2016, 18.

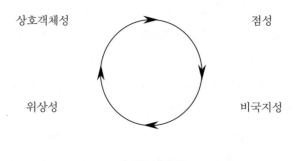

상호객체성   점성

위상성   비국지성

시간적 파동성

〈표 2〉 〈서던 리치〉의 초객체적 특징

신체를 비롯한 객체에 분자적으로 들러붙고 편재한다는 것(점성viscosity). 둘째, X구역은 경계를 넓히고 무화할 뿐만 아니라 부분(X구역)이 다만 전체의 일부분이 아님을 보여주는 장소라는 것(비국지성nonlocality). 셋째, X구역의 쉬머는 굴절된 시공간의 착란을 일으킨다는 것(시간적 파동성temporal undulation). 넷째, 탐사대원들은 다른 차원에 존재하는 쉬머를 감지하되 부분(기이한 객체)으로만 이해할 수 있다는 것(위상성phasing). 다섯째, 주체가 다른 객체들과 상호 연관되고 얽혀 있는 하나의 객체라는 것(상호객체성interobjectivity).[8]

· ·

8. Timothy Morton, "What are Hyperobjects?", *Hyperobjects: Philosophy and Ecology after the End of the World*, The University of Minnesota Press, 2013. 간단한 요약으로는 1~2.

4. 〈서던 리치〉의 외계 생물학

X구역은 사물을 구부릴 뿐만 아니라 시공간도 구부린다. 탐사대원들이 소모한 식량의 양은 그들이 3-4일 정도 야영했음을 알려주지만 누구도 그 시간을 기억하지 못한다. 외부와의 통신은 단절되었으며, 나침반은 제멋대로 돌아간다. 리나의 남편 케인이 속했던 이전 탐사대가 남긴 것으로 추정되는 비디오 영상으로 충격적인 곰팡이 시신과 시신이 되기 전의 인물의 급격한 생물학적 변이를 보고 난 후 그들은 깨닫게 된다. X구역의 쉬머가 모든 것을 굴절시키고 있음을. 물리학자 조시는 식물 인간/인간 식물을 자세히 살펴보면서 이렇게 말한다. "쉬머는 프리즘 역할을 하고 모든 것을 굴절시키고 있어요. 빛과 라디오파뿐만 아니라 동물 DNA, 식물 DNA, 모든 DNA까지 말이죠." 애니아가 묻는다. "모든 DNA라뇨?" 그러자 벤트리스가 심드렁하게 덧붙인다. "우리의 DNA를 말하고 있는 거죠." 쉬머는 탐사대원의 관찰 대상인 X구역뿐 아니라 관찰 주체까지 포함시킨다. 예외라고는 없다.

〈서던 리치〉 3부작이 출간되고 나서 밴더미어는 『초객체 Hyperobject』의 저자 티머시 모턴과 대담을 나눈 적이 있다. 대담에서 모턴은 "사물이 어느 쪽으로든 새어 나갈 수 있고 얇지도 단단하지도 않은 경계"를 지니고 있으며 "모르는 것들, 알수 없는 것들"로 가득한 X구역의 "다공성porosity"을 언급한바 있다.[9] 다공성은 물질 내부와 표면에 구멍이 많은 성질을뜻한다. 그런데 다공성은 소설과 영화의 X구역에게도 고스란히 해당하는 성질이다. 탐사대원들은 사물의 구멍과 틈새로속속 스며들고 들러붙어 다른 존재로 변화시키는 쉬머로 인해희생자 셰퍼드의 목소리를 내는 변종 곰과 같은 존재가 생겨났음을 알게 된다. 그것은 자신들도 그런 끔찍한 괴물처럼 변이될수 있다는 깨달음이다.

영화에서의 생태학적 변이가 서로 다른 생물체 간의 유전물질 교환이 X구역에서 일어났다는 것인데, 이것은 전적으로허구의 산물만은 아니다. 외계 생물학exobiology이라는 게 있다.[10]박테리아는 유전자를 수직적으로 물려주는 다른 생명체와 다르게 수평적으로 재조합할 수 있는 능력을 지녔음을 밝힌 이론이다(괴짜였던 조슈아 레더버그는 이 이론으로 1958년에 노벨생리의학상을 수상했다). 한 개체가 죽기 전에도 다른 게놈을

• •

9. A Conversation Between Timothy Morton and Jeff VanderMeer, Paradoxa 28, 2016, 12. 24. 짧은 버전으로는 https:// lareviewofbooks.org/article /a-conversation-between-timothy-morton-and-jeff-vandermeer/

10. 멀린 셸드레이크, 『작은 것들이 만든 거대한 세계』, 김은영 옮김, 아날로그, 2021, 142~144.

획득해 다른 개체로 진화할 수 있다는 것이다. 진화의 가지들이 한 유기체 안에서 합쳐질 수 있다! 박테리아에게는 가능하지만 인간에게는 불가능하다. 그런데 왜 외계 생물학일까. 레더버그는 수평적 유전자 교환이 가능한 박테리아의 광범위한 편재성을 우주적으로 확대시켰다. 인류가 진출할 수 있는 다른 물리적·생리적 조건의 행성이라면 이러한 수평적 유전 변이가 그곳의 생명체에게 일어날 수도 있지 않을까.[11] 반대로 지구 생명체가 그런 방식으로 외계에서 온 것이라면 어떻게 되는가. 그리하여 외계 생물학은 지성nous이 있는 사물의 이동 가능성을 우주적으로 사유했던 고대 그리스의 박물학자 아낙사고라스에서 DNA 구조를 밝힌 프랜시스 크릭으로 이어지는 범종설panspermia과 만나게 되면서 지구 생명체의 외래 기원설과 관련하여 시사해 주는 바가 적지 않다. 〈서던 리치〉는 리들리 스콧의 〈프로메테우스〉(2012)와 함께, 범종설을 SF로 수용한 대표적인 사례이지만, 〈프로메테우스〉에서 볼 수 있는 공포스러운 범종설 수용과는 다른 비전을 보여준다.

• •

11. 우주에서 날아온 수상한 포자식물에 감염된 가족과 이웃이 예전과 똑같은 것 같으면서도 전혀 다른 존재로 변한다는 SF 호러 영화인 돈 시겔의 〈신체 강탈자의 침입〉(1956, 원작 소설은 잭 피니, 『바디 스내처』, 1935)과 레더버그의 외계 생물학은 모두 냉전 시대 공포의 산물이다.

〈서던 리치〉의 종반부는 해안의 등대에서 리나가 벌이는 모험으로 이루어져 있다. 바다와 육지가 만나는 해안은 경계로서의 상징성을 다분히 환기하는 X구역이다. 거기서 리나는 캠코더를 발견하고 그 안에서 케인이 자살하는 장면을 보게 되는데, 그렇다면 귀환한 케인은 케인이 아닌 클론이었던 것이다. 등대 안의 구멍에서 조우한 벤트리스는 거의 정신 나간 상태에서 쉬머가 "모든 것을 뒤덮을 때까지", "몸과 마음이 가장 작은 단위로 산산조각 날" 때까지 자랄 거라고 말한 다음에 쉬머를 닮은 물질을 뿜어내면서 사라진다. 그 물질이 리나의 체액에 침투해 급격한 '수평적 유전자 교환'이 일어나며, 리나는 마네킹 형상을 한 자신의 클론과 마주한다. 결국 케인의 소지품에서 얻은 백린탄으로 리나는 자신의 행동을 그대로 따라 하는 클론과 등대를 소멸시키고 기지로 복귀하게 된다. 쉬머도 사라지는 듯하다. 그러나 리나는 케인과 만나자마자 "케인이 아니군요"라고 말하며, 케인은 "아닌 것 같아요"라고 대답한다. 케인이 케인이 아니라면 리나는 리나일까. 쉬머는 정말 사라졌을까. 〈서던 리치〉는 이러한 불길함을 남기며 끝난다. 결말은 결말대로 썩 훌륭하다. 그렇지만 나는 〈서던 리치〉의 종반부 직전의 한 시퀀스, 그다지 초점화되지 않은 물리학자 조시의 선택에 주목해 보고 싶다. 그녀의 선택은 인류세에 대한 은유의 무대로 〈서던 리치〉를 읽으려는 나의 의도에 잘 부합한다고 본다.

우리는 물리학자 조시가 식물 인간/인간 식물을 유심히 관찰하면서 X구역에서 일어나는 모든 기이한 사건의 원인이 쉬머임을 밝히는 시퀀스를 기억하고 있다. 내분이 일어나고 동료 둘이 죽고 나서 조시는 리나에게 다음과 같이 말하고 식물 인간/인간 식물들 사이로 사라진다. "벤트리스는 직면하고 싶어 하고 당신은 싸우고 싶어 하지만 난 둘 다 아니에요." 리나는 급히 조시의 뒤를 쫓지만 조시는 이미 수많은 식물 인간/인간 식물 가운데 하나로 변해버린 후였다. 식물들 사이로 사라지기 직전, 카메라는 쉬머에 의한 변화가 그녀의 몸에서 일어나는 순간들을 묘사한다. 처음에는 상흔이 있는 그녀의 왼팔에 식물의 줄기인지 지의류 같은 것이 움트더니 나중에는 몸 전체에서 줄기가 자라나고 꽃이 피었던 것이다. 쉬머의 정체를 밝히거나 쉬머를 없애려는 선택과 달리 조시는 쉬머를 감수感受한다. X구역으로 홀연히 사라져버린 조시에 대한 못다 한 이야기를 마지막 장에서 다뤄보겠다.

5. 조시의 선택: 인류세를 살아가기

X구역의 생태계의 일부가 되는 조시의 선택은 인류세 담론과

〈그림 2〉 알렉스 가랜드, 〈서던 리치: 소멸의 땅〉(2018). 식물적 변이가 일어나는 조시

서사가 경고하는 멸종에의 공포와 그에 따라 무엇을 해야 할지 도무지 모르겠는 초조함과 마비 속에서도 길을 잃지 않을 수 있는 희미한 실마리를 제공해 주는 것 같다. 그런데 식물 인간/인간 식물로 변하는 조시는 도나 해러웨이가 『트러블과 함께 하기』에서 SF를 사변적 우화speculative fabulation로 바꿔 부르면서 상상했던 미래의 인류 카밀 1~5세대를 떠올리게 한다.[12]

해러웨이의 흥미로운 사변적 우화를 잠시 따라가자면, 기후 변화의 파국 속에서 살아남은 10억 명의 인구가 2,300년 경을 살아가는 미래의 지구에서 카밀 1세대는, 유전 공학 기술에 일부 힘입어 왕나비와 일종의 수평적 유전자 교환을 하게 되면

12. 이하의 서술은 도나 해러웨이, 「카밀 이야기: 퇴비의 아이들」, 『트러블과 함께하기』, 최유미 옮김, 마농지, 2021, 204~210을 참조한 것이다.

서 공생 발생적 관계를 형성한다. 바람 속에서 희미한 화학적 신호를 감지할 수 있는 왕나비는 꽃물이 풍부하고 알을 낳기에 적합한 밀크위드 잎을 고른다. 덕분에 카밀은 몸에 있는 미생물의 도움을 받아 독성 알칼로이드를 함유한 미래의 식량 밀크위드를 안전하게 만끽한다. 왕나비 또한 카밀 체내의 알칼로이드를 자신의 몸에 축적해 이번에는 포식자들의 공격에 대비한다. 왕나비와 카밀의 이러한 공생 발생적 관계는 성장기 내내 계속되어 나중에 성인이 된 카밀 1세대는 성적으로 동종이형인 왕나비에 비해 남녀 양성적인 특징을 훨씬 두드러지게 띠게 된다. 멸종에의 위협과 기후재난 속에서도 '함께-되기의 신체적 즐거움'을 향유하면서 살아가는 카밀과 동식물의 공생 발생적인 이야기의 시초에는 〈서던 리치〉의 조시, 온몸에 지의류와 식물이 자라나는 채로 X구역 생태계의 일원이 되기로 선택한 조시의 쓰이지 않은 이야기가 자리하고 있지 않을까 싶었다.

지금까지 나는 〈서던 리치〉를, 원작과 더불어, 인류세라는 X구역, terra incognita의 문턱에서 이제 안쪽으로 한 발 내디디던 인류의 향방에 대한 은유적인 이야기로 읽고자 했다. 〈서던 리치〉의 X구역은, 체르노빌과 후쿠시마가 그런 것처럼, 인간이 도무지 살 수 없는 곳일까. 인간을 제외한 존재자들만 살아남을 수 있는 곳이라면 X구역은 약탈하는 인간종homo rapiens을 제거하려는 무시무시한 가이아Gaia의 축소판으로 보일 것이다.

〈그림 3〉 카밀과 다른 퇴비 아이들 2021/05/11

https://www.osservatore.ch/storying-otherwise-un-altro-modo-di-raccontare-le-
camille-e-gli-altri-bambini-del-compost_47516.html

그와는 다르게 다른 종과의 수평적 유전자 교환으로 변종X,
괴물이 되기를 감수하고서라도 살아남기를 선택하려고 한다
면 X구역은 '공생자 행성symbiotic planet'의 미니어처가 될 것이다.
사실 공생은, 카밀의 이야기도 그러하거니와 조시의 선택도
마찬가지로, 공생에 흔히 따라붙는 낭만주의적이고도 조화로
운 뉘앙스와는 달리 소름 끼치는 두려운 경험이다. 지금 인류가
혹독하게 겪어내면서도 그로부터 아무것도 배우려 하지 않는
코로나19 바이러스와의 공존은 공생이 아니라면 도대체 무엇
일까. 비록 우리 시대의 일부 SF나 인류세 담론의 어떤 축이
공생을 멸종에 대한 공포를 애써 격하하는 공동체적인 연대로
상찬하는 경향이 있다고 하더라도 공생에는 근본적으로는 기

이하고도 으스스한 무엇, X가 있다고 생각한다.

인류세는, 그에 대한 설득력 있고도 대안적인 비판 담론(자본세, 대농장세, 쑬루세 등등)이 제출될 만큼, 인간 중심주의적인 부분이 있다. 그럼에도 인간은 인류세 월든에서 살아남기 위해 어떠한 선택을 할 수 있지 않을까. 어떻게 보면 인류세는 인간-의-무대anthropo-s-cene에 대한, 인간을 무대에 올린 담론과 서사다. 그렇다면 〈서던 리치〉는 인류세를 살아가는 인간의 미래에 대한 꽤 훌륭한 사변적 우화(SF)라고 할 수 있지 않을까.

괴물: 이성이 잠들면 괴물이 깨어난다
이충훈의『자연의 위반에서 자연의 유희로: 계몽주의와 낭만주의
시기 프랑스의 괴물 논쟁』

1. "El Sueno de la Razon Produce Monstruos"

〈이성이 잠들면 괴물이 깨어난다El Sueno de la Razon Produce
Monstruos〉(1799). 이 그림은 80점의 동판화를 실은 스페인 화가
프란시스코 고야의 〈변덕Los Caprichos〉 가운데 화가가 드물게
직접 제목을 새긴 43번째 작품이다. 한 세기가 저물던 해에
제작된 고야의 그림은 스페인의 유명한 계몽주의자이자 고야
가 여러 번 초상화로 남긴 바 있는 친구 호베야노스 판사로
짐작되는 인물이 글을 쓰다가 책상에 비스듬히 엎드려 잠든
사이에 그의 꿈의 세계로 온갖 괴물들이 날아들거나 주변을
서성이는 음산하고도 몽환적인 이미지로 장식되어 있다. 〈이성
이 잠들면 괴물이 깨어난다〉는 프랑스 너머 스페인까지 밝히던

18세기 유럽 계몽주의
의 빛 이면의 어둠을
환기하는 알레고리적
인 작품으로 알려져 있
다(영어 enlightenment,
프랑스어 lumières, 독
일어 aufklärung, 스페
인어 iluminación 모두
계몽과 함께 빛을 의미
한다).

〈그림 1〉 프란시스코 고야, 〈이성이 잠들면 괴물이
깨어난다〉(1799)

'계몽주의와 낭만주
의 시기 프랑스의 괴물

논쟁'이라는 부제를 달고 있는 이충훈의 매력적인 괴물론『자연
의 위반에서 자연의 유희로』는 프랑스 계몽주의 시기인 18세기의
마지막 연도에 그 모습을 드러낸 고야의 이 유명한 그림에 대한
언급으로 끝을 맺는다. "18세기 내내 관찰하고 해부하고 분류했
던 괴물들이 이제 일부는 해부학의 대상으로, 일부는 발생학의
대상으로, 또 일부는 정신 현상을 다루는 과학의 대상으로 흡수되
었다. 과거에 괴물이 자연의 위반으로 규정되어 자연 속에서
제자리를 찾지 못했다면, 이제는 자연 속에 간혹 등장하는 그다지
특별할 것 없는 사건으로 간주되었으니 지식의 세계에서 또다시

추방되기는 마찬가지이다. 그러나 이렇게 추방된 존재들은 일몰의 세상이 되면 끊임없이 경계를 넘어 우리 안으로 밀려 들어온다. 18세기 말, 고야의 판화 제목처럼 "이성이 잠들면 괴물이 깨어나는" 것이다."[1]

〈이성이 잠들면 괴물이 깨어난다〉는 『자연의 위반에서 자연의 유희로』에 주역으로 등장하는 드니 디드로 같은 탁월한 계몽주의자와 동시대인이었던 임마누엘 칸트의 『순수이성비판』(1781)과 더불어 열린 이성의 양가적 특징, 곧 자신의 한계에 대한 엄정하고도 겸손한 자기비판과 신의 존재와 우주의 기원 등에 대한 광신적인 열망으로 분기되는 이성의 아포리아를 환기하는 그림으로 해석되어 유명하다. 물론 그 이전에 판화의 제목에 내포된 모호함이 이러한 해석을 낳게 했다고 보는 편이 옳을 것이다.

'이성이 잠들면 괴물이 깨어난다'는 두 어휘의 해명을 요구한다. 첫째, 괴물Monstruos. 이 단어의 라틴어 어원은 monstrum으로, 비정상적인 것에서 경고를 나타내는 피조물 또는 일상적인 것에서 벗어난 사물을 뜻한다. monstrum의 동사 형태인 monstrare는 '나타내 보이다', '제시하다'를 의미한다. 종합하면, 신의 '경고'는 초자연적인 존재나 사물의 모습을 취하며, 신적

1. 이충훈, 『자연의 위반에서 자연의 유희로: 계몽주의와 낭만주의 시기 프랑스의 괴물 논쟁』, 도서출판 b, 2021.

전능만이 이처럼 '경고'를 드러낸다.[2] 그렇다면 고야의 동판화에서 monstrum은 무엇을 경고하고 드러내고자 했던 것일까.

둘째, 스페인어 수에뇨Sueño는 잠과 꿈이라는 두 가지 의미를 내포한다. 만일 잠으로 이해하면, 고야의 그림은 괴물의 출현에 이성이 깨어나야 한다는 의미를 내포한다. 이성과 괴물은 정상과 광기가 그렇듯이 분할되며, 괴물은 이성의 통제 영역 안에 있다. 그리고 괴물은 이성을 일깨우는 경고의 의미를 지니게 되어 "인간의 논리와 지식의 근본적인 무능을 웅변하는" 존재, 괴물의 어원인 monstrum에 가까워진다. 이성은 괴물이 출현하는 밤에 불빛을 밝히고 깨어 있는 밤의 파수꾼이다. 그러나 두 번째 해석은 첫 번째 해석 어딘가 어두운 구석에 남아 있는 불안감을 환기한다. 만일 잠이 아닌 꿈으로 이해하면 '이성이 잠들면 괴물이 깨어난다'는 괴물을 꿈꾸는 존재, 괴물을 불러 모으는 것은 다름 아닌 이성임을 말해준다. 이때 이성은 밤의 파수꾼이 아닌 "밤의 체제로 작동한다."[3] 〈이성이 잠들면 괴물이 깨어난다〉의 계몽주의자는 그저 혼곤한 잠에 빠진 것이 아니라 보다 은밀한 백일몽을 꾸고 있는 것이다.[4]

· ·

2. 에밀 벵베니스트, 『인도·유럽 사회의 제도·문화 어휘 연구』 2, 아르케, 1999, 308~309.
3. 츠베탕 토도로프, 『고야, 계몽주의의 그늘에서』, 류재화 옮김, 아모르문디, 2017, 112.

이러한 상상을 한번 해 볼 수 있으리라. 〈이성이 잠들면 괴물이 깨어난다〉의 계몽주의자를 디드로를 비롯해 『자연의 위반에서 자연의 유희로』에 등장하는 18세기 프랑스 계몽주의자들의 대표로 간주해 보자. 그렇다면 계몽주의자의 잠(꿈)의 영역에 등장하는 온갖 괴물은, 다만 그것을 이성의 영역에 애써 가둬놓고자 애썼던 18세기 계몽주의자들의 합리주의적인 탐구 대상이라고 할 수 있을까. 다시 말해 고야의 괴물들은 『자연의 위반에서 자연의 유희로』의 무수한 도판과 그림 속에 등장하는 기형들, 과학자적 실증주의의 표본으로 박제되고 전시된 기형의 존재와는 멀리 떨어진 상상의 산물인가, 아니면 보다 은밀한 곳에서 한 개의 항문, 두 개의 성기와 머리로 동숙하는 쌍둥이와 닮은 존재인가. 이 세기말의 괴물들이 경고하고자 했던 것은 무엇일까.

2. 괴물의 세속화

『자연의 위반에서 자연의 유희로』에는 흥미로운 제목으로

4. 조르주 캉길렘은 고야의 동판화 제목의 이러한 모호성을 "이성의 잠이 괴물을 만들어낸다기보다 해방시키는 것은 아닌지"로 요약한다. 조르주 캉길렘, 「기형과 괴물적인 것」, 『생명에 대한 인식』, 여인석·박찬웅 옮김, 그린비, 2020, 274.

잡아끄는 괴물(기형)을 다룬 무수한 책과 논문이 등장하는데, 거기서 18세기에 출간된 것만 간추려 보아도, 합리주의와 실증주의로 무장한 이 시대에 괴물에 대한 그토록 많은 연구와 논쟁이 있었다는 사실에 우선 놀라게 된다. "이성이 승리를 구가하면서 미신과 편견의 소산에 불과한 가공의 존재인 괴물이 일소되리라 믿었던 바로 그 시대에 기이하게도 괴물이 다시 등장하게"된 것이다.[5]

　그런데 괴물에 대한 18세기의 실증주의적인 탐구는 기본적으로는 자연에 대한 변화된 관념 아래에서 추동된 것이자 그러한 변화를 가속화하는 것임을 염두에 둘 필요가 있다. 앞서 언급한 책들 상당수는 다만 괴물이나 기형에 대한 형태학적 호기심에서 비롯된 탐구가 아니다. 또한 신이 만든 질서나

• •

　5. 『자연의 위반에서 자연의 유희로』에서 언급된 서지 목록의 일부를 일별해 보겠다. 볼테르, 「상상력」(『철학사전』, 1764); 포르메, 「괴물」(『백과사전』 10권); 피에르 르이 모로 드 모페르튀, 『자연의 비너스』(1745), 『우주론』(1751); 샤를 보네, 『자연의 관조』(1764); 알브레히트 폰 할러, 『괴물에 대하여』(1734), 『결합 쌍생아의 기술』(1739), 「자연의 유희와 괴물들」(『백과사전 보유』, 1777), 드니 디드로, 『자연의 해석에 대한 단상들』(1754), 『라모의 조카』(1761), 『달랑베르의 꿈』(1769), 『맹인에 대한 편지』(1782); 장 자크 루소, 『인간 불평등 기원론』(1755); 프랑수아 드 사드, 『노벨 쥐스틴』(1791) 등. 여기에 과학아카데미 논문집에 등장한 저자들과 해부학, 동물 발생학에 대한 각종 논문도 추가해야 할 것이다.

창조의 목적이라는 이상적 관념 아래로 모이고 수렴되는 전형으로서의 자연에 대한 탐구도 아니다. 장 스타로뱅스키의 말을 빌리면, 18세기 계몽주의자들에 의해 탐구되었던 자연은 분기하고 변이하고 개별화하는 자연, 곧 유래, 운동, 발생이라는 시간의 긴 흐름 속에서 "존재들의 연쇄의 한 사슬고리"를 이루는 창조적 개체로서의 자연이며, 그것의 창조적 힘은 "역설적으로 '괴물'로 생각한 존재에서 찾아"[6]질 수 있었다. 한마디로 자연은 창조주가 계획하고 전개하는 섭리의 일부분이 아니라 창조적 힘, "신의 창조의 다양성이 드러난 한 양상"이 되며, 더 나아가서는 신(디드로를 포함하여 18세기 철학자와 생물학자 대부분이 가까이 가기 두려워했던 스피노자적인 의미의 무신론적인 신)과 동일한 어떤 역량이 된다. 괴물에 대한 18세기 계몽주의자들의 탐구는 이러한 근본적인 맥락에서 이해할 필요가 있다. 그렇게 볼 때, 18세기의 괴물학은 마치 중세와 르네상스 시대의 신학과 결별하는 역사적인 수순을 밟는 것처럼 보인다. 그것을 '괴물의 세속화 과정'이라고 부르면 어떨까.

『자연의 위반에서 자연의 유희로』는 시종일관 명증하고도 분석적인 빛으로 가득 찬 문장으로 몽테뉴로부터 시작해 질

· ·
6. 장 스타로뱅스키, 『자유의 발명 1700–1789/1789 이성의 상징』, 이충훈 옮김, 문학동네, 2018, 143.

들뢰즈도 주목한 바 있는 이지도르 조프루아 생틸레르의 기형학에 이르는 괴물과 기형의 역사를 소개하고 정리한다. 그리고 그 과정에서 괴물(기형)에 대한 실증주의적 해부로 드러나는바, 자연의 다양성과 풍부함에 대한 괴물 존재론은 디드로라는 천재적 계몽주의자의 결정적인 개입으로 말미암아 괴물의 인식론으로까지 분기된다. 그 괴물의 인식론이 시작되는 곳에는 나중에 도스토옙스키의 소설『지하생활자의 수기』(1864) 등에서 만나게 될 현대 문학의 저 '비루한 영웅-abject hero'의 시조가 자리하고 있다. "고귀함과 비천함, 양식과 비이성", "정직과 부정직의 개념이 정말 이상하게도 뒤죽박죽되어 있"으며, "자연으로부터 좋은 자질로 받은 모든 것은 뽐내는 일 없이 보여주면서, 나쁜 자질로 받은 모든 것은 부끄러움도 모른 채 보여주는" 괴물과 같은 존재. 그는 바로 디드로 소설의 주인공 '라모의 조카'이다. 단테의 『신곡』(「지옥편」)의 르네상스적인 연장인 히에로니무스 보슈의 〈최후의 심판〉(1506~1508)의 환상적인 실제 세계에서 괴물은 인간만큼이나 독립적인 실재로 분할과 위계 없이 인간과 동등하게 공존했다. 그로부터 약 3세기가 지나 고야의 숱한 악몽의 그림에 와서 괴물은 인간의 주관적이고도 인식론적인 지평에 떠올랐다가 모습을 감추지만, 근본적으로는 인간 내면 깊숙이 똬리를 틀고 영원히 기거하는 존재가 되었다.

존재론에서 인식론으로 전환되는 18세기의 괴물 논쟁을 저자가 전개한 대로 찬찬히 따라가는 것도 『자연의 위반에서 자연의 유희로』에 대한 흥미로운 읽기가 되겠다. 그런데 이 책을 재미있게 읽는 또 다른 방법은 괴물에서 신학과 마법을 쫓아낸 것으로 보이는 근대 실증주의가 실제로 그러했는지를, 곧 괴물의 세속화 과정에서 신은 추방되었는지 아니면 다른 형태로 부활하는지를 거듭 묻는 것이다.

3. 괴물과 기형

이충훈의 책에서 환기되는 것처럼, 괴물의 세속화 양상은, 18세기에 괴물이 그와 유사한 용어와 나란히 쓰였던 용법에서 얼마간 찾아낼 수 있을지도 모른다. 18세기의 프랑스 계몽주의자들은 괴물에 대한 연구를 별도로 "기형학tératologie"으로 부른 것 같다. 그런데 어원이 사실상 같은 괴물(라틴어: monstrum)과 기형(그리스어: téras는 신의 기호, 괴물이라는 뜻)이 병존하는 형국은 계몽주의 시대의 발생학자와 동물학자, 그리고 철학자인 자신들이 마주하는 저 기이한 대상을 어떻게 다루고 명명해야 할지 혼란스러워하는 태도를 집약하는 것으로 보인다.

중세와 르네상스 시대의 '괴물'은 18세기에는 '기형'으로 변한다. "신의 전조 혹은 경이"로서의 괴물에 대한 시각이

18세기에 이르러 "실증주의적 관점"으로 변화한 것이다. 존재
론적 괴물에서 인식론적 기형으로의 변화. 그럼에도 두 단어는
18세기에 여전히 혼용된다. 그런데 괴물과 기형의 혼용은 합리
적인 분류와 정상성의 도식화에 포획되었다가 이내 빠져나오
는 괴물적인 것의 바로 그 특성에서 비롯된다. 18세기 프랑스
계몽주의가 낳은 불후의 산물인『백과사전』 10권의「괴물」
항목은 18세기 동물학과 발생학의 주요 성과인 전성설과 후성
설 등을 요약할 뿐만 아니라, 중세와 르네상스 전후의 숱한
환상적인 괴물 논의에서 신학적인 잔재를 청산하는 정의로도
읽힌다. 18세기 계몽주의의 정신이 괴물에 대해 내린 아래의
정의는 괴물에 대한 기나긴 세속화 과정의 정착으로 보인다.

　　괴물. 남성명사. 자연의 질서와 상반되는 형태를 갖고 태어
　　난 동물, 즉 원래 동물 종이 특징적으로 가진 신체의 부분과는
　　아주 다른 부분으로 구성되어 태어난 동물. 괴물의 발생을
　　설명하는 데 다음의 두 가지 가설이 있다. 첫 번째 가설은
　　난卵이 애초에 괴물로 태어나도록 되어 있었다는 것이고,
　　두 번째 가설은 신체의 여러 부분이 형성되는 동안 발생한
　　우발적인 원인에서 기원을 찾는 것이다. 자연의 질서에 따르고
　　기능을 실행할 수 있으려면 당연히 분리되어야 하는 어떤
　　부분이 서로 결합되었거나, 자연의 질서에 따르고 기능을

실행할 수 있으려면 당연히 결합되어야 하는 어떤 부분이 서로 떨어져 있는 괴물이 있다.

전성설과 후성설은 인간을 비롯한 동물의 발생뿐만 아니라 괴물의 발생을 설명하는 데도 유용하다. 전성설은 로트레아몽의 유명한 시구를 빌려 '수술대 위에서의 신학과 현미경의 만남'으로 명명할 수 있을 것이다. 전성설은 천지창조 때부터 부모의 종자 아래 미래 모든 자손의 종자가 현미경으로 관찰 가능한 극미동물(정자)의 형태로 갖춰져 있다는 학설이다. 그런데 전성설은 괴물을 만나면서 허둥지둥한다. 외눈박이 소년이나 몸이 들러붙은 쌍생아 또한 천지창조 때부터 예비된 존재인가, 아니면 신의 일반적 법칙과는 무관하게 후대에 생성된 자연에 우연히 덧붙여진 기회원인의 산물인가. 『자연의 위반에서 자연의 유희로』에서 전성설을 둘러싼 '18세기 괴물 논쟁'은 괴물에 들러붙어 있던 신학의 강력한 영향을 짐작하게 한다. 그러자 생명은 개체의 부분이나 유기분자의 친밀한 결합으로 발생한다는 후성설이 전성설을 비판하면서 등장한다.[7] 후성설

· ·

7. 비록 후성설에 의해 역사의 뒤안길로 밀려났으나 전성설과 극미인 (homunculus)에 대한 의학적 상상은 18세기의 가장 위대한 소설인 로렌스 스턴의 『신사 트리스트럼 섄디의 인생과 생각 이야기』(1759)를 낳았다. 소설의 화자 섄디는 어머니의 자궁에 수태된 극미인으로,

에서 문제 되는 것은 유기체 부분의 분리와 결합의 '조화' 여부이다. 따라서 후성설론자에게 가장 흥미로운 존재는 폴립처럼 스스로 분리와 결합을 수행하는 생물체였다.

자신의 몸을 잘랐다가 붙이는 폴립, 식물계와 동물계의 중간에 존재하는 폴립은 처음에는 히드라 같은 괴물로 보였겠지만, 그것의 놀랄 만한 자가생식은 식물과 동물 사이의 잃어버린 고리를 메우며 자연의 창조력을 증명한다. 그렇게 하여 존재의 거대한 연쇄 가운데 잃어버린 고리들은 차츰 채워질 것이다. 그런데 이러한 '조화'(연쇄)는 신학적인 '섭리'의 세속화된 표현은 혹시 아닐까. 후성설은 분명히 수술대에서 현미경만 남겨 놓고 신학을 치워버린 것처럼 보인다. 그러나 후성설이 모든 개체가 천지창조의 날에 결정되었든 순차적으로 형성되었든 무슨 차이인가 물으면서 전성설을 반박할 때, 그것은 전성설과 마찬가지로 신학을 끌어들인다. 18세기의 후성설론자로 자연의 창조력에 주목한 한 동물학자가 말한 것처럼, "우리가 연속적인 것으로 보는 것을 신은 동시적으로 보기 때문이다."[8]

··
소설이 시작되자마자 그는 자신의 탄생 이전의 사건에 대해 이야기를 진행해 나간다. 그런데 스턴의 분방한 소설로부터 가장 많은 영향을 받은 또 하나의 18세기 걸작 소설 『운명론자 자크와 그의 주인』(1785)의 작가가 누구던가. 그는 바로 드니 디드로이다.

8. 피에르 루이 모로 드 모페르튀, 『자연의 비너스』, 이충훈 옮김, 도서출판 b, 2018, 158.

18세기에 기형과 괴물은 동의어이면서 동의어가 아니었다. 르네상스 시대에도 주목되었던 기형은 기형에 대한 합리적인 조사라기보다는 괴물에 대한 찬양이었다. 이에 비해 18세기의 기형은 괴물에 대한 분류와 체계화의 결과이다. 괴물은 다시금 이러한 분류와 체계화에 반발하는 존재에 대한 명칭이지만, 근본적으로는 존재의 불연속을 채우는 실증적 증거 자료인 기형으로 축소된다. 라이프니츠의 충족 이유의 존재론적 판본인 '존재의 거대한 연쇄', 그것의 생물학적 판본으로 연속적 단계 이론의 중간적 존재의 증거, "자연에는 비약이 없다"라는 증거로 말이다. "모든 것들은 존재의 연쇄에 묶여 있도다. / 자연은 도처에서 앞뒤로 연결되어 있도다. / 급격한 비약에 마음을 흩트리지 않고, / 자연의 유연한 발걸음은 불변의 질서 속에서 나아갈 뿐."[9] 그런데 이러한 표현은 18세기 계몽주의적 섭리와 조화의 일부분일 뿐이다. 19세기에는 '이성이 잠들면 괴물이 깨어난다'의 또 다른 경고가 본격적으로 만개할 것이다.

요한 하인리히 퓌슬리의 「악몽」(1782)에 나타난 괴물의 응시는, 그림을 그린 화가와 연인이었던 한 여성의 딸(메리 셸리)이 쓴 소설에서 더는 관조적 유희가 아닌 실험실 창조의 대상이

●●

9. 아서 O. 러브죠이, 『존재의 대연쇄』, 차하순 옮김, 탐구당, 1992, 328에서 인용된 에쿠샤르 르 브룅의 시 「자연에 대하여」의 일부.

된다. 18세기가 괴물을 분류하고 꿈꿨다면, 19세기는 그것을 발명해낼 것이다. 신은 어떻게 되었을까. 18세기의 괴물이 창조주 신의 질서 안에 있는 존재라면, 19세기에 등장할 괴물은 창조주 신의 질서와 계획에 포함되지 않은 존재다. 그리고 괴물의 창조주는 더는 신이 아니라, 인간, 프랑켄슈타인이다. 그렇다면 19세기의 괴물론에 대한 책이 가능하다면 그 제목은 '자연의 유희에서 과학(자)의 유희로'로 이름 붙여도 좋을 것이다.

〈그림 2〉 요한 하인리히 퓌슬리, 〈악몽〉(1782)

4. 변종의 시대

　김진명의 소설 『바이러스X』(2020)는 코로나19 바이러스가 횡행하는 우리의 현실을 '변종의 시대'로 부른다. 이 표현에는 감염으로 다른 존재에게 영향을 미치거나 영향을 받아 인간이 감염자로 변하여 자기 자신의 주인이 아니라 바이러스의 한낱 숙주로 살며, 원본보다 복제가 더 강력하게 지배한다는 21세기 괴물론의 핵심이 담겨 있다. 『자연의 위반에서 자연의 유희로』에서 펼쳐지는 18세기의 괴물 논쟁은 코로나19 바이러스와 그 변종이라는 전 지구적인 괴물과 함께 살고 있는 이 시대에서는 다소 머나먼 이야기처럼 들린다. 현미경으로 관찰했던 극미동물보다 한참이나 더 작은 코로나19 바이러스를 모페르튀나 디드로와 같은 학자들이 21세기에 관찰했다면, 그들은 무슨 이야기를 할 수 있었을까. 코로나19 바이러스는 신이 존재의 거대한 연쇄라는 섭리와 조화를 채우는 틈새로 존재하는가. 캉길렘의 표현을 빌려 기형이 생명에 한정된 존재에 붙여진 명칭이라면, 바이러스는 기형과 괴물의 궁극적인 분리를 지시하는 존재 같다. 그리고 21세기는 과학에서 신을 추방시켰는가.
　니컬러스 A. 크리스타키스의 『신의 화살』[10]은 코로나19 바이러스를 비롯한 바이러스의 진화론적 유래, 그것의 사회 정치적 기원과 영향, 바이러스에 대한 대응 방법을 자세히 전개하는 과학책이다. 그런데 이 책의 제목은 흥미롭게도 호메로스의 서사시 『일리아스』에서 트로이 신관의 딸 크리세이스를 납치한 그리스군에게 역병을 퍼트렸던 도구인 아폴론의 화살로부터 빌려왔다. '신의 화살'은 종교적인 뉘앙스가 강한 괴물의 어원, 신의 경고와 징표를 뜻하는 monstrum이 다시금 소환되는 사태를 지시한다.

오늘날 누구나 할 것 없이 인류와 바이러스의 불가피한 공존을 이야기하는 것 또한 얼마간 신학적인 섭리를 전제하는 언표는 아닐까. 인간의 편에서 바이러스는 괴물이겠지만, 바이러스를 보유한 희귀 동물의 서식지를 침탈하는 인간은 괴물이 아니라고 할 수 있을까. 괴물에서 신학의 영향을 제거하려고 했던 18세기와 코로나19 바이러스를 신의 화살로 지칭하는 21세기는 이토록 멀리서 닮았다. 18세기 유럽의 계몽주의자들은 괴물과 기형으로부터 자연의 다양성을 배웠다. 그렇다면 우리들은 코로나19 바이러스로부터 무엇을 배우고 있을까.

· ·
10. 니컬러스 A. 크리스타키스, 『신의 화살 — 작은 바이러스는 어떻게 우리의 모든 것을 바꿨는가』, 홍한결 옮김, 월북, 2021.

우지^{ūzi}: 불로장생의 꿈

길가메시 서사시에서 좀비 아포칼립스까지

1. 점토판과 파피루스: 영생과 회춘에 대한 어떤 기록

생로병사의 유한한 물질적 조건을 극복하기 위한 인간의 갖가지 노력은 적어도 문자를 기록하기 시작한 이후에 전개된 인류의 역사만큼이나 오래되었다. 파라오의 영생을 축원하기 위해 이집트의 사막에 피라미드가 대량으로 건설되던 기원전 2500~2600년경의 문학 작품으로, 현존하는 인류 최초의 서사시 『길가메시』에서 신들의 자손인 주인공 길가메시는 친구 엔키두의 죽음을 슬퍼하면서 그를 되살릴 방법을 찾아 멀고도 험한 방랑의 길을 나선다. 자신의 조상이자 신들의 회합에 참석해 영생을 얻었다는 유일한 인간 우트나피쉬팀을 만나러 길가메시는 대초원과 사막, 바다를 건너는 모험을 마다하지 않는다.

그는 각고의 노력 끝에 대신들의 정원이라는 곳에서 홍수에서도 살아남은 우트나피쉬팀과 간신히 조우하게 된다. 그러나 길가메시가 우트나피쉬팀으로부터 들은 맨 처음의 이야기는 영생하는 방법이 아니라 유한한 인간 삶의 무상함과 필멸에 관한 참으로 쓰디쓴 교훈이었다. "인간, 그들의 자손은 갈대처럼 부러진다. 잘생긴 젊은이나 귀여운 소녀들도. 아무도 죽음을 알 수 없고, 아무도 죽음의 얼굴을 볼 수 없고, 아무도 죽음의 소리를 들을 수 없다. 비정한 죽음은 인간을 꺾어버린다."[1]

비정한 죽음은 인간을 갈대처럼 꺾어버린다. 가정을 이끄는 것도, 유언장에 침을 바르는 것도, 형제들이 상속받은 재산을 나누어 가지는 것도, 마음속에 잉걸불처럼 이는 증오심도, 홍수로 일어난 강물이 흘러넘치는 것도, '태양의 얼굴'을 바라보는 얼굴도 결코 오래가지 못한다. 보라, 잠자는 자와 죽은 자는 참으로 닮지 않았는가. 우트나피쉬팀의 교훈은 이렇게 끝을 맺는다. "신들이 삶과 죽음을 지정해 두었지만, 그들은 '죽음의 날'을 결코 발설하지 않는다."(290) 그렇지만 길가메시는 결코 포기하지 않는다. 인간의 필멸을 이야기하는 우트나피쉬팀이 불멸의 증인이었기 때문이다. 결국 우트나피쉬팀은

· ·

1. 김산해 쓰고 옮김, 『최초의 신화 길가메쉬 서사시』, 휴머니스트, 2005, 289. 앞으로 이 책을 인용할 경우 본문에 쪽수를 표시한다.

길가메시에게 영생의 비법을 알려준다. 영생을 주는 신들을 모이도록 하기 위해서는 그는 6일 낮과 7일 밤을 잠들어서는 안 된다. 그러나 길가메시는 설핏 잠이 들고 잠든 그를 깨운 우트나피쉬팀을 향해 절망적으로 울부짖는다. "우트나피쉬팀이시여, 저는 어디로 가야 합니까? '죽음의 도둑'이 제 육체를 붙잡고 있습니다. 제 침실에는 죽음이 머물러 있고, 제가 발걸음을 떼어놓는 곳마다 죽음이 도사리고 있습니다!"(309) 길가메시를 가엾게 여긴 우트나피쉬팀은 '늙은이가 젊은이로 되다'라는 이름의 장미를 닮은 식물이 있는 곳을 알려준다. 식물의 가시에 찔리면 젊은이가 될 수 있다는 것이다. 식물을 얻고 기운을 차린 길가메시는 먼 길을 떠나지만, 잠시 휴식을 취하고 있는 사이, 이번에는 식물의 향기에 취한 뱀이 그것을 가지고 달아나버린다. 마지막으로 그에게 남은 것은 무엇일까. 19세기 말, 극적으로 발굴되어 이제는 불멸하게 된 그의 모험과 방랑의 이야기뿐.

『길가메시』와 동시대의 또 다른 점토판에 남겨진 기록으로 수메르의 설형문자 우지ᵁᵁ로 발음되는 '생명의 식물', 또는 '심장박동 풀'은 다만 상상의 산물에 불과할 것일까. 가장 오래된 의학 문서로 『길가메시』가 점토판에 기록되던 즈음의 이집트의 한 파피루스의 앞면에는 머리 부상부터 신체 하부의 병까지 기록되어 있었다. 또 흥미롭게도 파피루스 뒷면에는

〈그림 1〉 잠들었다가 뱀에게 불멸의 영약을 빼앗기는 길가메시

주름 개선 크림에 대한 처방전이 적혀 있었다. 크림을 만들기 위해서는 많은 양의 견과류가 필요한데, 이 견과류는 멍이 든 것이어야 하며 햇빛 아래에 두어 말려야 한다. 그런 다음 껍질을 벗겨 키질을 한 뒤 체로 고르고, 수분을 증발시켜 항아리에 담았다가 다시 꺼내 강물에 씻어 햇볕에 말린 후 모르타르와 막자로 간다.

그것을 끓여 이번에는 항아리에 다시 담고 값비싼 돌로 만든 단지 안에 옮긴다. 그렇게 만들어진 크림을 얼굴에 바르면 세월의 흔적은 곧 지워질 것이다. 의사의 처방전은 다음과 같은 진단으로 끝을 맺는다. "수차례 효험이 입증됨."[2] 파피루스

• •

   2. 조너던 와이너, 『과학, 죽음을 죽이다』, 한세정 옮김, 21세기북스,

의 앞면에는 부상과 병으로 앓고 있는 유한한 인간 육체에 대한 임상 기록이, 파피루스의 뒷면에는 노화 방지 크림을 만드는 방법과 그것의 효능이 적혀 있었다. 필멸과 불로장생, 병과 치유, 노화와 회춘의 기록이 글자 상당 부분이 소실된 4,500년 전의 파피루스에 담겨 있었다. 크림의 원재료가 되는 견과류가 무엇인지는 후대의 학자들도 알아낼 수 없었다니, 그저 애석할 뿐이다.

2. 트랜스휴먼이 되자: 냉동 인간에서 신체 이입까지

그다음, 우리의 이야기는, 스탠리 큐브릭의 SF 영화 〈2001: 스페이스 오디세이〉(1968)에서 유인원이 하늘로 던진 동물의 뼈가 지구 주변을 도는 거대한 우주선으로 순식간에 바뀌는 것처럼, 기원전 2500년에서 21세기로 점프 컷을 시도하려고 한다. 우리의 이야기는 19세기부터 지금까지 전개된 불로장생에 대한 문학적 상상과 (유사)과학의 노력을, SF와 트랜스휴머니즘의 가설을 자유자재로 오갈 것이다. 그리고 필요하다면 현재 미국 애리조나주에 있는 앨코어 생명연장재단에서 육신

2011, 37에서 인용.

의 저주 어린 감옥으로부터의 해방을 꿈꾸는 영지주의자들이
은둔해 있었던 2세기 중동의 사막으로 시간 이동을 할 것이다.

　1962년에 미국에서 발간된 흥미로운 한 책에서 과학적 실험보
다는 얼핏 SF 영화의 코드인 '크레이지 사이언티스트'의 몽상을
더 선호하는 것 같은 한 과학자는 흥분을 억누르며 다음과
같은 예언을 내세우고 있었다. 유전적 세포와 체세포 배양을
통해 몸의 세포와 조직, 장기 등을 포함한 대체 부속을 기르는
방법 또는 잃은 부속을 몸이 재생해서 고치는 방법이 언젠가
실현 가능할 것이라고. 그리고 미래의 부와 자원 덕택으로
그것을 기술적으로 용이하게 만들 기계, 수 세기 동안 24시간
내내 얼린 뇌의 세포 하나하나를, 세포의 중요한 부분의 분자
하나하나를 재건할 날이 꼭 올 것이라고[3] 죽기 직전의 인간
신체와 뇌를 별도로 또는 함께 절대온도(−273.15℃)로 유지되는
첨단 냉동 시설에 보관했다가 필요한 시점에 꼭 부활할 수
있다고. 그렇게 죽음과 노화를 극복할 수 있는 시점이 올 것이라
고. 이러한 가설을 펼치는 과학자는 그저 미친 몽상을 하는
괴짜는 아니었다. 그는 2차 세계대전 당시 독일군과의 전투에서
입은 치명적인 다리 부상을 성공적인 뼈 이식으로 극복한 경험을
인류의 궁극적인 염원으로 확장시켰던 것이다. 이 모든 이야기

　3. 로버트 에틴거, 『냉동 인간』, 문은실 옮김, 김영사, 2011, 73~75.

와 가설의 주인공 로버트 에틴거가 쓴 『냉동 인간』은 오늘날 트랜스휴머니즘이라고 일컫는 과학적 가설과 이론의 초기 버전에 해당하는 책이다. 바야흐로 열역학 제2 법칙, 만물이 혼돈과 소멸로 향한다는 엔트로피 이론의 맞은편의 엑스트로피 이론을 담은 트랜스휴머니즘 운동이 본격화된 것이다. 트랜스휴머니즘은 무엇인가. 그것은 "생명을 촉진하는 원리와 가치들의 인도를 받아서 과학과 기술의 수단을 이용해 현재의 인간 형태와 한계를 뛰어넘어서 지적인 생명의 진화를 계속하고 가속화하고자 하는 생명에 대한 철학들의 집합이다."[4]

다른 말로 자신의 생물학적 조건을 기술적 수단에 의지해 극복하려는 트랜스휴머니즘 운동은 과학적 상상과 노력의 일환이지만, 오랫동안 불멸에 대한 문학적 상상을 특권화한 SF의 꿈이기도 했다. SF는 냉동 인간 보존술에서 신체 이입meten-somatose의 가설, 즉 뇌가 생물학적으로 죽은 뒤에도 의식은 컴퓨터의 디지털 세계로 이입, 업로드되어 영생한다는 최신 트랜스휴머니즘의 발상을 한 세기 훨씬 이전에 몽상하고 있었다. 그 시초는 보통 에드몽 아부의 단편 「망가진 귀를 가진 사나이」(1862)로 알려져 있는데, 인간을 미라처럼 말려 생명 정지의 상태로 유지시켰다가 소생시킨다는 내용이다.

● ●

4. 신상규, 『호모 사피엔스의 미래』, 아카넷, 2014, 120에서 인용.

불멸 또는 장수에 대한 SF의 상상은 보통 SF 장르의 효시라고 불리는 메리 셸리의 『프랑켄슈타인』(1818)에서 미친 과학자인 빅터 프랑켄슈타인이 갈바니 실험을 소름 끼치게 모방해 새로운 생명체를 만드는 것에서 예고된 바 있다. 갈바니 실험은 이탈리아의 해부학자 루이지 갈바니가 근대의 진귀한 발명품인 전기로 죽은 개구리의 신체에 충격을 가했더니 움찔했다는 관찰로 유명한 실험이다. 이때 전기라는 근대 과학 기술의 급진적 산물은 계몽enlightenment의 어원, 곧 '불을 밝히다'라는 뜻에 충실한 것이었다(이 소설의 부제는 인간에게 불을 가져다준 죄로 코카서스산 바위에 붙들려 영원한 저주를 받는 티탄의 이름을 빌린 '현대의 프로메테우스'이다). 비록 프랑켄슈타인은 자기 자신을 불멸의 신체로 만들려고 하지는 않았지만 죽은 자들의 사지四肢를 합성시키고 전기 충격을 가해 괴물을 만들었으며, 그렇게 해서 전능한 창조주가 될 수 있었다. 그의 소망은 다음과 같았다.

나는 아주 부지런히 과학자의 돌과 불로장생약을 찾아 나섰다. 하지만 곧 한눈팔지 않고 불로장생약에만 전념했다. 재물은 부차적인 목표였다. 그러나 인체에서 질병을 추방하고, 무엇보다 가혹한 죽음 외에 어떤 질병에도 끄떡없는 인간을 만들어낸다면, 그 발견 뒤에는 얼마나 큰 영광이 따를 것인가."[5]

그러나 프랑켄슈타인의 꿈은 정반대의 결과를 가져왔다. 부활과 영생은 유한한 창조주가 아닌 피조물인 괴물의 전리품이 되었다. 괴물은 소설의 말미에 창조주와 결전을 벌인 후 북극해의 심연으로 사라지나, 그 후 수많은 대중문화에서 화려하게 부활한다.

한편으로 장수나 영생을 파국을 가져오는 결과가 아닌 인간 공동체의 절실한 유토피아적인 염원으로 다룬 SF도 있지 않을까. 로버트 A. 하인라인의 '미래사 시리즈'의 마지막 편인 SF 『므두셀라의 아이들』(1958)에서 장수 형질을 가진 혈족들의 인위 교배로 태어난 22세기의 장수인들은 200살을 넘게 산다. 성서에서 969살까지 산 인물로 알려진 므두셀라의 후예들이라고 할 만한 신인류는 장수의 비밀을 캐내려고 위협하는 이들에게 맞서 거대한 방주와도 같은 우주선을 타고 기나긴 항성 간 여행을 시작한다. 그들은 마침내 도착한 다른 행성에서 자신들의 선조 격이라고 해도 좋을 불멸자들인 '작은 인간'의 공동체, 자아가 여러 신체에 나뉘어 보존되며 신체가 파괴되더라도 인격은 사라지지 않는 개체들로 구성된 행복한 공동체를

••

5. 메리 셸리, 『프랑켄슈타인』, 한애경 옮김, 을유문화사, 2013, 43.

만난다. 소설은 반문한다. "제대로 된 질문은 이거죠. 왜 죽어야
만 하지? 왜 영원히 살아가면 안 되지?"[6]

　물론 이러한 질문을 희극적으로 반전시키는 SF도『므두셀라
의 아이들』이 출간된 1년 후에 출판되었다. 로버트 셰클리의
『불사판매 주식회사』(1959)는 교통사고로 사망한 주인공이 시
간 여행 기술이 완성된 22세기의 첨단 기업에 의해 다른 사람의
몸 안에서 부활하면서 겪게 되는 흥미진진한 이야기다. 이
소설에서 미래 세계는 돈만 있다면 전자기적인 수단을 통해
육체를 교환하거나 바꾸면서 영생하는 것이 가능한 내세이지
만, 숙주를 찾지 못하거나 대체하지 못하는 가난한 존재들은
유령 또는 좀비로 떠돌거나 더러 숙주를 마련하기 위해 살인자
가 되기도 한다. 물론 해피엔딩으로 끝맺지만 시종 아이러니와
풍자로 일관하는『불사판매 주식회사』의 한 인물은 돈과 기술
에 의존하는 내세의 부활을 이렇게 조소한다. "그래, 부자만
천국에 가는 거로군."[7]

• •
　6. 로버트 A. 하인라인,『므두셀라의 아이들』, 김창규 옮김, 오멜라스,
　　　2009, 199.
　7. 로버트 셰클리,『불사판매 주식회사』, 송경아 옮김, 행복한책읽기,
　　　2003, 71.

3. 불멸화 테크놀로지: 영지주의의 근대적 귀환

1945년 12월, 남부 이집트의 작은 마을 나그함마디. 농부 무하마드 알리는 농토를 비옥하게 만드는 흙을 파다가 높이가 1미터 가까이 되는 붉은 항아리를 발견했다. 항아리를 깨뜨리자 13권의 파피루스로 된 엄청난 분량의 코덱스가 쏟아져 나왔다. 후에 나그함마디 문서[8]로 알려진 13권의 책은 2~3세기의 영지주의자들의 숱한 기록을 담고 있었다. 영지주의gnosticism는 믿음이나 믿음의 실행이 아닌 자신에 대한 경험적·인식적 앎gnosis, 통찰을 통해 구원을 성취할 수 있다는 종교 체계이자 교리이다. 이 교리의 핵심 주장 가운데 하나는 영지주의자들이 살아가는 현실의 물질계와 육체가 신의 피조물이 아니라 데미우르고스라는 사악하고 열등한 신의 피조물이라는 인식이다. 구원은 결코 현세에서 오지 않는다. 그것은 물질계와 육체 너머에서 온다. 영지주의자들에게는 필멸의 물질계와 육체는 그 깊숙한 뿌리부터 이미 썩었거나 썩을 운명의 굴레를 벗어날 수 없다는 도저한 비관적인 인식이 있었다. 이러한 인식은 그들이 살아가던 악한 현실에 대한 급진적 부정과 비판을 낳거나, 내적 구원을 가져올 수 있는 지식들에 대한 열정적인 탐구를 생산하기도

• •

8. 『나그함마디 문서』, 이규호 옮김, 이정순 감수, 동연출판사, 2022.

했다. 영지주의는 다만 2~3세기에 활발했던 중동의 영적 자기 구원 운동에 불과하다. 한스 요나스가 말한 것처럼, 세상에 우연찮게 내던져진 인간 조건에 관한 마르틴 하이데거의 사유는 고대 영지주의자 알렉산드리아의 클레멘스가 일찌감치 던진 질문, '우리가 어디에 있었으며, / 우리가 어디로 던져졌는가'에 대한 현대적 연장이자 실존적 응답이다.[9] 요나스에 따르면 영지주의는 기독교와 경쟁하다가 오래전에 사멸한 종교가 아니다. 그것은 다른 형태로 현대에 귀환했다.

'너희가 지식을 통해 하늘나라를 획득하지 않는다면 그것을 발견할 수 없을 것'(「야고보의 비전」)이라는, 나그함마디 문서 가운데 하나의 저자인 한 영지주의자 교사의 경고는 눈에 보이는 것, 현세적인 것, 즉 물질계와 육체에 몰두하는 삶은 영원한 저주를 면치 못한다는 또 다른 영지주의 저자의 경고로 이어진다. 여기에 되풀이해 곱씹을 만한 깜짝 놀랄 만한 구절이 하나 있다.

그러나 볼 수 있는 자들은 눈에 보이지 않는 것들 사이에서, (무엇보다) 첫째인 사랑이 없다면 삶의 격정과 타오르는 '불' 때문에 멸망하고 말 것이다. 눈에 보이는 것이 해체되기까지는 얼마 안 걸릴 것이다. 그리고 형태 없는 유령들이 나타나

9. Hans Jonas, *The Gnostic Religion*, Boston: Bacon Press, 2001, 64.

350 _ 제2부

무덤들 사이 시체들 곁에서 영원히 고통과 영혼의 부패 속에 지낼 것이다.[10]

영지주의자들의 두려움은 육체와 물질계에 몰두하는 삶이 부활과 영생 대신에 필멸을 낳는다는 것이 아니었다. 오히려 끊임없이 계속되는 고통과 부패 속에서 형태 없는 유령의 모습으로 시체들 곁에서, 마치 살아 있는 시체들처럼 살아간다는 것이다. 이러한 영생은 축복이 아니라 저주이다.

이렇게 볼 때, 『프랑켄슈타인』은 매우 영지주의적인 작품이며, 정통 기독교에 의해 소멸했을 법한 영지주의의 아이러니한 부활을 예고하는 SF이다. '근대성의 영지주의적 전회'라고 불렀을 법한 사태에서 고대 영지주의 교리는 근대에 들어 거꾸로 서게 된다. SF는 다른 어떤 문학적 상상력 이상으로 과학이라는 근대 지식 발명품의 역설, 즉 막스 베버의 말을 빌리면 '세계의 탈주술화'로 종교의 오래된 미망을 폭로했지만 이번에는 그 자신이 어떠한 회의와 반성도 하지 못하는 새로운 종교가 되는 지식의 역설, 즉 '세계의 재주술화'를 재현하고 서술하는 흥미로운 문학 장르가 된다. 『프랑켄슈타인』에서 유한하고 사악한 창조주의

• •

10. 송혜경 엮고 옮김, 「용사 토마의 책」, 『영지주의자들의 성서』, 한님성서 연구소, 2014, 202.

비뚤어진 지적 탐구에 의해 창조된 괴물에게 자신의 흉물스러운 육체와 세상이란 인간 세계로부터의 학대와 추방, 그에 대한 원한의 복수로 가득 찬 물질계와 육체의 그것에 다름 아니다. 이때 근대 과학은 피조물을 만드는 창조주의 권위를 재확인하는, 스스로가 신이 되는 영지주의적인 인간의 염원을 실현하게 하는 지식gnosis처럼 보인다. 그러나 그것은 피조물의 입장에서 고대 영지주의가 비판한 물질계와 육체 속에서 영원히 저주받은 삶을 선고받게 만든 원인이기도 하다. 『프랑켄슈타인』과 함께 SF는 영지주의적 뮈토스, 그 형식과 내용을 물려받는다.

불완전한 자연=본성nature을 바꾸려고 첨단 기술에 의존하는 것을 당당하게 선언하는 트랜스휴머니즘 운동의 선언문, 테크놀로지의 진보로 인해 인간 삶과 진화에 예측할 수 없는 혁명적 전환점이 도래할 것이라는 유명한 특이점 이론은, 이에 대해 몇몇 통찰력 있는 저자들이 비판적으로 분석한 것처럼 현대판 영지주의의 세속적 부활의 사례이다.[11] 특이점 이론을 주창한 레이 커즈와일이 말한 것처럼 생물학적 몸과 뇌의 한계를 극복하는 것뿐만 아니라, 운명을 지배하고 죽음을 제어하고 필요한 만큼 수명을 연장시킬 수 있을 것이라는 자기 구원에 대한

· ·

11. 이러한 견해에 대해서는 마크 오코널, 『트랜스휴머니즘』, 노승영 옮김, 문학동네, 2018, 93~95. 장가브리엘 가나시아, 『특이점의 신화』, 이두영 옮김, 글항아리, 2017, 특히 5장 「현대의 그노시스」.

약속은 현대판 영지주의의 지식인 테크놀로지의 도움을 필요로 한다. 당연히 이러한 질문이 남는다. 이러한 테크놀로지는 만인 공통의 것인가. 그것은 자본주의적 부를 일방적으로 소유한 소수의 꿈이 아닌가.

앨코어 생명연장재단의 냉동 보존 기술에 의존해 신체를 냉동 보관하는 데에는 20만 달러, 뇌를 분리해 따로 보관하는 데에는 8만 달러의 비용이 든다고 한다. 그러나 비록 소수가 독점한 기술과 돈에 의해 지배되는 특이점 이론과 실천이라고 하더라도 노화와 죽음을 피할 수 없는 많은 사람이 가질 수 있는 노골적이거나 은밀한 공통된 소망이라는 사실은 몇 년 전에 미국에서 출간된 문학 작품에서도 잘 드러난다. 돈 드릴로의 장편소설 『제로 K』(2016)가 바로 그 작품이다. 미국의 문학비평가 해럴드 블룸이 말한 것처럼, 자신의 한계를 벗어나 인간-기계가 되려고 하거나 탈신체적 마음을 획득하기 위해 막대한 비용을 지불하는 등의 영지주의적인 자기 몰두는 밀레니엄을 맞이하는 미국인의 공통된 신앙이기도 하다. 『제로 K』는 밀레니엄을 살아가는 억만장자 미국인들의 영지주의 신앙을 다소 아이러니하게 묘사한다.[12]

．．
12. Harold Bloom, "Prelude: Self-Reliance or Mere Gnosticism", *Omens of Millenium*, New York: Riverhead Books, 1996.

비록 SF는 아니더라도 『제로 K』(2016)는 질병과 노화로부터 탈출하기 위해 억만장자인 주인공의 아버지가 냉동 보존 실험 프로젝트에 참여하면서 벌어지는 SF적인 이야기로, 영생불사가 다만 소수의 꿈만은 아님을 환기한다. 이 소설의 한 구절을 인용해 본다. "우리는 그들의 몸을 나노봇으로 지배할 겁니다." "그들의 장기를 재생하고, 신체를 재건할 겁니다."[13] 물론 드릴로의 소설은 트랜스휴먼이 되고자 하는 사람들의 꿈이 파괴와 살육, 비참과 빈곤의 현실에 대한 절망에서 비롯된 것이라기보다는 그것으로부터 서둘러 도피하고자 하는 쪽임을 암시한다. 그런데 불로장생의 트랜스휴머니즘의 꿈은, 고대 영지주의에서 비판하는 물질계에 대한 부정이 없다. 그것은 다만 자신의 육체의 한계를 초월하기 위해 거꾸로 물질계(돈과 기술)에 의존하는 대중적으로 속화된 종교가 아닌가. 만일 이 현대판 영지주의의 꿈이 악몽으로 변하면 어떻게 될까. 영적으로는 이미 죽었으나 무덤 곁 시체들 사이에서 영원히 방황하게 만들고 결코 죽게 내버려 두지 않는 썩어버린 신체의 부활이라는 악몽으로.

13. 돈 드릴로, 『제로 K』, 황가한 옮김, 은행나무, 2019, 78. 나는 다른 글에서 드릴로의 소설과 함께 한국 SF의 트랜스휴머니즘적 특징에 관해 이야기한 바 있다. 복도훈, 「트랜스휴먼의 풍경들: 현대 영지주의 과학소설 일람기」, 『쓿』, 2019년 상반기.

4. "We are the Walking Dead!": 그 자신보다 오래 살아남는 삶

프레드릭 제임슨은 좀비 아포칼립스 등을 비롯한 SF에서 불멸, 장수를 재현하는 방식이 역사적으로 변해왔다는 것을 지적하면서 최근에 이르러서 불로장생, 영생불사는 『므두셀라의 아이들』에서처럼 일종의 유사 계급투쟁을 통해 쟁취할 수 있는 공동체의 비전이 더 이상 아니라, 단지 현재 삶의 비관적인 연장인 미래의 소멸이나 초국가적 글로벌 자본주의의 가짜 영원성에 대한 반영에 지나지 않는다고 말한다. 그러면서 그는 "더 깊고도 불명확한 공포와 근심의 표현을 위해 미래 기술을 상상하는 시도를 전개하는 것"[14]에서 SF적인 근미래 하위 장르의 문학적 가능성이 확장되기를 기대한다. 우리 이야기의 종착점에서 『길가메시』라는 인류 최초의 서사시에 표현된 불로장생에 대한 간절한 염원은, 길가메시가 바라보는 엔키두 시체의 코에서 영원히 흘러나오는 것 같은 벌레의 끔찍한 이미지를

· ·

14. Fredric Jameson, "Longevity as Class Struggle", *Archeologies of the Future: The Desire Called Utopia and Other Science Fictions*, London & New York: Verso, 2005, 344.

확대해 묘사하는 것에 의해, 곧 역사의 종말에 선 인간, 테크놀로지의 신기술에 몸을 내맡기고 미래에 대한 불안과 공포에 떠는 인간에 대한 음화를 약술하는 것에 의해 반동적인 두려움으로 역전될 것만 같다.

우리가 이야기하고 싶은 불사不死의 형상은 트랜스휴먼의 므두셀라의 아이들이 아니라, 좀비이다. 보리스 그로이스가 진단한 것처럼, 오늘날 트랜스휴머니즘의 약진과 도약이 함의하고 있는 생명 정치적인 측면은 '살게 만들면서 죽게 만드는' (미셸 푸코) 기술이 아니라, 오히려 '살게 만들면서 죽게 내버려 두지 않는' 기술의 최신판에 더욱 가까울지도 모른다.[15] 그로이스는 '살게 만들면서 죽게 내버려 두지 않는' 총체적인 생명 정치 프로젝트가 20세기 초반의 소비에트의 코스미즘, 공산주의 투쟁 속에서 죽어간 자들을 미래에 모조리 살려낸다는 실천적인 관념으로 작동했음을 서술하고 있다. 그는 소비에트의 붕괴 이후에 전 지구적으로 목도할 수 있는 현상은 영혼 불멸을 향한 믿음의 상실과 육체의 불멸에 대한 매혹의 증가라고 약술한다. 내 생각으로는 영혼 불멸에 대한 트랜스휴머니즘적 믿음은 육체의 불멸에 대한 증가하는 관심 속에서 실종된 것이

..

15. 보리스 그로이스, 「러시아 코스미즘 — 불멸의 생명정치」, 김수환 옮김, 『문학과사회』, 2019년 봄호, 323.

아니라 상호 보완적이며, 같은 패러다임 내부에서 함께 작동하는 어떤 것이다.

기계 보철을 통한 사이보그적인 꿈의 실현, 탈신체화된 마음을 클라우드에 업로드하는 방식으로 불로장생이나 영혼 불멸의 꿈을 꾸는 상상과 나란히 하는 것은 오늘날 대중문화에서 육체 불멸의 형상이 유례없이 증가하고 있는 문화적 현상이다. 신기술의 보철로 무장해 부활하는 것이 아니라 비천하고도 헐벗은 신체로 전 지구적으로 부활하는 좀비 말이다. 미국 드라마 〈워킹 데드〉(2010~2022)에서 〈부산행〉(2016)과 〈킹덤〉(2019~)에 이르는 한국의 좀비 아포칼립스의 좀비는 얼핏 트랜스휴먼의 상상력과 무관한 괴물처럼 보인다. 그러나 뇌를 소생하고 냉동 보존함으로써 유한한 신체를 불멸과 장생으로 연장하려는 트랜스휴머니즘과 좀비의 뇌를 파괴하고 그 존재를 말살함으로써 세계의 종말을 유예시키려는 좀비 아포칼립스적인 토포스는 동시대적이며, 모두 트랜스휴머니즘적 패러다임의 문화적 부산물이다.

좀비 아포칼립스 서사물에서 좀비 신체의 부패와 쇠락, 감염, 바이러스, 독 등 폐기물abject의 이미지에 주목한다면 근현대의 의학은 "죽음이 삶의 상태의 영원한 일부분"[16]임을 서술하고

16. Lorenzo Servitje, "Graphic Medicine Contracts the Zombie Craze",

좀비의 신체에 갱신과 소생이 아닌 부패와 퇴락의 은유를 제공한 생명 정치의 주역이라고 할 수 있다. 그런데 끊임없이 죽음에 의해 환기되는 삶, 죽음이 그 자신의 영원한 일부가 된 삶이란 무엇일까. 그것은 그 자신보다 더욱 오래 살아남아야만 하는 삶이 아닐까. 그것은 죽음과 가족 유사성으로 묶이는 이미지들(부패, 쇠락, 감염, 바이러스)이 신체에 영원한 저주처럼 들러붙는 삶이 아닐까. 그것은 "자기 자신 안에 생존의 꿈(또는 악몽)을 품고 있는"[17] 삶이 아닐까. 그리하여 좀비는 어쩌면 삶이 그 자신보다 더 오래 살아남아야만 하는 강박을 육화한 생명 정치의 탁월한 은유일 것이다. 삶이 그 자신보다 더욱 오래 살아남을 수 있다는 것은 미셸 푸코의 『임상의학의 탄생』(1963)에 등장하는 주인공인 19세기 말의 해부학자 마리 비샤의 임상의학적 관찰에서 유추한 것이다. 비샤에 따르면 삶은 혈액 순환, 호흡 등의 연속적 기능을 담당하는 유기체적(비인간적) 삶과 인지와 꿈 등 외부 세계에 대한 단속적 각성의 기능을 담당하는 동물적(인간적) 삶으로 나뉜다. 비샤에게 흥미로운 것은 동물적 삶이

• •

Edited by Lorenzo Servitje & Sherryl Vint, *The Walking Med: Zombies and the Medical Image*, Pennsylvania: The Pennsylvania University Press, 2016, 6.

17. 조르조 아감벤, 『아우슈비츠의 남은 자들』, 정문영 옮김, 새물결, 2012, 228.

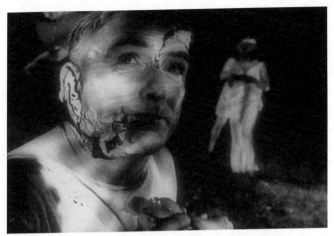

〈그림 2〉 조지 로메로, 〈살아있는 시체들의 밤〉(1968)의 좀비

중단된 후에도 유기체적 삶이 지속되는 현상이었다. 예를 들면 심장이 정지했음에도 불구하고 손톱과 머리칼 등은 계속 자라나는 현상 같은 것. 그는 물론 반대의 경우도 상상했다.

그렇다면 삶이 그 자신보다 더욱 오래 살아남는 존재란 동물적 삶이 중단된 채로 지속되는 유기체적 삶과 유기체적 삶이 중단된 채로 지속되는 동물적 삶의 공통분모에서 상상될 법한 어떤 비존재가 아닐까. 그것은 마치 좀비 아포칼립스에서 좀비가 비인지적 좀비와 인지적 좀비로 나뉘는 현상에 대응된다. 그런 점에서 〈워킹 데드〉의 모토는 살게 만들면서 죽게 내버려 두지 않는 생명 정치의 주체이자 자기 보존에만 매달리는 '최후의 인간'(니체)인 우리의 물질적 존재 조건이 아닐까. "We are the Walking Dead!" 아마도 이야말로 역사의 개시 이래 불멸을 꿈꿔왔던 인류가 역사의 종말에 도착해 할 수 있는 마지막 고백일 것이다.

먼지: 어느 사변적 외계 지질학자의 명상

아주 먼 옛날, 토성의 위성 타이탄의 얼음 속에 박테리아가 번성하기 시작하면서 알린 생명의 미세한 징후[1]는 거대한 우주선을 만들고 조종하여 태양계 내 다른 행성들로 탐사대를 파견할 능력을 갖춘 지성 생명체로 진화하고 번성했다. 그들 중 일부는 타이탄을 뒤덮은 것과 비슷하게 번개와 천둥을 품은 수증기 짙은 구름으로 가득 찬 태양계의 오래된 행성에 얼마 전에 도착했다. 탐사대 멤버에는 사변적으로 생각하길 즐겨하

---

1. 태양계 내 생명이 발생할 가능성이 높은 행성으로 타이탄이 거론되는 과학적 근거에 대해서는 피터 워드·도널드 브라운리, 『지구의 삶과 죽음』, 이창희 옮김, 지식의숲, 2006, 300~301. 한편으로 이 글은 「절멸 또는 인간 없는 세계: 사변적 연대기」, 『문학수첩』, 2021년 하반기의 후속편이며, 유진 새커의 『이 행성의 먼지 속에서』(김태한 옮김, 필로소픽, 2022)에 대한 서평으로 작성된 것이다.

는 지질학자도 포함되어 있었는데, 그는 한때 생명이 번성하고 문명이 꽃을 피워 푸른 행성으로 불렸으나 지금은 불모지로 변한, 타이탄의 8배 중력을 가진, 먼지로 가득한 행성의 사막과 바위 주변을 거닐면서 중얼거렸다. "아득히 오랜 세월 동안, 가뭄과 모래 폭풍이 모든 땅을 유린했겠지. 나무와 수풀은 비틀리고 왜소한 떨기나무로 변하여 그나마 억센 생명력으로 오래 버티기는 했을 거야. 그러나 이마저도 끈적끈적하고 질긴 변종 식물들이 출현하면서 모두 절멸되고 말았겠지."[2]

이 행성의 지질학적 연대기를 참조하면 행성의 심원한 시간 속에서 인간anthropos이 문명을 일궜던 시기는 지극히 짧았다. 지구 연대기로는 45억 년의 나이에서 1만 년이 조금 넘는 찰나에 지성과 상상력 그리고 의지를 가진 인간은 거친 황야와 숲을 개간했으며, 모여 살면서 인구를 불려 나갔다. 그들은 농사를 지었고, 도시를 건설했으며, 바다를 항해했다. 그렇게 인간은 행성을 거주 가능한 방주로 바꿔나갔다. 행성planet은 인간이 거칠게 맞서면서도 삶의 터전으로 바꾸어놓으려는 지구earth로, 나중에는 인간이 방위의 중심이 되는 세계world로 차츰 좁혀졌다. 그렇지만 인간이 이해할 수 없는 "거대한 외계"(퀑탱 메이야

• •

2. H. P. 러브크래프트 · R. H. 발로, 「모든 바다가 마를 때까지」, 『러브크래프트 전집』 5, 정진영 옮김, 황금가지, 2015, 281. 인용문을 일인칭 독백으로 바꿨다.

수)를 두려워하고 존중하며 탐구하던 태도는 잊혀져 버렸다.

대신에 존재는 인간에 의해 사유된 것이며, 인간 이전의 생명 형태의 증거인 화석이 발견되더라도 그것은 어디까지나 인간의 사유가 발견한 것이자 인간에 대한 화석이라는 생각이 우세해졌다. 행성 그리고 지구를 "우리에-대한-세계"로 환원 하는 사유를 어느 지구인 철학자는 상관주의correlativism로 불렀다. 그러나 그렇게 명명했을 때 '우리에-대한-세계'는, 세계는 그렇게 존재해야 할 이유라곤 없는 우연으로 바뀌는 증거들로 이미 차고 넘쳤다. 인간은 자신의 의지로 개척한 세계, 우리에-대한-세계를 세계-자체로 뒤바꾸고 있었다. 지구, 곧 세계-자체를 우리에-대한-세계로 개간하던 바로 그 의지로. 지구 문명의 쇠락과 멸종의 유령이 떠돌던 시점에 지구의 한 과학자는 인간에 의해 앞당겨진 행성의 지질학적 시간을 인류세anthro-pocene로 불렀다. 우리에-대한-세계는 의미의 닻을 잃고 "세계-자체"로 표류해나갔다. 인간의 과학기술은 행성을 지구로, 지구를 우리에-대한-세계로 개간했다. 그러나 이제 인간과 과학기술에 의해 우리에-대한-세계는 세계-자체인 지구로, "우리-없는-세계"인 행성으로 되돌아가고 있었다. "지구는 마치 까마득한 옛날, 우주의 성장 과정에서 납치되어 나왔다가 근원으로 돌아가려고 작심한 것 같았다."(「모든 바다가 마를 때까지」)

사변적 지질학자는 행성의 모래 위에 세 개의 원을 그렸다.

그리고 원들이 교차하는 가운데에 "세계의 숨음"이라고 적었다. 세계의 숨음은 숨음으로 드러나고 감춰지는 그 무엇으로, 그것은 한때 이 행성에 존재했던 생명의 형태를 상상하도록 이끌었다. 물론 타이탄의 사변적 지질학자에게 주어진 것은 이 먼지의 행성의 존재했을 모든 생명 형태의 소멸인 멸종뿐이었다. 그렇다면 이 행성의 멸종의 증거물은 어디에 있을까.

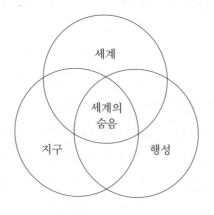

때마침 타이탄 과학자들이 행성의 바위를 이루는 인간 과학 기술의 흔적인 광물을 발견하여 연구하고 있었다. 과학자들은 인공적 가공의 흔적이 다분한 먼지투성이 희토류 광물을 텔로포슬telofossile로 이름 붙였다. 인간 기술의 어떤 목표가 도달하고 기술의 끝telos을 환기하는 산물로 전자미디어가 암석과 결합한 형태의 텔로포슬. 텔로포슬은 기이한 화석이었다. 타이탄 과학

자들은 인간 뼈와 DNA의 지질학적 증거를 발견하는 대신에 인간이라는 생명이 지질학적 순환에 참여했을 것으로 추정되는 희미하지만 역력한 흔적을 발견한 것이다. 필멸의 인간 기술이 불멸의 바위와 결합했다고 해야 할까. 텔로포슬은 "인간 종의 소멸에 후행"(메이야수)하는 사건들 가운데 하나를 가리키는 화석이었다.

사변적 지질학자는 텔로포슬의 표면에 뒤덮인 먼지를 천천히 쓸어내리면서 이 행성에 살았던 한 위대한 관념론자가 진흙과 먼지에서 안개처럼 피어오르는 어떤 생명 형태와 직면했던 최초의 공포를 떠올리고 있었다. 어째서 지구의 그 위대한 관념론자는 "생각이 거기에 미치면 어리석음의 나락에 떨어져 헤어나지 못할까 두려워 도망치곤" 했던 걸까.[3] 생각이 미치자마자 두려워 도망쳤다는 그것들은 무엇이었을까. 그것들은 이 행성을 처음이자 마지막으로 뒤덮은 '진흙과 먼지' 또는 "안개, 점액, 얼룩, 질척거리는 물질, 구름, 분뇨" 등이었다. 지구의 철인의 표현을 빌리면 그것들은 이데아 없는 형상이었다. 타이탄의 사변적 지질학자는 의아해했다. 이데아가 도대체 무엇일까. 책상과 삼각형에는 책상과 삼각형의 이데아가 있다

· ·

3. 플라톤, 「파르메니데스」, 『플라톤 전집 V』, 천병희 옮김, 도서출판 숲, 2016, 483.

고 한다. 그런데 진흙과 먼지에는 진흙과 먼지의 이데아가 없단다. 이 비일관성을 어떻게 해석하면 좋을까. 이 사멸한 행성의 관념론자가 철학으로 불렸던 사유는 경이로움에서 출발했다. 그러나 진흙과 먼지에서 관념론자가 경이 대신 발견한 것은 공포horror였다. '모든 종류의 암모니아, 인산염, 빛, 열, 전기 등을 갖춘 작고 따뜻한 연못'(찰스 다윈)에서 삶과 죽음을 함께 지닌 모체가 반죽되던 점액질의 개흙에서 발견한 것이 공포였다니. 그렇다면 이데아는 공포에 대한 철학적 뒷걸음질의 결과였던 것일까.

이데아를 궁리했던 관념론자의 위대한 제자(아리스토텔레스)는 질척이는 진흙 속의 부글거리는 점액에서 무엇인가가 썩어가는 동시에 다른 무엇인가가 자라나는 사태를 스승보다도 잘 관찰할 줄 알았다. 그는 스승과 마찬가지로 진흙의 공포를 느꼈지만 그로부터 달아나지는 않았다. 제자는 '존재란 무엇인가'에 대한 스승의 질문을 '생명이란 무엇인가'로 바꿨다. 그러나 그가 영혼=생명원리psukhē로 생물과 무생물을 구분하기 시작하자마자 상황은 또다시 복잡해졌다. 부글거리는 늪에 빠져 죽어가는 인간은 분해되면서 생물에서 무생물로 변화한다. 이러한 변화는 부패하는 인간에게는 소멸이지만 부패하는 인간을 먹고 자라나는 벌레에게는 생성이다. 죽음이 끝은 아니다. 죽음 이후에도 계속되는 삶이 있다. 부패하는 인간의 분홍빛

살점은 벌레의 생명 원리가 된다. 영혼=생명 원리란 소멸에서 생성, 생성에서 소멸에 이르는 변화를 뜻하는 것일까, 아니면 생물에게만 해당하는 것일까. 시체의 부패는 영혼=생명 원리에 포함되는 것일까, 아닐까. 살아 있다는 것, '생-자체'는 이처럼 소름 돋는 어떤 것이다. 그것은 죽음보다도 공포스럽다. 왜냐하면 죽음 이후에도 계속되는 어떤 삶이 분명히 존재하기에. 생명 원리를 발견한 지구의 철학자는 자신이 그린 아래의 도식에서 '존재-없는-생명'을 발견하고 순간 비명을 질렀으리라.

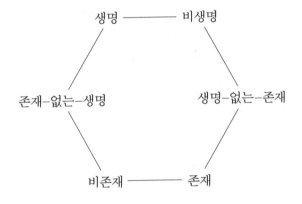

진흙에서 생명 원리를 발견한 철학자는 생명과 존재가 같을 수 없음을 깨달았다. 생명-없는-존재는 크게 신경 쓰지 않아도 좋다. 그것은 무기물 같은 것이다. 그러나 존재-없는-생명이란

무엇인가. 이것이 비존재와 다르다면 어떻게 다른가. 아마도 철학자는 누구나 즐겨 읽던 호메로스의 서사시 『오뒷세이아』에 등장하는 망자 네크로스nekrós에게서 그것을 보았을지도 모른다. 이후에 전개된 지구인의 사유는 생명에 내재한 이러한 균열(존재-없는-생명)을 "우리에-대한-생"으로 메워나갔다. 그럼에도 "살아 있지만 살아 있어서는 안 되는 생", 존재-없는-생명인 좀비, 흡혈귀, 낭광狼狂, 유령에 대한 상상적인 탐구 또한 드물게나마 지속되었다. 이처럼 세계의 숨음이란 '우리에-대한-생'에서 공포를 마주하여 '생-자체'를 발견하는 일일 것이다. 그렇다면 '우리-없는-세계'에 상응하는 '우리-없는-생'은 과연 무엇일까. 멸종extinction.

사변적 지질학자의 명상은 어느새 끝나가고 있었다. 지구인이라면 이 먼지의 행성을 상상하면서 멸종에의 공포와 매혹을 함께 느꼈으리라. 인간 없는 지구에 대한 한때나마 유행했던 인류세의 상상은 인간과 세계의 분리를 꾀하려는 듯하지만 실은 둘의 상관적인 결속을 더욱 강화한 이미지인 것은 아닐까. 우리(인간)-없는-세계란 얼마나 다행인가. 우리-없는-생이란 얼마나 풍요로운가. 인간만 없다면 다른 생명은 이 지구에 번성할 텐데. 그러니 우리는 지금보다 좀 더 겸허해질 필요가 있다…… 그렇게 인간은 멸종을 상상했지만('우리에-대한-멸종') 멸종이 진정으로 무엇인지는 몰랐다. 인간종이 멸종한

〈그림 1〉 미디어 화석(telofossile)

이후에도. 따라서 "멸종"은 "사변적"이며, 사변적으로 사유해
야 한다.

텔로포슬에서 우리가 인간의 흔적을 읽어낼 때를 다행으로
여겨라. 인간의 흔적을 읽어낼 인간은 앞으로도 존재하지 않을
테니까. 그런데 만일 텔로포슬을 발견하고도 그것이 무엇인지
모른다면, 텔로포슬에서 무슨 흔적을 읽어내려고 해도 그 의미
를 전혀 이해하지 못한다면, 나아가 텔로포슬을 발견하는 그
무엇도 더는 우주에 존재하지 않는다면, 그리고 만일 그때가
도래한다면. "모든 별은 소멸하여 우주는 절대적 암흑의 상태에
빠지고 붕괴된 물질의 껍질만 남게 될 것이다. 행성 표면이든

성간 공간이든 모든 부유하는 물질은 붕괴되어 양성자와 화학에 기초한 생명의 잔재를 없애고 물리적 기반에 관계없이 모든 지성의 흔적을 지워 버릴 것이다. 마지막으로, 우주론자들이 '어심토피아asymtopia'로 부르는 상태에서는 텅 빈 우주에 어질러진 별들의 시체가 소립자의 우박 폭풍으로 증발할 것이다. 원자는 더는 존재하지 않게 될 것이다. 오직 '암흑 에너지'로 불리는, 현재로서는 설명할 수 없는 힘에 의해 중력 팽창은 계속될 것이다. 소멸하는 우주는 영원하고 헤아릴 수 없는 암흑으로 점점 더 깊숙이 밀어 넣어질 것이다.'(레이 브래시어, 『풀려난 무』)

제1부

「이웃: 너무 멀거나 지나치게 가까운 ─ 스타니스와프 렘의 『솔라리스』(1961)」[원제: 「SF, 타자성을 탐구하는 사고 실험의 미학 ─ 스타니스와프 렘의 SF『솔라리스』(1961)를 중심으로」], 『탈경계인문학』 제10호, 이화여자대학교 이화인문과학원, 2017

「눈물: "빗속의 내 눈물처럼" ─ 『안드로이드는 전기양의 꿈을 꾸는가?』(1968)와 〈블레이드 러너〉(1982; 1993)」[원제: 「안드로이드-리플리컨트 프롤레타리아트의 출현 ─ 『안드로이드는 전기양의 꿈을 꾸는가?』(1968)와 〈블레이드 러너〉(1982; 1993)를 중심으로」], 『한국예술연구』 제16호, 한국예술연구소, 2017

「빈손: 변증법적 유토피아 교육극 ─ 어슐러 K. 르 귄의 『빼앗긴 자들』(1975)」[원제: 「변증법적 유토피아 서사의 교훈 ─ 어슐러 K. 르 귄의 『빼앗긴 자들』(1975)을 중심으로」], 『한국예술연구』 제30호, 한국예술연구소, 2020

「씨앗: "한 번 더!" ─ 킴 스탠리 로빈슨의 『쌀과 소금의 시대』(2002)」[원제: 「반복의 혁명 ─ 킴 스탠리 로빈슨의 『쌀과 소금의 시대』와 대체역

사」], 『미래인문학』1권, 중앙대학교 미래인문학연구소, 2018

「존재: "존재하기 위해서, 존재 속에 계속 남기 위해서" ─ 마지 피어시
의 『시간의 경계에 선 여자』(1976)」[원제: 「SF, 복원과 상속의 상상력
─ 마지 피어시의 『시간의 경계에 선 여자』에 대하여」], 『문학숲』,
2020년, 상반기

제2부

「COVID-19: 오드라덱의 웃음 ─ 세계 종말의 비평」, 『한국문예창작』
52호, 한국문예창작학회, 2021

「촉수: 밤의 공포보다 긴 촉수 ─ 러브크래프트와 코스믹 호러」, 『자음
과모음』, 2020년 가을호

「꼭두각시: "생육하지 말고 너희 이후로 땅을 고요하게 하라!" ─ 토머
스 리고티, 『인간종에 대한 음모: 공포라는 발명품』(2010)」[원제: 「"우
리는 여기서 난 존재가 아니다" ─ 토머스 리고티, 『인간종에 대한
음모: 공포라는 발명품』(2010)」], 『뉴래디컬리뷰』, 2023년 겨울호

「석유: 『사이클로노피디아』와 H. P. 러브크래프트 ─ 레자 네가레스타
니의 『사이클로노피디아: 작자 미상의 자료들을 엮음』(2008)」[원제:
「『사이클로노피디아』 속의 러브크래프트 ─ 이 불온서적을 어떻게
읽어야 하나」], 『문학의오늘』, 2021년 여름호

「빛: X구역을 살아가기 ─ 알렉스 가랜드의 〈서던 리치: 소멸의 땅〉
(2018)」, 조선대학교 재난인문학연구사업단, 『재난과 영화』, 역락,
2022

「괴물: 이성이 잠들면 괴물이 깨어난다 ─ 이충훈의 『자연의 위반에서
자연의 유희로: 계몽주의와 낭만주의 시기 프랑스의 괴물 논쟁』(202

  1)」, 『뉴래디컬리뷰』, 2021년 가을호

「우지: 불로장생의 꿈 — 길가메시 서사시에서 좀비 아포칼립스까지」,
  『문학과의학』, 2019년 하반기

「먼지: 어느 사변적 외계 지질학자의 명상」[원제: 이 먼지의 행성을
  탐사하는 사변적 명상 — 유진 새커의 『이 행성의 먼지 속에서: 철학의
  공포』(2011)], 『뉴래디컬리뷰』, 2022년 겨울호

키워드로 읽는 SF

초판 1쇄 발행 | 2024년 01월 23일

지은이 복도훈
펴낸이 조기조
펴낸곳 도서출판 b

등 록 2003년 2월 24일 제2023-000100호
주 소 08504 서울특별시 금천구 가산디지털2로 169-23 가산모비우스타워 1501-2호
전 화 02-6293-7070(대) | 팩 스 02-6293-8080
누리집 b-book.co.kr | 전자우편·bbooks@naver.com

ISBN 979-11-92986-18-0 03810
값 18,000원

* 이 책은 한국출판문화산업진흥원의 '2023년 중소출판사 출판콘텐츠 창작 지원 사업'의 일환으로
  국민체육진흥기금을 지원받아 제작되었습니다.
* 이 책 내용의 일부 또는 전부를 재사용하려면 도서출판 b와 저작권자의 동의를 얻어야 합니다.
* 잘못된 책은 구입하신 곳에서 교환해드립니다.